볼 수 있지만 생각하기 어려운 일

류이경 소설집

작가의 말

우리는 종종 어떤 일이 생기면 '생각지도 못했다'라고 말한다. 그것은 분명 놀라운 일이라는 것인데, 그만큼 앞일은 알 수 없다는 말이다. 여기 열 편의 소설이 있다. 어느 것은 그럴듯하니 실제 겪었느냐고 묻지 말자. 소설은 소설이다.

듣고 보고 느낀 것을 이야기로 만들었다. 세상을 살다 보면 대부분 크고 작은 상처를 입으며 산다. 그 상처가 크면 흉터도 클 것이고 작으면 일부러 찾아봐야 할 만큼 작을 것이다. 나는 세상에 있을법한 그런 상처들을 그려보고 이야기를 덧대었다.

표제작 「볼 수 있지만 생각하기 어려운 일」은 고령사회로 접어들며 생기는 노인 문제와 그 가족들이 겪는 일이다. 멀리서 보면 희극이고 가까이서 보면 비극이라 할 수 있는 것으로, 부모가 있는 사람이라면 누구나 공감할 것이다. 삶과 죽음, 그것이 무엇이든 우리는 모두 그 사이에 놓여 있다. 누구도 비켜 갈 수 없는 일이지만, 닥치게 되면 외면하거나 쉽게 짊어지기 어려운 이야기를 한번은 터놓고 싶었다.

가족이란 진정 무엇인가에 대해 다시 생각해 보기로 한다. 점점 해체되어 가는 가족이 현대를 살아내며, 모정과 자매애 등 가족애를 말하지만, 그것은 피를 나눈 관계든 아니든 상관하지 않는다.

　또한, 사회 이슈로 떠오른 젠더 문제와 그들을 바라보는 직간접적인 시각을 통해 함께 고민하자 한다. 어쩌면 '후숙'이란 토마토만 필요한 게 아니고, 사람에게도 필요한 것이 아닌가 하며.
　사람에게는 상처를 입고 좌절하다가도 의지만 있으면 다시 설 힘이 있다고 한다. 직업병이든 급작스러운 사고이든 사고는 곳곳에서 일어난다. 비장애인은 누구나 예비장애인이듯 너무 멀리 있다고 보지는 말자. 상처가 있으면 치료하며 더불어 사는 것이다.
　남의 아픔을 다른 누군가가 안고 사라진다면 얼마나 좋을까. 자유분방하게 사는 사람이, 상처 보따리를 안고 무거워하는 사람의 짐을 달랑 들어, 먼 바다 너머로 가져가면 어떨까. 상처라고 해봐야 먼지 같은 것일 텐데.
　이런저런 소시민들이 사는 이야기를 조각내고 맞추며 여기 이야기 열 편을 싣는다.

　가슴 저릿한 아픔을, 소소한 웃음을, 때로는 뜨거운 감동을 선사할 이 이야기들이 읽는 사람들의 마음에 작은 울림으로 다가가기를 바란다.

류이경

차례

작가의 말 … 2

볼 수 있지만 생각하기 어려운 일 … 6
우리들의 애도 방식 … 34
완벽한 팀웍 … 58
개미 바다 … 82
검은 하늘 … 105
후숙 … 131
옴파로스 가는 길 … 159
주문 … 182
동굴 밖 동굴 … 207
꽃물 드는 저녁 … 229

볼 수 있지만 생각하기 어려운 일

고딕의 하얀 알파벳이 푸르게 빛나던 때를 떠올렸다. 먼 이국 밤하늘을 훤히 밝히던 그것은 몇 년 전 체코 여행에서 본 국내 유명 회사의 로고였다. 당시 버스에 함께 탔던 사람들 키를 모두 이어 붙여도 모자랄 것만 같은 웅장함에 내내 눈을 떼지 못했는데, 그것은 크기만 다를 뿐 그때나 지금이나 이 나라 어디서든 눈만 돌리면 흔히 볼 수 있는 것이었다. 그 이후부터 나는 여행하는 내내 왠지 모를 안도감이 들었고, 말이 거의 통하지 않는 나라에서 누군가와 시비라도 붙는다면, 그 거대한 로고와 동향이니 보너스 점수를 받지 않을까 하는 이상한 뒷배까지 갖게 되었다. 어릴 적 가로등도 없는 시골 밤길을 가다가 언제라도 고개를 들면 어느새 머리 위에 떠 있던 보름달처럼. 혼자 걷지만 지금도 역시 혼자가 아닌 것처럼.

돌다리 앞에서 발을 멈춘다. 눈앞에 있는 것이 삼성반월교(三星半月橋)라고? 세 개의 별이 초승달에게로 모여 마음(心)을 나타낸다는, 예쁜 이름을 가진 다리는 위험하게도 난간이 없다. 잠시 한눈이라도 팔다가는 다리 아래로 떨어질 거라는 생각에 이르자 고개가 끄덕여진다. 위험하니 마음을 가다듬고 건너라는 거구나. 이름을 지었다는 경봉 스님이야말로 진정한 시인이라는 생각이 든다. 어쩌면 이 다리를 건너가 기도하면 흐트러진 마음이 하나가 된다는 것일까. 별스러운 마음이 모여 막 부풀기 시작하는 초승달로 모인다면 삼성이든 칠성이든 만월 안에서 모두 하나로 되는 것이겠지.

이름이 가진 은유와 중의를 생각하며 아버지를 생각한다. 손에 쥔 베이지색 페도라의 안쪽이 누르스름하다. 사냥개처럼 코를 들이대 본다. 세탁은 하지 않았지만, 아버지의 냄새가 여태 남아 있을 리 없다. 지문이 무뎌진 손이 수없이 닿았을 뾰족한 앞쪽을 잡고 머리에 써 본다. 여유가 없다. 꾹 눌러 쓴다. 아침부터 한껏 볼륨을 준 머리가 이내 가라앉을 것이다. 내가 아는 한, 여자들이 모자를 쓰는 날이면 생머리이거나 선캡을 쓴 것이 아니고는 귀가 전까지 모자를 벗지 않는다. 볶음밥을 밥그릇에 한껏 눌러 담아 엎어 놓은 듯한 머리 모양을 어찌 그리 쉽게 남에게 내보이겠는가.

아버지 머리는 나보다 작았던 모양이다. 눌러 썼으니 웬만한 바람이 불어도 쉽게 벗겨지지 않을 것이다. 오전의 햇살을 반도 가리지 못하는 것을 쓰고 나는 삼성반월교에 발을 올린다.

사찰에 오면 마음이 편안해진다. 가족들은 각자 가정을 이루고서도 자주 여름휴가를 함께 보냈다. 계곡이나 바다로 가지 않은 것은 아니지만, 언젠가부터는 깨끗한 시설의 숙박업소에서 함께 보내며 근방의 유명한 사찰을 다녀왔다. 몇 년 전 여름휴가 날짜를 맞춘 가족들이 마지막으로 찾아간 곳은 선운사였다. 장소를 정하기 전 아버지는 텔레비전에서 보았다는 통도사에 가보고 싶다고 했다. 대략 이십여 명이 함께하는 여행이고 어린아이도 있던 터라 깨끗하고 마땅한 숙소가 있는지 인터넷을 뒤졌다. 그러다 의외의 결정이 났다. 사람이 여럿이니 아는 사람도 여럿이라 선운사 근처 숙소를 제공해 주겠다는 사람이 생겨났다. 재론의 여지 없이 통도사에서 선운사로 결정이 난 그 여행은 아버지에게 마지막 여행이 되었다.

바람이 불어 나뭇잎 흔드는 소리가 난다.

'아버지 괜찮죠?'

왼손을 들어 뒤통수를 누른다. 거친 페도라의 질감이 느껴진다. 바람이 잠잠하다. 하지만 뒤통수에 올라간 손이 금방 내려오지 않는다. 꺼끌꺼끌한 질감 속에 끈적한 게 배어 나올 것만 같다. 뜨뜻한 그것이 만져지는지 온몸의 촉수가 손바닥에 모여든다. 다시 바람이 분다. 잠시 일렁이는 나무를 보고 먼 숲을 본다. 영화 스파이더맨의 주인공 피터가 스파이더맨 옷을 입고 하늘을 날듯 나는 아버지를 쓰고 발을 내디딘다.

'아버지, 통도사에 왔어요'

언니와 오빠를 비롯해 나와 네 명의 동생들, 그리고 오빠와 막냇동생을 제외한 각자의 배우자들은 타원을 그리며 장례식장 지하에 모여 있었다. 전날 밤 돌아가신 아버지가 가운데에 누워 계셨다, 가까이에서 그렇게 자세히 얼굴을 바라본 적이 언제였는지 생각나지 않았다. 어쩌면 처음인 것도 같았다. 아버지의 까맣던 얼굴이 고와 보였다. 후줄근한 작업복이 평상복이던 아버지는 노란 삼베로 감싸인 채 미소 띤 얼굴을 하고 있었다. 온화한 미소를 지으며 반듯하게 누워있는 모습이라니. 누에고치처럼 꽁꽁 입힌 수의를 벗으며 금방이라도 일어나 앉을 것만 같았다. 머리맡에 있던 염사가 맨 앞의 오빠에게 말했다.

"제가 머리를 받치고 있을 테니 이걸로 밑에 좀 고여 주세요."

오빠는 똬리처럼 동글게 말려 있는 흰 천을 건네받아 아버지의 머릿밑으로 넣었다. 한 손으로 머리를 받치고 다른 한 손으로 그것을 머리 밑에 넣을 수 있었겠지만, 염사는 한 손으로 머리를 받쳐 들지 않았다. 최선을 다해 정중하고 엄숙한 태도를 보이고 있었다. 그냥 두면 자꾸 왼쪽으로 기우는 머리를 얼굴이 천장을 보도록 반듯하게 해야 했다.

텃밭의 수박이 크면서 자리 잡도록 짚으로 똬리를 만들어 주던 아버지 모습을 떠올렸다. 머리가 반듯해지자, 그때까지 감겨 있던 붕대 뒤쪽이 조금 옆으로 돌았다. 빨갛다. 나는 실감했다. 아버지가 엄청난 사고를 당했다는 것을. 호박이든 수박이든 엄마 잃은 길고양이든 터 잡는 기미가 보이면 푹신하고 움푹한 보금자리 만들어 주는 일은 아버지가 다시 할 수 없다는 것을.

염사는 돌아가면서 짧게 마지막 인사를 하라며 뒷걸음으로 두세 걸음 물러났다. 이상하다. 머리가 함몰되는 사고가 났는데 어떻게 저런 미소를 지을 수 있을까. 저런 미소를 내가 본 적이 있었던가 하는 사이 내 차례가 왔다. 태어난 순으로 서 있던 줄에서 세 번째로 있던 나는 아버지 얼굴을 마주하자 참았던 울음이 터져 나왔다. 울더라도 남이 없는 데서만 울곤 했던 내 입에서 마구 소리가 나왔다. 수의가 까슬까슬한 아버지의 가슴에 손을 얹고 아버지, 미안해. 미안해. 미안해하며 엄마가 돌아가셨을 때보다 더 크게 울었다. 엄숙한 자리에서는 슬픔도 표현하면 안 되기라도 하는지 훌쩍이기만 하던 가족들이 소리 내어 따라 울기 시작했다. 시간이 길어지겠다 싶었는지 구석에 있던 염사가 다가와 나무랐다.

"그렇게 울면 가시는 분이 쉽게 못 떠나십니다. 짧게 인사하세요. 다음 분 오세요."

내 뒤를 이어 차례가 된 동생들도 미안하다며 마지막 인사를 했다. 구십이 넘은 아버지가 교통사고로 돌아가셨지만 혼자 살다 그리되었으니 달리 무슨 할 말이 있겠는가. 가끔 찾아가 뵙기는 하지만 식당에서 함께 밥을 먹고, 다시 집에 모셔다드리는 손님 행세는 길어야 서너 시간이 고작인데, 입이 있어도 무슨 할 말이 있단 말인가. 매일 만나는 친구의 수다가 길고, 가까운 이웃의 왕래가 더 많은 말을 낳는 것이 아니던가. 유일한 올케가 울며 미안하다고 조금 시간을 끌었다. 예뻐 보였다. 다시 한번 염사의 제지를 받았다. 내 아버지가 돌아가셨다고 저리 슬피 우는 남이라니. 짧은 단발에 민낯의 그녀가 고마웠다. 남동생과 결혼한 지 17년이 되었으니 이미 가족이었다.

'아버지 가신 데는 괜찮아요?'

눈을 올려 모자를 쳐다본다. 씨실과 날실로 만든 촘촘한 챙이 작은 그늘을 만들고 있다. 모자 앞에 아버지 눈이 있기나 한 것처럼 나는 주변을 자주 둘러본다.

'여기 첨이죠? 진즉에 왔어야 했는데….'

남들은 호상이라고 했다. 사고 후 목숨을 건진다 해도 고생만 더 할 뿐이라고. 게다가 동네에서는 전부터 최고령이 아니었냐고. 사실, 나도 그 분위기에 조금 흔들렸다. 위로하는 사람들처럼 어쩌면 그 말이 맞을지 모른다고.

아버지가 뇌경색으로 병원에 입원하기를 두 차례 반복하면서 아버지의 일곱 자식은 대입 눈치작전보다 더 은밀한 심리전을 펼쳤다. 가장 절정에 이른 것은 아버지의 두 번째 퇴원을 앞두고 가족회의를 열었던 때였다. 이혼해서 돌아온 싱글남으로 자유분방한 삶을 살고 있는 오빠와 서울에 살면서 맞벌이하는 언니 부부, 그 밑으로 나와 동생들 부부. 그리고 마흔을 훌쩍 넘기고도 아직 미혼인 막냇동생까지 다 모였다.

삼남사녀를 둔 아버지는 며느리가 하나뿐이었다. 멀쩡한 아들은 자기밖에 없다는 것을 아는 남동생은 이미 제사까지 모시고 있었다. 그 남동생 집 거실에서 회의가 시작되었다.

"아버지 퇴원하시면 지금 살던 시골집으로 다시 내려보내는 건 말이 안 되는 것 같아요. 누군가 돌봐야 하는데. 좋은 의견 있으면 말씀해 보세요."

내 말이 끝나자마자 순식간에 모두 침묵에 빠져들었다. 왕왕 동시에 말하는 바람에 번호표를 받고 말하라는 농담도 할 때가 있었냐 싶게 실내는 너무나 조용했다. 베란다에서 햄스터가 부스럭거렸다. 조그만 쳇바퀴 돌아가는 소리가 나고 해바라기씨인지 무언가를 바각바각 갉아 먹는 소리도 들렸다. 멀리서 사는 언니를 제외한 딸들은 언제나 집안일에 앞장서곤 했었다. 두 여동생이 이따금 목을 빼고 좌중을 둘러보다 나와 눈을 마주쳤고, 동시에 남동생과 붙어있는 올케를 보았다. 오빠는 창밖만 보고 있었고, 고개를 숙이고 있던 막내 남동생은 자주 고개를 들어 주변을 살폈다.

드넓고 평온하기만 한 평야에 독수리라도 날아들까 살피는 미어캣 같았다. 집주인인 남동생은 고개를 숙이고 돌처럼 앉아 있었고, 올케는 손톱으로 장판을 긁어댔다. 두더지 잡기 게임에서 매번 일등을 하던 남동생은 어떻게 하면 잡히는지 아는 것처럼 한 번도 머리를 들지 않았다. 수많은 가족 모임 중에서 이토록 조용히 있어 본 적이 없었다. 함께 모여 저녁을 먹고 늦도록 놀다가 잠자는 밤에도 여기저기 코 고는 소리가 나지 않았던가. 지루했는지 역시 가만히 앉아 있던 형부가 말을 꺼냈다.

"잘들 상의해 봐. 나도 울 아버지 때문에 무쟈게 힘들었거든. 잘 상의해서 좋게 좋게 해. 누구 한 사람한테만 부담 주면 안 되고. 아이구야, 나도 얼마 전까지 했는데 진짜 힘들더라고. 우린 이제 다 끝났어. 잘들 해봐."

형부의 아버지가 좁은 아파트에서 노환으로 자리에 눕게 되었는데, 여러 형제가 서로 모시지 않으려 하여 의절까지 했다는 얘기를 들은 적이 있었다. 거동하던 때는 그런대로 함께 살 수 있었지만, 옆에 누군가가 있어야만 하는 환자이고 보니 형들에게 도움을 청했다고 했다. 하지만 평소 오가며 안부를 묻는 사이였지만 거동 못 하는 아버지를 모시지 않으려는 형제들은 서로 폭탄 돌리기 게임 하듯 현관문조차 열어주지 않았다는 것이다.

철없는 아이 등을 토닥이듯 형부는 잘 상의해서 하면 모두 잘될 거라 말하며 동그라미 밖으로 빠져나갔다. 그렇게 맏사위는 마을 이장처럼 자기 경험과 의견을 친절히 조언해 주었다. 스스로 이방인이 되기를 작정한 것처럼 둥글게 모여 앉은 자리를 이탈해 푹신한 소파로 옮겨 앉았다. 한껏 소리를 줄여 놓은 텔레비전에서 마침 재밌는 방송을 하는지 형부의 눈이 반달처럼 휘어졌다. 형부를 쏘아보며 뉘신데 여기 왔느냐고 묻고 싶었다. 뭔 말이든 하고 싶었는데 정말이지 할 말이 없었다. 뭐라고 해야 하나. 그동안의 부모님 병원 생활에 가끔 먼 친척처럼 다녀가던 언니 부부에게 뭐라고 말해야 속이 시원할까. 금방이라도 불쏘시개가 튀어나올 듯 옴질거리는 내 입을 본 남편이 나섰다.

"나는 아픈 울 엄마도 못 모시면서 장인어른을 모신다는 것은 좀 그러네."

끓어오르는 속을 누르고 나도 어쩔 수 없다는 듯 양반다리를 풀며 한마디 거들었다.

"나는 엄마 돌아가시기 전까지 할 만큼 했으니까 이제 그동안 안 한 사람들이 좀 해서."

살아생전 엄마의 잦은 병수발에 누구보다 내가 많은 힘을 기울였다는 것은 반론할 여지가 없었다. 열외의 자리처럼 형부 옆 소파에 옮겨 앉아 좀 전 형부의 말을 곱씹었다. 잘들 해보라고? 그게 맏사위가 할 말인가. 좀처럼 분이 삭지 않았다. 말도 자꾸 씹으니 다른 맛이 났다. 사위는 백년손님이라는 말이었을까. 자신은 아들로서의 할 일을 했으니, 여기도 아들이 해야 한다는 뜻일까. 아들들이 상의해서 잘해보란 말을 줄여서 한 것일까. 그렇다면 답은 정해진 것이 아닌가. 큰아들은 홀아비고 막내아들은 미혼이고 둘째만 멀쩡하다. 더구나 하나 있는 아버지의 며느리는 전업주부이다. 누구나 다 아는 답은 아무도 말하지 않고 있었다. 당시 누구라도 그 말을 꺼냈더라면 함께 여행 가고 안부를 묻는 가족 모임은 앞으로 유지되지 않을 것이다. 시선만 주고받던 침묵 속에서 막내 여동생이 말했다.

"돌아가면서 한 달씩 모시자. 이렇게 가만히 있으면 아무 일도 안 되니까 내가 먼저 아버지 모시고 갈게. 요즘 쉬고 있는데 다음 달에 다시 출근하거든. 그때까지 아버지를 내가 모실게. 다음 순서 얼른 정해."

동생이 한숨을 쉬며 화장실로 들어갔다. 아마도 제 몸에서 나오는 오물보다 한숨으로 나오는 오물이 더 많겠다 싶었다. 그러고도 침묵은 계속되었다. 집을 땅속 저 밑바닥으로 한없이 끌어 내리는 것만 같은 침묵 끝에 다음 순서는 정하지도 못하고 회의를 마쳤다. 혹시라도 아버지가 이 꼴을 보았더라면 어땠을까. 당장에라도 미련 없이 생의 끈을 놓으려 하지 않았을까 했던 그 마음은 아직 변하지 않았다.

가끔 그때의 침묵을 생각한다. 언제나 명랑하고 말이 많던 올케가 어떻게 그런 침묵을 견뎠을까. 이를 대비해서 부부가 사전에 연습이라도 하지 않았을까. 그 집 근처에는 열차역이 있다. 걸어가서 열차를 타고 세 번째 역에 내리면 걸어서도 십 분이면 아버지 집에 갈 수 있다. 이 집에서 저 집에 가는 것은 늦어도 한 시간이면 충분했다. 올케는 한 번도 혼자 그런 방문을 하지 않았다. 그 무거운 침묵 속에서 아버지의 냉장고를 떠올렸다. 반찬 하나 없이 500 그램이라 쓰여 있는 투명한 플라스틱 통에 담긴 새우젓갈. 속이 보이는 플라스틱 통은 빨간 뚜껑을 하고 냉장실 중앙에 놓여 있었다. 아버지는 먹을 반찬이 하나도 없어서 장날 버스 타고 가서 사 왔다고 했다. 그 말에 피가 끓었다. 너무 화가 났고 동시에 미안했다. 일주일에 한 번씩 당번을 정해서 밑반찬과 대청소하기로 했던 약속을 동생들이 지키지 않았다. 아직 건강하고 밭일도 많았던지라 아버지의 식욕이 왕성했던 때였다. 지금도 새우젓만 보면 아버지의 빈 냉장고와 유독 반찬을 잘 만드는 올케가 생각난다. 그리고 상상한다. 이런저런 반찬을 싸 들고 사뿐사뿐 걸어가는 예쁜 아버지의 며느리를.

'스님들도 새우젓을 드실까요? 아버지?'
그러지 않을까 싶다. 채식주의자인 내 친구 옥이도 생선은 잘 먹지 않았던가. 육식을 안 한다 해도 김장할 때는 뭔가를 양념으로 버무려 넣겠지. 다시 밝은 등불 앞에 놓인 새우젓 한 통이 머리에 그려진다.

'그때 진짜 미안했어요. 먹을 것이 그렇게 없으면 나한테 전화하지.'
내가 유일하게 쉬는 일요일은 교회에서도 많은 일을 해야 했지만, 오후에 잠깐 시간이 났었다. 동생들이 안 가면 나라도 자주 갔어야 했는데, 왜 나는 정한 당번을 그리 고집했을까.

그런 생각을 하며 육중한 천왕문 앞에 선다. 안으로 들어서자, 좌우에 커다란 목조 입상 두 쌍이 서 있다. 처음 보는 거대한 사천왕의 부릅뜬 눈앞에서 어떤 두려움이 느껴진다. 그림이나 부조는 본 적 있지만 온전한 조각상은 본 적이 없다. 언젠가 어린 딸을 데리고 사찰에 갔을 때, 아이는 사천왕을 보더니 무섭다고 울었었다.

십여 년 전, 엄마가 지병으로 먼저 돌아가신 후 아버지는 십 년 넘게 홀로 살고 계셨다. 아버지가 교통사고를 당했고 지금 병원에 가는 중이라는 남동생의 메시지를 본 것은 문학모임이 30분 정도 진행되고 있었을 때였다.

한 시간을 어떻게 운전했는지 모르게 달려간 병원의 중환자실에서 아버지를 보았다. 머리에 온통 붕대를 감고 있었고 입에는 산소호흡기가 끼워져 있었다. 흰 가운을 입은 남자가 다가오더니, 담당 의사가 지금 병원으로 들어오는 중이라며 가족은 복도에서 기다리라 했다.

서울의 언니 부부만 제외하고 모두 중환자실 앞에 모였다. 담당 의사는 아니라지만 흰 가운을 입은 그는, 골반과 다리의 여러 곳 골절되었지만 그건 당장 중요한 게 아니라고 했다. 복도에서 긴급 가족회의가 열렸다. 종합병원이라지만 변변한 의사도 없는 소도시 병원에서 아버지를 큰 병원으로 옮기기로 했다. 하지만 멀지 않은 대전의 종합병원들은 거의 파업 중이었고, 그렇지 않은 병원은 만원이었다. 중환자 앞에서 손도 못 쓰는 이곳을 벗어나 어떻게든 큰 병원으로만 가면 될 것 같았다. 어디든 옮기는 것이 좋지 않다는 의사의 말에도 우리는 실낱같은 연이 있는 사람들이면 물어물어 전화했다.

나는 종합병원이 있는 재단의 학교에 다니던 딸애의 교수에게 전화했다. 늦은 밤에 무례한 학부모의 전화라고 욕한다 해도 상관없었다. 같은 재단이던 그 병원에서 꽤 높은 지위에 있는 것 같다는 말을 언젠가 딸에게 들은 적이 있었다. 울먹이며 부탁하는 내게 환자를 받을 수 있는지 알아보고 연락하겠다는 교수와의 통화를 끝내자마자, 중환자실 안에서 가족들을 불러들였다. 임종이 다가왔다고 했다. 모두 침대를 에워 쌌았지만, 누구도 무엇을 어떻게 하라는 조언은 해주지 않았다. 엄마도 전에 병실에서 홀로 돌아가셔서 누군가의 임종을 보는 것은 처음이었지만, 종이 기저귀만 하고 알몸으로 누워있는 아버지를 보는 것도 처음이어서 어찌할 바를 몰랐다. 어떤 절차가 있을 것도 같았지만 그런 일은 없었다. 시선을 돌리자, 침대 머리 쪽에 틀니가 있었다. 우리를 보고 비웃는 것 같았다. 나는 내 할 일 다 했다. 니들은 다 했냐 하고.

아버지 손은 대나무 뿌리 같았다. 중학교 다닐 때 수학 선생님이 출석부와 함께 꼭 끼고 다녔던, 길이가 팔뚝만 한 그것처럼 아버지의 손은 마르고 마른 여러 개의 대나무 다발 같았다. 집 뒤꼍이 대나무밭이던 집에서 가끔 뿌리가 마당으로 뻗기도 했던 대나무는, 종종 아버지의 도끼에 잘려 우리의 장난감이 되기도 했었다. 그 짧고 굵은 마디에 구부러진 손가락. 손바닥에도 굳은살이 배고 손가락은 펴지지 않아 손등에 공깃돌 하나 제대로 올릴 수 없는 손이었다.

그 손을 잡고 흠칫 놀랐다. 누군가의 살에 닿는다고 그렇게 놀라다니. 말이 안 되었다. '정신 차려, 네 아버지야.' 하며 다시 손을 잡았다. 너무 차가웠지만 다른 손으로 아버지 가슴을 만졌다. 따듯했다. 같은 사람이 어떻게 이토록 큰 온도 차를 보일까. 정신을 가다듬었다. 아버지는 식어가는 중이었다. 가운데로 오는 냉기를 몸 밖으로 내보내면 얼마나 좋을까. 잠시 후, 팔과 어깨가 차가워지다가 앙상한 가슴도 이내 싸늘해졌다. 위를 보았다. 아직 침대 위에서 육신을 내려다보고 있을 아버지의 영혼에 속삭였다.

"고생 많으셨어요. 좋은 곳으로 가셔요. 가서 엄마 만나세요. 고마웠어요. 아버지."

지금 생각하면 경황없는 그 상황에서 어떻게 그런 말을 했는지 모를 일이었다. 누구와 다툼이 있거나 긴장하고 당황하면 꼭 해야 할 말을 못 하고 늘 시간이 지나 후회했었다.

다시 아버지의 틀니를 보자 이상한 안도감이 들었다. 아버지 밥상 위에 무엇이 놓여 있는지. 툭 하면 고장 나는 기름보일러는 고쳤는지, 시장에서 개 사료를 사면 어떻게 집으로 가져오는지, 무엇보다 식사는 제대로 했는지, 끝도 없는 걱정덩어리가 한순간에 사라지는 것 같았다. 그리고 죄책감이 들었다. 아버지가 많이 마른 것이 나의 죄 같았다. 얼마 전까지도 갈비탕 한 그릇을 거뜬히 해치우던 아버지였다.

삼시 세끼를 어찌 드셨는지 모르도록 그동안 나는 무엇을 했을까. 임종은 끝났지만, 우리는 한동안 그대로 있었다. 어수선한 분위기 속에서 오 분쯤 지나자, 급히 한 의사가 들어오더니 자신의 왼쪽 손목을 들어 올려 사망 시간을 알렸다. 담당 의사라는 이는 오자마자 선고를 내리는 것으로 할 일을 마친 듯 곧바로 사라졌다.

염사의 신중한 모습을 유리창 너머로 지켜보며 병원 담당 의사가 일찍 왔더라도 결과는 같았을 거라는 생각을 했다. 음주운전으로 사고를 낸 사람은 평소 이웃 주민들과 마찰이 잦았다는 옆 동네 노인이었다.

아버지가 그렇게 가실 분이 아니라며 가장 화를 많이 낸 것은 늘 바쁘다던 형제들이었다. 바쁜 일만 처리하고 효도하려 했는데, 그 사이 아버지가 돌아가셔서 화가 난다는 듯. 그리고 사람을 치어 죽게 하고도 와보기는커녕 연락도 없는 운전자에게 크게 분노했다.

천왕문을 지나 극락보전에 이른다. 세월의 흔적이 곳곳에 배어 있는 뒷벽에 오래된 그림이 있다. 연꽃이 흩뿌려진 듯한 물 위로 날렵한 용 모양의 배가 있다. 그 반야용선도(般若龍船圖)에 사람들이 있다. 저들은 극락으로 가는 중일까. 그 속에 아버지 얼굴을 그려본다. 극락으로 가는 배가 망자를 저렇게 실어 나르다가는 다들 지쳐서 수많은 대기자가 이승을 떠돌지 않을까. 그게 연옥일까. 어떻게 바다에 연꽃이 피지? 이상하다. 말도 안 돼. 그림 앞에서 한동안 서 있던 나는 결론을 내린다. 이해 안 되면 내리던 결론이다. 세상에 말도 안 되는 일이 어디 한둘인가. 뭔가 모를 깊은 뜻이 있겠지. 하는.

봉안당에 아버지를 모시고 가족들은 모두 돌아갔다. 집으로 가기 전 나는 내가 나고 자란 아버지 집에 혼자 있었다. 잠시만 있다 가기로 했다. 주인 잃은 개는 제집에서 잠깐 나오더니 다시 들어가 머리만 내놓은 채 나를 보며 누웠다. 그날의 일은 담장 옆 큰길에서 난 것이니 똑똑했던 개는 이미 알고 있을 것이다. 제집에서 멀어야 5미터 안쪽이다. 마루에 걸터앉아 개에게 물었다.

"너는 다 알지?"

아버지의 마지막 유품이 궁금했다. 아버지와 정이 없는 오빠와 멀리서 사는 언니, 그리고 제각각 일하느라 일선으로 돌아가기 바쁜 동생들 모두 모른다고 했다. 모두 전화를 받으면서도 모른다고만 할 뿐 아무도 궁금해하지 않았다. 유품은 아직 병원 응급실에 있었다.

커다란 비닐봉지에 들어 있던 옷과 신발 그리고 아버지가 제일 아끼는 페도라를 가져와 텃밭에 늘어놓았다. 감색 점퍼의 팔 부위에 타이어 자국이 나 있었고, 흙먼지가 짓이겨진 곳이 있었지만 거의 새 옷이었다. 안주머니의 지갑에는 23만 원과 주민증, 그리고 한국전쟁 참전용사증이 있었다. 옷 대부분은 잘려져 있었다. 바지통이 세로로 잘려져 있는 바지는 아버지가 외출복으로 즐겨 입는 것이었는데, 역시 흙이 묻어 있었고 파자마도 역시 세로로 잘려져 있었다. 파자마는 추위를 많이 타는 아버지가 내복으로 입기도 했다. 신발은 아버지가 외출할 때만 신던 구두였다. 그리고 이 페도

라. 아버지는 외출복을 말끔히 차려입고 어디를 다녀오던 길이었을까. 경찰에 의하면 아버지는 어스름한 저녁에 집 쪽으로 천천히 길을 건너던 중이었다고 했다. 그것은 가해자의 블랙박스에서 확인한 것이라며.

'나이가 많을수록 집을 나갈 때는 옷을 깨끗이 입어야 하는 법이여. 사내 지갑에는 돈도 있어야 하고. 그래야 챙피하지 않지. 신분증도 있어야 하고. 내가 누군지 알겠냐. 안 그러면 내가 누군지 아무도 모르는 것이여.'

예전 아버지의 두둑한 지갑을 본 내가 왜 그리 돈을 많이 갖고 다니냐고 했을 때 아버지의 대답이 그랬다.

불상 없는 대웅전에서 나는 그 생각을 한다. 북적대며 살던 집에서 하나둘 빠져나간 자식들이 자주 찾아오지 않을 때 아버지의 마음이 어땠을까. 같은 동네에 혼자 살던 아버지 친구가 스스로 생을 마감했다고 말하며 먼 산을 보던 그때 아버지의 심정은 어땠을까. 집을 잘 찾아오지 않았다던 아버지 친구의 자식들을 본다면 아버지는 무슨 말을 할 수 있을까.

'외출할 때는 입성이 깨끗해야 하는 거여. 안 그러믄 자식들 욕맥이는 거거든.'

아버지 목소리가 들리는 듯하다.

오랫동안 혼자 살던 아버지 집에 독거노인을 위한 도우미가 오게 되면서 자식들의 마음은 다소 가벼워졌다. 하지만 병원에 입원

하고 나면 형제들은 다시 눈치를 보았다. 병원비는 나누어서 내면 되지만 병수발하며 집으로 모셔야 하는 상황이 되면 좀 더 바쁜 척, 좀 더 어려운 척하며 연락을 피했다.

퇴원 후, 막내 여동생 집에서 삼 일을 보냈던 아버지는 아파트 생활에 진저리를 치며 살던 집으로 돌아갔다. 그리고 얼마 후 다시 가족회의가 열렸다. 전부터 허리가 아프고 최근 무릎까지 아프다는 아버지를 요양병원으로 모시자는 안건이었다.

고령의 아버지를 그대로 두면 동네 사람들이 욕을 할 거라고. 평소 요양병원이든 요양원이든 갈 생각이 없다는 아버지를 누가 설득할 것이냐는 의견에 다들 나를 지목했다. 내 말이라면 들으실 거라고.

몇 군데 요양병원을 알아보고 결정한 곳은 차로 한 시간 정도 걸리는 곳이었다. 일단, 주변 환경이 아주 좋아 보였다. 찾아가 상담한 곳에서는 아버지는 나이에 비해 건강해서 정부의 지원은 거의 받지 못한다고 했다. 자식이 많으면 이런 때 약간의 도움이 된다. 병원비는 일곱 자식이 나누면 감당할 만했다. 병원에서 요구하는 서류와 입원 할 때 갖고 들어갈 속옷과 위생용품을 샀다.

다음날은 햇살이 유난히 따사로웠다. 평소라면 오지 않을 시간에 찾아온 나를 보고 아버지는 일손을 멈춘 뒤 들마루에 다가왔다. 입원해서 평소 아팠던 허리와 무릎도 치료하고 편하게 쉬었다가 언제라도 나올 수 있는 곳이라고 전화로 미리 허락을 받아 놓은 뒤였다. 모레쯤 들깨인지 참깨인지를 심어야 한다는 아버지는, 흙투성이가 된 장화를 벗어 바닥에 놓고 두드리며 흙을 털었다. 머리에 농사일지가 빼곡한 아버지를 치매 노인이 많은 요양병원에 모시려니 가슴이 아팠지만, 삼시 세끼 남이 차려주는 따뜻한 밥을 먹으며, 치료도 잘 받으면 좋을 것 같았다.

야트막한 산자락에 잘 가꾼 조경 속 건물은 부잣집 별장 같기도 했다. 아버지가 더 이상 일하지 않고 산책길을 거닐며 편안해할 것을 생각하니 마음이 가벼워지기까지 했다. 절대 요양원 같은 곳에 가지 않겠다던 아버지가 다시 예전 마음으로 돌아갈까 싶어 서둘러 입원 절차를 마쳤다. 몇 차례의 전화와 사전 방문을 했었던 터라 절차는 금방 끝났다. 그리고 주말마다 오겠다는 말을 남기며 나는 서둘러 집을 향해 달렸다. 마음이 정말 가벼워지는 것 같았다. 하지만 왠지 모르게 개운치 않았다. 절대 아버지를 속이지 않았다고 생각하면서도 정말 속이지 않은 게 맞느냐고 누가 물어보는 것 같았다.

어디서도 본 적 없는 대웅전 지붕을 바라보며 떠나지 않는 흙투성이 아버지 모습을 생각한다. 그때 아버지 마음이 어땠을까. 가장 믿었던 둘째 딸이 평소 절대 가지 않겠다고 했던 요양병원에 입원시켰던 것에 배신감을 느꼈을까.

그다음 날, 나는 오빠 전화를 받았다. 방금 아버지를 집으로 모셨다고. 꼭 나가야겠으니 와서 데려가라는 아버지의 간곡한 전화를 받았다고 했다. 나는 그곳에 입원시키기 위해 얼마나 많이 노력했는데 다시 집으로 모시고 왔냐고 따져 물었다. 오빠가 아버지를 모실 생각이면 모르겠는데, 그렇지 않으면서 왜 혼자 사는 집으로 다시 모셔 왔느냐고. 그렇게 혼자 있다가 잘못되는 일이라도 생기면 어쩔 거냐고. 앞으로 오빠가 알아서 하라고.

  아버지는 경관과 시설이 좋은 곳에 입원은 했지만, 그곳은 정작 환자 혼자서 밖으로 나가지 못하는 곳이었다. 다른 건물로 가는 복도의 문이나 외부로 나가는 문마다 모두 잠겨 있었고, 직원들만 암호키로 드나들고 있었다. 나는 외관 좋은 감옥에 아버지를 감금시킨 꼴이다. 아버지는 사이가 제일 서먹했던 오빠를 설득해서 밖으로 나왔고, 나는 거짓말 하는 나쁜 딸이 된 것이다.

  피카소의 입체 그림을 보는 듯 대웅전의 지붕은 앞면과 옆면이 공존한다. 한 건물도 이름도 네 개이다. 앞이기도 하고 옆이기도 하고 뒤이기도 한 것이라니. 방향에 따라 이름을 달리해 붙인 것을 보니 특별한 이유가 있는 듯하다. 대웅전 밖에 부처님을 모신 것처럼 내가 모를 깊은 뜻이 있을 것 같았다.

  대웅전 옆 승방으로 가는 작은 문 위에 날아갈 듯한 한자가 쓰여 있다. 문사난견능(門㕨難見能). 이 문으로 가면 어려운 생각도 볼 수 있나. 수행을 많이 하면 그렇게 되는 곳이구나 하며 발을 돌린다.

하루를 입원했던 요양병원에 다녀온 지 얼마 되지 않아 아버지는 돌아가셨다. 교통사고가 잘 나던 대문 앞 큰길에서였다. 당시 동네에는 어른들이 모일 수 있는 동네 혼사나 애사도 없었다고 했다. 아버지는 대체 어디를 다녀오던 길이었을까.

텃밭에 늘어놓은 유품을 한곳에 모아 불을 지폈다. 옷이 먼저 타고 신발은 오래오래 그을음을 내며 탔다. 옷을 태우는 것은 망자가 저승 갈 때 입는 것이라는 말을 어디선가 들었다. 어쩐 일인지 쉽게 페도라를 불 속에 넣지 못하던 나는 신발이 다 탈 때까지 옆에 쪼그려 앉아 있었는데, 사정을 아는 동네 사람이 지나며 한마디 했다.

"모자는 태우지 말어. 새것 같은데 아버지라고 생각하고 쓰고 다녀."

지갑을 챙기고 아버지 모자를 썼다. 나오기 전 여전히 묶여 있는 마당 가에 있는 개에게 말했다.

"할아버지는 이제 안 오신다. 이쁜이 너도 사고 난 거 알고 있지? 그때 돌아가셨어. 네 새끼들도 거기서 차에 많이 치여 죽었잖아. 이제 기다리지 마. 나는 간다. 미안해."

이쁜이는 잠깐 꼬리를 살랑거렸다. 나는 개에게 손을 흔들고 나와 자물쇠 없는 문을 닫은 뒤 아버지가 자주 앉았던 의자를 기대어 놓았다.

　삼우제를 지내느라 다시 모인 아버지의 집에는 개가 보이지 않았다. 아버지 장례식장에 개도 데려오자는 내 의견은 아무도 동조하지 않아 무산됐었다. 마지막으로 개를 본 것은 나인 것 같았다.

　"아니 내가 어제 사료를 주러 와보니 이쁜이가 없더라고. 보니까 말뚝이 빠졌어."

　엄마가 먼저 돌아가신 후 힘들어할 아버지를 위해 오빠가 데려온 강아지였다. 오빠는 아침부터 꼬박 하루를 동네와 이웃 동네까지 뒤지고 들과 산을 찾아다녔지만 결국 찾지 못했다고 했다. 도대체 땅바닥에 꽉 박혀있던 말뚝을 어떻게 뽑고 달아났는지 신기할 지경이라며 도둑맞은 거 아니냐는 내 말에 손을 내둘렀다.

　"그 말뚝은 나도 못 뽑아. 도둑이면 줄을 끊든지 목줄을 풀면 되는데 뭐 하러 힘들게 말뚝을 뽑아? 땅속까지 박혀서 위로 고리만 나왔던 건데. 분명히 이쁜이가 뽑은 거야. 진돗개라 영리하거든. 아버지 돌아가신 거 알고 집을 떠난 거야."

　내 말을 알아들었던 것일까. 나는 이쁜이가 말뚝까지 달린 쇠사슬을 끌고 뒷산에 올라갔다면 틀림없이 나무에 엉켜 죽을 수 있겠다는 생각이 들었다.

　"풀어 놓고 키우지 그랬어. 전에 풀어 키울 때는 볼 일도 혼자 뒷산에 가서 해결하고 왔다면서. 그런 애를 그렇게 오랫동안 묶어 놨으니 아이쿠. 그 세월이면 사람이었대도 짐승이 되었겠다. 이참에 아버지가 그렇게 되었으니, 이쁜이가 작정하고 집을 나간 거야. 찾을 거 없어"
　나는 진심으로 이쁜이가 쇠사슬과 말뚝에서 벗어나 다시 잡히는 일이 없기를 바랐다. 찾지 말라는 내 말에 오빠는 족보 있는 진돗개라며 못내 아쉬워했다.

　용화전 앞 봉발탑에서 아버지의 주발을 본다. 생전의 엄마는 김치뿐이어도 고봉으로 밥을 담았다. 어느 집이나 가장의 밥을 담을 때에는 항상 그리해야 하는 줄로만 알았던 나는 어린 시절 소꿉놀이할 때는 각시로서 신랑 밥그릇에는 고봉으로 흙을 눌러 담았다. 눈을 들어 챙을 본다.
　'아버지 예전과 방앗간에서 일할 때는 저런 고봉밥을 두 그릇이나 자셨다면서요?'
　밥만 먹어도 배부르겠다고 생각하다가 어느새 새우젓을 생각한다. 새우젓 한 종지면 얼마나 많은 밥을 먹을 수 있을까. 작은 모자를 쓰고 다녔더니 머릿속이 가렵고 답답하다. 주변에는 아무도 없다. 얼굴의 절반도 그늘을 만들지 못하는 페도라를 벗고 머리를 긁는다. 손가락을 찔러 넣어 머리카락을 세워 보고 정수리 쪽으로 끌어 올려 보지만, 한번 죽은 볼륨은 다시 살아나지 않는다. 누군가 본다면 웃고 말 것이다. 봉발탑 앞에 봉발머리 있다고.
　제사상에 올리는 밥은 언제나 고봉이었다. 병풍이 쳐지고 나물과

포와 전, 여러 가지 과일이 상에 놓이면 마지막으로 뜨거운 밥주발이 놓였다. 아버지 첫 제사에 엄마 제사도 함께 올렸다. 가족이 많다 보니 다른 반찬도 많았다. 준비하느라 고생 많았다고 하니 올케는 그랬다. 어렵지 않아요. 이런 게 뭐가 어렵다고. 남동생도 거들었다. 평소 먹는 반찬에 조금 더 장만했다고. 다시 찬밥에 물을 말고 새우젓이 놓인 아버지 밥상이 생각났다.

제사를 지내고 짧은 가족회의가 있었다. 명랑한 올케가 말했다.

"아버님이 돌아가셨지만, 형제들이 서로 우애 좋게 지내면 좋아하실 거예요. 전에 하다가 흐지부지된 가족회비 다시 걷어요. 제가 총무 할게요. 회비통장을 다시 만들었는데 여기로 자동이체 해주세요."

새우젓 사건 이후로 매월 자동 이체했던 가족회비를 해지했다. 늦게 일이 끝나는 나는 종종 밤길을 달려가 아버지의 옷을 빨고 집 안을 청소했었다. 찌개나 국을 끓여놓고 쌀을 씻어 전기밥솥에 취사를 예약해 놓으면 종종 자정이 가까웠다. 그럴 때면 아버지는 다시 밤길을 가야 하는 나를 걱정스레 쳐다보곤 했었다.

언젠가 아버지는 그랬다. 한동안 집에 아무도 안 왔다고, 그렇게 말하던 쓸쓸한 표정을 나는 잊을 수 없다. 벌써 한 달이 다 되어간다고. 적어도 일주일에 한 번은 가기로 약속했던 제 순번을 지키지 않고 각자 편한 시간에 가거나 안 가는 형제들에게 나는 가족에서 빼라고 했었다.

이틀에 한 번씩 오랜 기간 병원에 다녀야 했던 엄마가 돌아가시기 전까지 나는 일상처럼 엄마를 중고 자동차를 구해 태우고 다녔다. 땀으로 범벅인 남편에게 매번 기름값을 받았지만 나보다 형편 좋은 다른 가족들은 아무런 관심이 없었다.

금강계단 앞에서 눈을 든다.

'저 계단 위에 부처님이 계시는데요. 진신사리도 있대요. 진짜 부처님이죠. 그리고 저 이제 마음 비웠어요. 이제 애들하고 싸울 일도 없어요. 지들은 지들대로 나는 나대로 살면 되는 거지'

합장하고 허리를 굽히는 사람들이 많다. 기도하는 법이 따로 있는지 몰라도 저들을 따라 해본다. 하늘나라 가신 부모님 편안하게 하시고, 자손들도 모두 무탈하게 해주시고, 혹시, 우리가 모를 화는 오지 않게 해주세요. 부처님. 그렇게 잠깐 교회 다녔던 때를 떠올리며 마음속으로 빌어 본다.

어릴 적 엄마가 기도한 것을 본 적 있었다. 어린 내가 보더라도 불장난은 아니었다. 낮에 대청소를 한 장독대 앞에 떡시루를 놓고 하얀 종이에 불을 지폈는데 잘 타면 가족이 잘 되고 그렇지 않으면 나쁜 일이 생긴다고 했다. 엄마는 그 종이를 여러 번 태웠는데 지금 생각해 보니 잘 탈 때까지 태운 것 같았다.

기도해서 그런지 마음이 조금 가볍다. 좀처럼 자주 오지 못하는 이곳을 더 둘러보기로 한다. 어디로 가볼까 두리번거리는데 스님 한 분이 어디론가 들어간다. 아까 본 문사난견능(門思難見能)이라고 쓰여 있는 곳이다. 문이 닫혀있는 그 안이 어떻게 생겼을까 궁금해져 문 앞에서 서성거린다. 또 다른 스님이 들어갈 때 문이 열리면 살짝 엿보려 하지만 좀처럼 기회가 오지 않는다. 그러는 사이 가족으로 보이는 한 무리의 일행이 내 옆에 선다.

"문사난견능 맞죠. 아빠? 이 문으로 가면 어려운 생각도 볼 수 있다는데요?"

제법 키가 크지만, 중학생인 듯한 아이의 물음에 아빠로 보이는 사람이 핀잔을 준다.

"잘 읽어봐. 능견난사문이잖아. 오른쪽부터 바르게 읽어야지. 볼 수는 있지만 생각하기 어렵다는 뜻이야. 심오한 말이지. 이 문은 승방 들어가는 곳이라 아무나 못 가."

"오른쪽부터요? 학원에서 배운 글자라 겨우 읽었는데 거꾸로였어요?"

아무래도 이해가 되지 않는다는 듯 아이가 손가락을 들어 하나하나 다시 읽어 보이며 머리를 갸웃거린다. 갑자기 부끄러운 내가 그들과 떨어진다. 문사난견능이라 쓰여 있지만 오른쪽부터 읽어야 바른 것이었다. 경내 건물 이름을 읽던 내가 거꾸로 읽은 것이다. 보는 각에 따라 그렇게 많은 차이가 나다니. 나도 모르게 내 나름대로 생각해 온 것들이 그동안 얼마나 많았을까. 나는 내 안의 문으로 깊숙이 빨려 들어간다.

무채색이 짙어가는 저물녘, 가로등도 제빛을 아직 다 밝히기 전인 그 시각에 말끔한 차림에 모자까지 쓴 아버지는 가슴을 만지며 주머니 속 지갑을 확인한다. 마당에서 아버지와 한동안 독대를 한 이쁜이는 평소와 다르게 납작 엎드린다. 아버지는 천천히 허리를 숙이고 이쁜이 주둥이를 두어 번 쓰다듬고 대문을 나선다. 길가에 선 아버지가 굳은 듯 한참 동안 움직이지 않는다. 사물의 움직임이 거의 보이지 않은 먼 데서 별 두 개가 반짝인다. 어둠 속에 있던 아버지가 한발 두발 내디딘다. 쿵, 멀리 있던 빛이 어느새 아버지와 하나가 된다. 이쁜이가 허공을 솟구치며 죽을 듯 짖어댄다. 한 생이 부서지는 소리에 이쁜이는 제 목이 끊어질 듯 허공에 솟구친다.

눈물이 그렁그렁 눈가에 매달린다.

'아버지, 아무에게도 짐이 안 되려고 그런 건 정말 아니지?'

속마음을 꺼내 물어볼 수가 없다. 고개가 너무 무겁다. 한참이 지나 눈을 씻고 고개를 들자, 대웅전이 한눈에 들어온다. 말도 안 돼, 눈사람 모양을 한 부처님이 대웅전 한가운데 계시다니. 움직일 수 없다. 다른 사찰과 달리 이곳 대웅전 안에는 빈방이 아니던가.

아까 다녀왔던 극락보전으로 달려가 벽화 앞에 다시 선다. 궁남지 연꽃을 보며 틀니가 다 보이도록 웃어 보였던 아버지가 반야용선 한가운데 보이는 것 같다. 나는 페도라를 벗어들고 오래오래 흔들어 보인다.

우리들의 애도 방식

회원은 모두 열일곱이다. 하지만 단체 카톡에 있는 회원은 열여덟. 모두 화원을 운영하고 있으며 닉네임은 화원 이름이다. 천사는 탈회한다는 말은 하지 않았지만, 회비를 내지 않는 것으로 보아 계속할 것 같지는 않았다. 회원만 공유해야 하는 정보가 수시로 올라오는 대화방이다. 계속할 것인지 그만둘 것인지 입장을 좀 정리해 주세요. 이렇게 물어봐야 하는데 오랫동안 함께 했던 회원이라 말이 나오지 않았다. 회비를 안 낼 거라면 카톡에서도 나가달라는 말이다. 방장인 나는 어떻게든 정리해야 했다.

우리가 천사라고 부르던 그녀는 정말 명랑하고 모임에도 열심히 나왔었다. 지난번 모임에는 모임 시간이 다 되어 어서들 오라는 내 문자에 그녀는 뽀글뽀글 파마머리 아줌마가 뛰어가는 이모티콘으로 답장을 보내더니, 그림과 같이 발에서 먼지 나도록 뛰어왔노라고 숨을 헐떡거렸다. 훤칠한 키와 굵은 웨이브를 한 긴 머리칼 위에는 서부영화 주인공이 말을 타고 노을 속으로 천천히 걸어가는 장면을 연상케 하는 모자가 얹혀 있었는데, 그것은 우리가 식사를 마치고 헤어질 때까지 거기 그대로 있었다. 일행의 대부분은 서둘러 일을 끝내고 온 모습이었지만, 나풀거리는 소매는 일하기 힘들 거라는 생각이 먼저 나게 하는 블라우스를 입은 그녀는 일행 중 단연 돋보였고 식당 내 손님들의 시선을 모으고도 남았다. 그녀는 자리에 앉자마자 다른 회원과 함께 온 맞은편의 아이를 보며 이상하리만치 말을 많이 했다.

"어머 예뻐라. 애가 사장님 아들이에요? 정말 예뻐요. 청주에 유명한 오믈렛이 있는데 얼마나 부드럽고 맛있는지, 울 신랑이랑 거기 종종 가거든요. 한번 갈 때마다 이십 박스는 사 올 거예요. 거기 간다고 하면 내 친구들이 다 자기들 것도 사 오라고 난리거든요. 애도 잘 먹겠네요. 맛있게 먹는 거 보고 싶다. 그거 진짜 맛있는데."

 그러자 노랫말의 후렴구처럼 모두 한마디씩 외쳤다. 우리 것도 사다 주세요. 나도 한 상자, 나는 두 상자, 그렇게 언제 갈지 모른다는 그녀에게 다들 주문하고 나자, 나도 슬쩍 한 상자 사달라고 했다.

 그 싸고 맛있다는 오믈렛은 사진으로 볼 수 있었다. 흔쾌히 그러겠다고 메모하던 그녀는 사 오게 되면 단톡방에 알릴 테니 다음 날까지는 꼭 가져가야 한다고 주의를 줬다. 따로 보관할 데는 없고 꽃 냉장고에 넣어둘 건데, 냉장고를 마냥 차지하고 있으면 신랑한테 야단맞으니 빨리 가져가야 한다는 것이다. 그녀는 회원 다수의 프로필 사진이 꽃인데 비해 유일하게 음식 사진이 있는 회원이었다.

 동갑인 옆자리 회원에게 천사 나이는 우리보다 두 살쯤 아래니까 애가 있으면 대학은 다니겠지 하자, 결혼하면서 아마 애는 낳지 않기로 한 거 같던데. 근데 강아지는 참 지극정성으로 키우는 것 같더라고. 무자식이 상팔자라며 부러워했다.

틈틈이 전국의 맛집을 자주 찾아다닌다는 그녀는 가게에 있는 시간보다 헬스장에 있는 시간이 더 많다며 나이 들수록 운동은 필수라고 조언했다. 단단하고 균형 잡힌 그녀에게서 뿜어져 나온 자신감은 나를 살짝 위축시켰다. 모처럼 직원이 자리를 비워서 가게를 봤는데 스킨을 팔고 보니 두 배 넘는 가격으로 팔았다며 깔깔거리던 그 얼굴엔 그늘 한 점 없어 보였다. 손님들의 평점에도 신경을 써야 하는 요즘, 나 같으면 걱정이었을 일에 손님도 웃으며 사갔다는 그녀를 보며 한마디 했다.

"재미난 얘기 해줄게요. 좌우지간 이쁘고 봐야 해요. 이쁘면 진짜 무죄예요. 옛날에, 외국에서 마녀사냥하던 때가 있었잖아요. 누명 씌우고 죽여서 가문 재산 뺏고 그랬잖아요. 그때 누명 써서 죽기 직전에 무죄 판결받은 여자가 있었는데요. 원로들이 살려 주는 이유가 뭐였는지 알아요? 너무 이쁘다나 뭐라나. 신의 작품에 함부로 손대면 안 된다는 거였다네요, 글쎄."

재미 삼아 내가 한 얘기에 회원들이 모두 깔깔거렸다. 그녀가 뭘 해도 묵묵히 일만 하는 그의 남편을 두고 선녀와 나무꾼이라느니, 전생에 두 번은 나라를 구했을 거라느니 부러움에 약간의 시기심을 얹어 우리는 대놓고 눈을 흘겼다.

그랬던 그녀가 심장마비로 가다니. 먼저 회원들에게 알리고 협회에도 알렸다. 삼일장 중 회원들의 조문 시간은 둘째 날 밤 아홉 시로 정해졌다. 카톡 카톡, 단체 대화방에 쉴 새 없이 댓글이 올라왔다. 삼가 고인의 명복을 빕니다. 삼가 고인의 명복을 빕니다… 자꾸 올라오는 댓글을 나도 복사해서 붙여넣었다.

가게를 닫고 장례식장으로 갔다. 빈소 앞 모니터에는 그녀가 활짝 웃고 있었다. 전에 보았던 모자와 비슷하게 생긴 감색 모자였고 그 아래 역시 풍성하고 우아한 웨이브를 가진 머리칼이 어깨를 덮고 있었다. 사진 찍은 배경이 꽃밭이었지만 그녀 역시 꽃처럼 보였다.

빈소는 다소 소란스러웠다. 가끔 웃음소리도 들렸다. 회원들이 도착할 때마다 악수하며 인사를 나눴고 밥과 술을 마시며 오래오래 눌러앉아 그간 못다 한 이야기꽃을 피웠다. 앞사람과 건배하다 눈총을 맞기도 하며 두 시간 반이 지나도록 우리는 자리에 그대로 있었다. 일반 조문객이 다 가기를 기다렸다. 이따금 상주인 그녀의 남편만 이쪽을 내다보았는데 유난히 하얀 피부를 가진 그는 이미 얼굴이 벌겋게 달아올라 있었다.

다른 유족은 보이지 않았다. 그는 이쪽을 내다보다가 우리 중 누군가 잔을 들어 보이면 다가와서 한 잔씩 받아 마셨다. 조경학이나, 원예학, 농학, 화훼학을 전공한 학교 동기나 선후배들이 많았다. 연말 총회만큼 한자리에 모인 회원들은 다른 지부 회원과 인사를 하거나 서로 소개하는가 하면 자잘한 업계정보와 자꾸만 침체되어 가는 시장경기를 걱정했다. 간혹, 웃고 떠들다가 다른 회원의 지적에 머쓱해하기도 하는 사이 밤이 깊어 갔다. 상조회사 직원은 이미 퇴근했고 멀리 떨어져 앉은 다른 조문객도 모두 돌아갔다.
 "자, 시작합시다. 이제 우리만 남았네요. 몇 명은 복도에 있는 화환에서 싱싱한 꽃만 목을 따 오세요."
 관장식을 할 시간이었다. 나이 지긋한 회원이 말하자마자 십여 명이 일어나 복도로 나갔다. 일찍 조문하고 간 사람들을 빼고도 각 지부에서 온 삼십여 명의 사람들이 늦은 시간까지 남아 있었다. 빈소 앞 모니터 앞을 지날 때 그녀가 했던 말이 떠올랐다. 선녀와 나무꾼은 어떻게 만나서 결혼했냐는 누군가의 질문에 천사는 근무하던 은행 앞 꽃집에서 매일 꽃구경하다가 꽃집 총각과 눈이 맞았다는.
 복도로 나간 나도 줄지어 서 있는 화환에서 싱싱한 꽃을 골라 목을 꺾었다. 보는 것만으로도 꽃이 싱싱한 것을 알 수 있다. 꽃잎 끝이 마르지 않고 윤이 나야 한다. 물이 잘 오른 꽃은 똑똑 소리 내며 부러졌고 그렇지 않은 것은 휘어지다가 겨우 부러졌다. 목 부러진 꽃들이 음식 나르는 네모난 쟁반에 수북이 쌓였다. 이제 필요한 것은 이쑤시개다. 녹말로 만든 초록 이쑤시개는 많았지만, 나무로 만든 것이 필요했다. 마른나무는 젖은 플로랄 폼이나 스티로폼에서도 제 몸을 불리거나 틈을 메워 자신을 지지한다.
 자정이 다 된 이 시간에 어디서 나무로 된 이쑤시개를 사 올까, 싶었지만, 회원 누군가 자신의 자동차로 달려가 가져왔다.

식탁 몇 개를 한쪽으로 치우고 가운데에 관을 놓았다. 그것을 중심으로 회원들이 모두 모였다. 관 위에 면사포 같은 하얀 관보를 씌우고 그 위에 스티로폼 한 장을 올렸다. 미리 관 크기에 맞게 자른 것이다. 꽃에 이쑤시개를 꽂고 그것은 일정한 간격으로 하나씩 그 위에 꽂혔다.

열병하는 군인처럼 오와 열이 맞는지 확인하며, 천사가 누우면 얼굴쯤 되는 곳에 작은 플로랄 폼을 얹어 고정시켰다. 향기 진한 핑크빛 꽃이 천사의 얼굴처럼 예쁘고 화사하게 꽂은 것을 마지막으로 우리는 사진을 찍었다. 예쁜 관장식이었다.

"너무 예쁘다. 눈이 부셔."

"천사가 좋아하겠다."

흐뭇한 표정으로 사진을 찍고, 남은 꽃은 꽃받침에서 꽃잎만 떼어내 쟁반에 담았다. 갓 지은 쌀밥 같았다. 고슬고슬한 이 꽃밥 위를 지나 그녀가 하늘나라로 갈 것이다.

아날로그 손목시계 바늘이 12를 향해 가고 있었다. 자리에서 일어나는 우리에게 감사하다며 인사하는 상주 옆에 상복 입은 아이라도 하나 있으면 얼마나 좋을까 싶었다.

"어이구, 애 좀 낳고 살지."

하고 작게 혀 차는 말을 하자 회원 하나가 그랬다.

"그러게요. 유족이 너무 단출하니까 더 슬프네요."

협회에 보고할 천사플라워 탈회 서류를 보완하기로 했다. 이미 그 일이 있고 벌써 두 달이나 지났다. 팩스나 이메일로 받아도 되는 서류였지만 어쩐지 직접 가야 할 것 같았다. 무슨 말부터 할까. 뭐라고 해야 하나. 사실 그를 잘 알지는 못한다. 그에게 뭔 말을 해야 할까. 그동안 어떻게 지냈느냐고. 얼마나 힘이 드셨냐고, 얼마나 가슴이 아팠느냐고, 건강은 괜찮으시냐고. 그 흔한 말 중 뭔 말을 먼저 할지 고민스러웠다.

목소리를 가다듬어 정중하게 인사부터 하기로 하고 전화를 걸었다. 신호음이 가자마자 앳된 여자 목소리가 수화기를 건너왔다. 사장님 계시냐는 말에 그녀는 사장님은 농장에 가셔서 안 계시고 자신은 직원이라고 했다. 지금 손님이 있어서 통화를 오래 할 수 없다는 그녀에게 내일이 협회비 마감이라고 사장님에게 말씀 전해달라고 했다. 하룻밤 사이에 유명을 달리한 사모님 존재는 전혀 생각나지 않는다는 듯 통통 튀는 명랑한 목소리의 직원에게 협회비를 내든가 아니면 탈회서를 쓰고 단톡방에서도 나가야 한다고 했다. 잠시 후 협회를 탈퇴하고 단톡에서도 나가겠다는 문자가 왔다. 나중에 탈회 확인서를 가지러 매장으로 가겠다고 답장하자마자 단체대화방에서 동그란 오믈렛 사진이 사라졌다. 그것은 천사플라워의 프로필 사진이었다.

천사플라워. 찾아간 그곳은 여전히 성업 중이었다. 생전 그녀가 가게에서 일을 별로 하지 않았던 때문인지 가게는 달라진 게 거의 없었다. 깔끔하게 정리된 내부에서 직원은 여전히 바빠 보였는데, 동그란 테이블에서 차를 마시던 나는 이곳저곳을 힐끗거리다가 컴퓨터가 놓인 책상 위 사진에서 눈이 멈췄다.

벽에는 몇 장의 사진이 있었다. 강아지 혼자 있는 사진도 있고 그녀와 함께 있는 사진도 있었다. 최근에 찍은 듯한 다른 사진에 눈이 갔다. 꽃으로 뼈다귀 모양을 만들고 그 옆에 강아지 모양을 한 꽃 사진은 아주 특별해 보였다.

"꽃으로 강아지 그림을 그렸네."

하며 흐뭇하게 한참을 들여다보자, 일을 끝낸 직원이 다가왔다.

"그거 우리 사장님 작품이에요. 며칠 전 건우 죽었을 때 만든 재단 장식이에요. 그거 하시느라 밤새우셨어요."

"건우요?"

"네. 사장님이 키우던 강아지인데 죽었거든요."

반려견에게 유산도 상속하고 장례식까지 치러준다는 말은 들어봤지만, 실제로 꽃장식을 하고 장례식까지 치렀다는 사진을 앞에 놓고도 나는 좀처럼 실감이 나지 않았다.

"그래요? 멋지다."

그러다 더는 말하지 못했다. 멋지다는 말이 강아지 재단 장식이 그런 건지, 강아지를 위해 밤을 새운 사장인지, 가까이했던 직원에게는 혹시라도 다른 뜻으로 들릴 수도 있었다.

강아지 이름이 꼭 사람 같았지만, 동물 주인들이 자신을 가리켜 엄마나 아빠라고 하는 걸 보면 이상한 일도 아니었다. 아이를 낳지 않는 대신 동물을 키우는 사람들은 흔했고, 텔레비전에도 그런 사람들이 여러 번 나왔다. 그런 프로그램이 나오면 나는 그들은 난민돕기나 불우이웃돕기는 절대 안 할 거라며 채널을 돌렸었다.

반려동물 키우는 것이 대세라도 되는 듯 최근 내가 사는 동네에도 거대한 펫마트가 생겨났다. 큰 대로변에 있어서 출퇴근할 때마다 보지 않을 수 없는 큰 건물이었다.

아, 그랬구나. 그런 부류의 사람 속에 그녀를 슬쩍 끼워 넣으며 서류를 챙겨 나오다가 입구에서 그를 만났다. 그녀의 남편은 여전히 하얀 피부에 짧은 머리였지만 무척이나 낯설어 보였다. 깡마른 모습이 전과는 달라도 너무 달랐다. 짧은 시간에 저렇게 마를 수 있을까 싶어 뭔 말이라도 해야 할 듯싶었지만, 말이 나오지 않아 서둘러 목례만 하고 나왔다.

미루었던 둥굴레를 캐러 왔다. 겨울 노지에 그대로 두면 얼어버리고 만다. 부부가 가게에서 함께 일을 하면 틈틈이 싸울 일만 생긴다는 종국은 얼른 일을 끝나고 한잔하기를 고대했다. 술도 약하고 많이 먹지는 못하지만 근래 잘 모이지 않아 입이 근질거리는 것 같았다.

둥굴레를 캐고 근처 식당에서 점심 겸 저녁으로 삼겹살에 소주를 먹었다. 삼겹살 12인분에 공깃밥 세 개를 볶았고 후식으로 냉면 세 개를 더 먹었다. 아마도 절반은 영우가 먹었을 것이다. 아무리 먹성 좋은 정훈과 종국이지만, 앉은 자리에서 피자 한 판을 해치우는 영우만큼은 안 되었다.

식당 텔레비전에도 개 키우는 연예인이 나왔다. 전에도 그런 장면이 나오면 진짜 키우는 것이 맞을까 궁금했다. 몸이 재산이고 시간도 없는 연예인들이 개를 지극정성으로 돌보는 것을 보면 도무지 이해되지 않았다. 연출인가 싶다가도 동물들이 잘 따르는 걸 보면 실제 키우는 것 같기도 했다.

"시집도 안 간 저 여자가 개 엄마라네. 지구 한쪽에서는 굶어 죽고 다른 쪽에서는 배 터져 죽는데 요즘 너무들 하는 거 같아. 돈 쓸데가 그렇게도 없나."

"너는 개 안 좋아하냐?"

"좋아하지. 맛있잖아."

"참나. 얘 말하는 거 봐라."

"농담이야! 농담. 보신탕집 없어진 지가 언젠데. 나도 개가 이쁘긴 한데 같이 살기는 싫어. 치다꺼리가 장난 아닐걸? 놀고먹는 사람이나 그 짓 하는 거지 일하는 사람은 못 해. 더구나 나같이 일하고 들어가서 잠자기 바쁜 사람은 어림도 없지. 개도 좋겠어? 감옥살이지. 개가 사람 말을 할 줄 알면, 아마 인권 아니 개권 따질걸? 천사처럼 직원 두고 하면 몰라도."

"거긴 지금 개 없어. 그 개 죽고 그 양반 피골이 상접했더라."

"하여간 사람보다 개가 더 대접받는 세상이라니까."

"그 개는 그럴 만도 해. 나도 개는 별로 좋아하지 않는데 그 개는 그 집 자식이나 마찬가지야. 그 선배가 결혼하고 애가 하나 있었는데, 한창 이쁠 때 사고로 죽었어. 아들이었는데 여자애처럼 진짜 이뻤거든. 인형 같더라고. 친한 선배라 내가 돌 반지도 해줬는데."

"그랬어? 나는 여자가 애를 못 낳는 줄 알았어."

천사와 잘 알고 지냈다는 정훈이 이어 말했다.

"그 양반 와이프가 원래 지병이 있었어. 심장이 안 좋다나 뭐라나. 예전에는 은행에 다녔었는데, 직원들한테 할당된 예금액을 채우느라 엄청 스트레스를 받았대. 다른 직원들은 가족이나 친척들한테서 할당액을 채웠다는데, 그 와이프는 부모가 일찍 돌아가시고 친척도 별로 없어서 엄청 힘들었다더라. 야, 여자가 원형탈모까지 생겼다면 말 다 했지. 뭐. 네 성격에 그 입장이라면 벌써 칼 물고 넘어갔을걸? 탈모로 고생하더니 결국 그만뒀다고 하더라고. 어렵게 들어간 은행이었다는데. 야, 한잔해야겠다."

"그래 한잔하자."

좀처럼 술을 많이 먹지 않던 친구는 소주 한 병을 비우고 한 병을 더 주문했다.

"의사가 애 낳으면 안 된다고 했는데 와이프가 우겨서 낳은 애였어 개가. 정말 이뻤는데, 이름이 뭐더라?"

"으음, 건우?"

"아니 네가 어떻게 그걸 알아? 그건 나밖에 모르는 일인데?"

술기운이 돈 친구는 자기만 아는 비밀을 내가 어찌 아느냐며 눈썹을 자꾸 들어 올렸지만, 좀 전까지도 나는 그것을 알지 못했다. 중간부터 반복해 보던 영화의 앞부분을 이제야 본 기분이었다. 씁쓸했다. 배우처럼 멋지게 살다 간 그녀와 그녀를 따라간 개. 그리고 그 둘을 떠나보내야만 했던 그녀 남편의 깡마른 모습이 어른거렸다.

그만 가자며 정훈이 카운터로 가자, 종국이 서둘러 따라갔다. 서로 카드를 내미는 것 같았다. 얘들은 대학 동창이지만 내게는 더 특별하다. 둥글레도 그렇다. 밭은 내 밭이지만 일은 거의 정훈과 종국이 한다. 오래전부터 삼총사로 어울렸던 친구들이다.

"잘 먹었다는 인사를 누구한테 하면 돼?"

내가 둘을 번갈아 보자 지난번에 종국이 사서 이번에는 정훈이 샀단다.

"거금 썼네. 잘 먹었어. 다음에는 내가 살게."

그러자 둘은 동시에 됐다며 영우 등을 토닥였다.

"많이 먹었어? 고기 먹고 싶으면 말해. 알았어? 삼촌 됐다 뭐하냐."

아이쿠, 윽, 쿵 소리와 함께 쇠 부딪는 소리가 실내를 울렸다. 잔뜩 힘이 들어간 죽을래와 살살 하라는 말소리가 이어졌지만, 길바닥의 요철은 있는 대로 확인하고 밟아줘야 한다는 듯 자동차 바퀴는 공사 중인 길을 내내 덜컹거렸다.
"도로를 다 파헤치는 걸 보니 한해가 또 저무는구나."
뒷자리에 있던 정훈이 한숨 섞인 말을 뱉자, 중국이 말을 받았다.
"염병. 뜯고 처발라야 내년에 또 타낼 거 아닌가."
연말이 다가오면 가정에서 김장하듯 도로는 새 단장을 하느라 곳곳이 공사판이다. 포장도로를 뜯고 다시 포장하거나, 보도블록을 들어내고 새 블록으로 다시 덮는다. 증빙 사진이 잘 나와야 하는지 블록 색깔을 바꾸거나, 마름모 같은 무늬를 넣기도 한다. 대부분 회색이면 붉은 것으로, 붉은 것은 회색으로 바뀌는데 언젠가부터 초록색도 보였다. 특별한 규칙이 있을지 모르지만 내 주변 사람들은 대부분 돈지랄이라고 했다.
승합차에 탄 사람들은 모두 네 명. 그중 베스트 드라이버라 자신하는 세 사람 모두 소주를 마셨다. 오늘따라 꽤 마신 두 사람 덕분에 두 잔을 받아 마신 나는, 마침 일을 배우겠다며 나를 따라나선 아들 영우에게 운전대를 맡겼다. 아들은 방학 때 운전면허를 따는 게 국룰이라며 작년 여름방학 때 기특하게도 면허를 땄다.
한적한 길을 가면서도 영우의 어깨는 잔뜩 힘이 들어가 있었고 가슴을 아예 운전대에 붙일 듯 바짝 앞에 달라붙어 있었다. 꽃가게를 하는 우리 일행은 모두 운전이 필수였으므로 면허 정지나 취소를 당하면 치명적이다. 그렇게 우리는 음주운전보다 왕초보를 택해서 집으로 가고 있었다.

　조수석에 앉은 나는 잔뜩 긴장한 아들과 유리창 너머를 번갈아 보며 오른발로 맨바닥을 꾹 밟기도 하고 팔을 휘휘 돌리면서도 애써 튀어나오려는 말을 삼키고 있었다. 전에 영우가 운전 연습할 때 좀 더 잘 가르쳤어야 했다. 면허 딴 김에 계속 운전을 시켰어야 했는데 다시 왕초보로 만든 것을 후회했다. 영우에게 나는 바보 같다는 말을 했다. 한적한 주차장에서 주차하는 연습을 도와주던 중 번번이 주차선을 벗어나는 바람에 나도 모르게 튀어나온 말이었다. 그 일로 영우는 크게 화를 내더니 다시는 운전대를 잡지 않았다.

　"나는 불어도 안 나올 텐데."

　"한 잔 마셔도 음주여."

　"가기만 해라. 오늘 중으로만 가면 된다, 영우야."

　대리운전을 부르라며 극구 운전하지 않겠다는 영우에게 나는 앞으로 말조심할 것과 대리운전 요금의 세배를 약속했다. 녀석도 대리운전 기사 부를만한 곳이 아님을 알고 있었을 것이다. 일이 서툴러도 세상은 찬스에 강한 놈이 살아남는 거라며 정훈은 영우를 잔뜩 치켜세웠다. 차는 기어가다시피 했지만, 그런대로 잘 굴러가는 것 같았다. 시골 마을 앞을 지날 때 유난히 높은 과속 방지턱을 만나기 전까지는.

과속 방지턱을 만나면 속도를 줄이고 브레이크를 살짝 밟았다가 바퀴가 높은 곳에 올라가면 발을 떼야 한다고 알려줬지만, 영우는 아직 서툴렀다.

모두 엉덩이가 일제히 들려 머리를 찧었다.

"아이고, 내 허리."

다시 쇠붙이 부딪히는 소리가 났고 그 소리는 곧 아이쿠, 억 하는 소리에 섞였다. 게다가 이번에는 뒤쪽에서 덜그럭거리다 떨어지는 소리까지 더해졌다.

평소 추간판 탈출증으로 고생하던 종국이 허리 걱정을 했다. 허리디스크나 손가락 관절염은 우리에게는 일종의 직업병 같은 것이다. 종국은 뼈가 야물어 가는 대학 시절부터 무거운 것을 옮기고 나르느라 일찍이 골병들기 시작했을 것이고 꽃집을 하면서 더 심해졌을 것이다.

나는 뒤쪽에서 뭔가가 떨어지는 소리에 잔뜩 걱정되었다. 쿵 소리는 차체에 머리를 찧는 소리이고, 쇠 부딪는 소리는 가위와 삽일 테지만, 묵직하면서도 둔탁한 소리는 분명 우리 모두의 엉덩이가 들렸다 떨어질 때처럼 같이 들렸다 떨어지는 나무 덮개 소리가 틀림없었다. 깨지는 건 아니니까 괜찮을 것이지만 그래도 새것인 이것이 흠집이 나면 곤란하다. 약간의 흠집이 생긴다 해도 누구도 알아채긴 어려울 것이지만, 특별히 비싸게 맞춘 것이라 걱정이 안 되는 건 아니었다. 차가 덜컹거릴 때마다 함께 들썩이던 종국이 결국 한마디 했다.

"고물 장수구먼. 별소리가 다 나네. 아예 엿하고 엿가위도 갖고 다니지 그랴."

정훈은 꽃집 차가 다 그렇지 뭐 하더니 뒤를 돌아보며 저건 뭐냐고 물었다. 덮어놨던 천 한쪽이 젖혀져 진한 갈색이 드러나 보였다.

"이렇게 가다가 한 놈은 죽을 것 같아서 미리 관짝 하나 실어 놨어."

내 말에 모두 한바탕 웃었지만, 아무도 진짜냐고 되묻지는 않았다. 영우는 죄송하다며 잘해보겠다고 했다. 정훈과 종국은 대학 동창들이다. 같은 원예학과를 나온 우리는 졸업 후 각자 다른 곳에 취업했고 모두 십 년도 못 넘기고 꽃집을 열었다. 내가 처음 꽃가게를 하게 되자 툭하면 들락거리던 그들도 샤론 꽃집과 썸플라워라는 이름을 달고 가게를 열었다.

가끔 셋이 모여 밥과 술을 먹었지만 우리는 만취하도록 먹지는 않는다. 새벽 꽃시장에 갈 일도 많아 숙취도 남겨서는 안 되었다. 우리는 오월의 특별 성수기와 꾸준히 필요한 둥굴레 잎을 얻기 위해 내 고향에 놀고 있는 묵정밭에 둥굴레를 심었다. 전에는 비싼 잎 소재를 사려면 만만찮게 돈이 들었다. 무늬 둥굴레잎으로 꽃꽂이하면 훨씬 예쁘고 고급스럽다. 큰 밭은 아니지만 뿌리를 심고 그 잎이 자라는 대로 잘라서 꽃꽂이 할 때 쓰니 쏠쏠한 재미가 있었다.

 몇 년 전 갑자기 남편을 잃고 허둥거릴 때도 많은 힘이 되어준 친구들이다. 아낌없이 나누는 친구들 덕에 많이 먹은 영우가 식곤증으로 졸릴 것 같았다. 졸리면 꼭 말하라고 하자 운전면허 따고 처음 운전하는데 어떻게 잠이 오냐는 영우는 짐짓 어른스레 말했다.

 "운전할 때 졸음 참는 거 아니다 영우야. 멀어 보여도 갈 때는 한순간이야. 조심해야지."

 정훈이 긴 한숨 끝에 한마디 하자 종국도 거들었다.

 "그려. 우리도 언제 갈지 몰라. 아무도 모르는 일이지. 그건 절대 우리 소관이 아니여. 부르면 가는 수밖에."

 맞장구를 치며 내가 고개를 뒤로 돌리는 사이 갑자기 차가 멈춰서며 앞으로 몸이 쏠렸다. 안전벨트에 묶인 나도 놀랐지만, 안전벨트도 매지 않은 뒷자리의 정훈과 종국은 앞으로 꼬꾸라질 듯 시트에 머리를 박았다.

 "아이쿠야, 사람 잡네. 면허를 진짜 따기는 딴 거야?"

 "갑자기 브레이크를 왜 밟아."

 화를 내는 내게 영우가 창밖을 가리켰다.

 "저기 여학생 둘이 손을 드는데요?"

 거기에는 교복 입은 여학생 둘이 서 있었고, 한 학생이 손을 들고 있었다.

한적한 시골길에서 버스를 놓친 것일까. 그래도 겁도 없이 손을 든 여학생들을 보고 우리는 의견이 분분했다.

모르는 사람 함부로 태우면 안 된다, 오죽했으면 손을 들었을까, 겁도 없이 손 든 것을 보면 보통 애들이 아니다 하는 말도 나왔고, 요즘 애들 범죄는 상상을 초월한다는 것에 점점 태우지 말자는 쪽으로 기울었다. 가만히 어른들 말을 듣고 있던 영우가 나섰다.

"우리가 안 태워 줬다가 뒤에 오는 나쁜 사람을 만나면 어떡해요?"

그 말에 모두 설마 뭔 일 있겠냐며 여학생들 앞에서 우리는 차를 세웠다.

문을 열자, 여학생들은 버스정류장까지만 태워달라고 했고, 나는 뒤를 보며 한 사람은 뒤 칸으로 가라고 했다. 세 명이 앉는 시트에 여학생까지 네 명이 앉을 수는 없었다. 종국이 2열에서 3열로 옮기느라 주섬주섬 짐 정리를 했다.

트렁크에 둥글레 담은 자루와 삽을 옮기고 자리를 확보한 종국이 뒤로 넘어갔다. 정훈이 안쪽으로 옮겨 앉았고 여학생 하나가 먼저 올라왔다. 생글생글 웃으며 감사합니다, 하던 여학생이 가방을 벗으며 실내를 둘러보다가 뒤에도 사람이 있는 걸 보자 흠칫 놀라는 것 같았다. 종국이 웃으며 어서 오라고 하자 여학생도 감사합니다, 하며 고개를 숙였다. 그러다 갑자기 뒤를 따라 차에 오르는 친구 손을 잡더니 밖으로 뛰기 시작했다.

순식간에 멀리 달아나는 그들을 보고 우리는 서로 멀뚱멀뚱 바라본 채 할 말을 잃고 말았다.

"뭐지? 이상한 애들이구먼."

"손을 들 때는 언제고. 뒤도 안 보고 도망가네."

"뒷자리는 첨 앉아보네. 애들 앉는 곳인가. 아이구 좁다. 근데 너는 별걸 다 싣고 다닌다. 이거 그거 아녀?"

종국이 다시 2열로 건너오며 물었다.

"누구 죽으라고 고사 지내고 있어?"

"아니여. 그런 게 있어. 별거 아냐."

"그려그려. 별일 있겠냐."

공사 현장을 빠져나와 고속도로에 접어들었다. 영우는 갓길을 따라 80킬로미터를 넘지 못하고 있었다.

"영우야. 고속도로에서는 천천히 가도 문제야. 이름이 고속도로잖아. 왜 고속이 붙었겠냐. 여기서는 좀 달려 줘야 해. 그래야 뒤차가 안 밀리지. 좀 밟아. 어깨에 힘 빼고."

승차감이 좋아지자, 정훈과 종국은 잠잠했다. 살짝 코 고는 소리에 같이 나도 자고 싶었지만, 왕초보 옆에서 잘 수는 없었다.

면허를 일 년이나 묵혀 뒀지만 제법 어깨를 펴고 100킬로를 넘나드는 영우를 보니 흐뭇했다. 주차 연습만 조금 더하고 틈틈이 가게 배송일을 맡길 생각에 웃음이 났다. 느긋하게 시트 깊숙이 몸을 기댔다. 남편이 먼저 세상을 떠났을 때만 해도 영우를 어떻게 키울까, 걱정이 태산 같았는데, 세월이 가는지도 모르게 정신없이 살다 보니 영우는 어느새 어른이 되어 있었다.

날이 어둑해졌다. 밤길 운전이 처음인 영우는 아까보다 달리는 속도가 많이 줄었다. 겁이 나는 것이다. 비상등을 켜고 천천히 가자며 영우 어깨를 토닥였다. 지게 작대기처럼 나는 아직 영우를 받쳐야 한다. 제 짐을 제대로 지고 갈 수 있을 때까지.

조금만 더 가면 대전으로 빠지는 톨게이트가 나올 것이다. 가끔 급히 달려가는 차들이 우리 차를 비켜 갔다. 비상등을 켜거나 깜빡이를 켜고 옆 차선으로 넘어가는 뒤차들이 혀를 차며 그렇게 가든지 말든지 나는 사이드미러를 응시했다. 좀 전부터 깜빡이며 따라오는 차가 있는 것 같았다. 엉덩이를 들어 뒤를 돌아보자 잠들어 있는 정훈과 종국의 머리 사이의 창 너머 차가 보였다. 경찰차였다. 왜 안 지나가지? 하는 생각이 들자마자 스피커 소리가 들렸다.

영우와 나는 차에서 내렸고 안을 들여다보던 경찰은 막 잠이 깨어 영문을 몰라 두리번거리는 뒷자리의 둘도 내리게 했다.

신분증부터 확인한 경찰이 트렁크를 열어보라고 했다. 문을 열었다. 몇 자루의 삽과 가위가 포개 있고 둥굴레 자루도 있었다.

"저건 뭐예요?"

"그거 아무것도 아녜요."

경찰 하나가 천을 모두 걷었다.

"아니긴 뭐가 아녜요. 딱 관이구먼."
"그게 어쨌다고요?"
"걔들이 잘 봤구먼."

신고가 들어왔다고 했다. 삽과 관까지 싣고 다니는 사람들에게 납치될 뻔했다는 것이다. 어쩔 수 없이 나는 최 선생 얘기를 해야 했다.
그것을 차 트렁크에 싣고 다니기 시작한 것은 한 달 전쯤이었다. 오랜 단골로 지내던 최 선생에게서 전화를 받은 이후부터였다. 병원에서 만난 최 선생은 그랬다.
모시고 살던 어머니가 입원 중인데 의사가 임종 맞이할 준비를 하라고 한다. 어머니는 평소에 꽃가마 타고 시집올 때처럼 갈 때도 예쁘게 꽃가마 태워 보내달라고 했다. 홀어머니가 온갖 고생을 하며 키워줬으니 나도 어머니에게 모든 걸 다 해주려고 한다. 관은 이미 최고급으로 맞춰 놓았고 장례 치를 준비도 다 마쳤다. 하지만 문제가 있다. 임종을 맞이할 뻔했지만, 그때마다 의사들이 번번이 살려내었고 지금이 세 번째다. 그 때문에 언제까지나 어머니 옆에서 임종을 기다릴 수 없어서 나는 다시 일상으로 돌아가려는 중이다. 아직 때가 되지 않았지만, 특별히 맞춘 관을 가져갔다가 연락하면 바로 준비해 달라. 돈이 얼마가 들어가든 세상에서 제일 화사하고 예쁘게 만들어 달라. 어머니가 분내 나는 꽃을 좋아하는데 그것도 꼭 넣어서 말이다. 의사 말대로 오래 가지는 않을 것이다.

나는 언젠지 모를 관장식에 대비하기 어려웠다. 관장식은 시간이 많이 걸리지만 집중해야 한다. 꽃을 준비하는데도 신경을 많이 써야 한다. 좁은 가게에서 하기도 어렵다. 최 선생이 평소에 잘 사 가던 분내 나는 꽃은 메두사다. 꽃이 피면 손바닥만 하고 향기도 좋은데 꽃시장에 나올 때는 거의 몽우리다. 보통 삼일장이면 관장식은 이틀째 저녁때 만든다. 짧게 자른 몽우리를 따뜻한 물에 담그면 이틀이면 어느 정도 필 것이다. 그래도 안 피면 끝에 여러 번 칼집을 내어 물에 깊게 담그면 어느 정도 쓸 만큼은 필 것이다. 어쨌든 그 꽃을 넣으려면 임종 즉시 연락이 와야 한다. 그것이 없으면 비슷한 르네브를 넣기로 하고 관을 차에 실었다.

가게에는 관을 놓아둘 만한 마땅한 장소가 없었다. 그렇다고 나무들과 한 곳에 놓을 수도 없었다. 세워 놓는다면 가능하겠지만 습한 기운에 행여 비싼 만든 관이 틀어져 뚜껑마저 맞지 않는다면 큰 낭패다. 할 수 없이 얼마 남지 않았다는 의사 말을 믿기로 하고 맞춤처럼 승합차에 딱 들어맞는 관을 처음 실었던 그대로 싣고 다녔다.

경찰은 머리를 갸웃거렸다. 경찰 경력이 20년이 넘었는데 죽을 예정이라는 사람 관을 차에 싣고 다니는 사람은 처음 본다는 거였다. 이미 우리 모두의 신분은 확인되었는데 경찰은 좀처럼 믿지 못했다. 정훈은 경찰에게 우리가 하는 일들에 대해 차근차근 이야기했다. 종국도 팔을 걷어붙이며 큰 소리로 항의했다.

"당신들 죽어서 꽃 하나 없으면 세상 사람들이 뭐라는 줄 알아? 헛살았다고 욕해."

그래도 경찰은 요지부동이었다. 할 수 없이 경찰 앞에서 최 선생에게 전화를 걸었다. 우렁찬 최 선생의 목소리가 스피커폰으로 들려왔다.

"안녕하세요? 선생님."

"안녕하세요? 김 사장님, 이 밤에 어쩐 일이십니까?"

"아. 네 확인해 주셔야 할 게 있어서요. 그러니까 저기…"

뭐부터 말할까. 최 선생을 경찰서로 오라고 하면 올까, 하고 잠시 망설이자 답답해 보였는지 옆에 있던 경찰이 나섰다. 자초지종을 설명하는 경찰의 말을 다 듣고 있던 최 선생이 한바탕 웃어 젖히는 소리가 경찰서에 울려 퍼졌다.

최 선생은 정말 미안하다며 더 기다려야 할 것 같다고 했다. 어머니가 퇴원해서 지금은 집에 잘 계신다고. 아무래도 더 있어야 할 것 같으니, 때가 되면 연락하겠다고.

완벽한 팀웍

중간고사를 눈앞에 두고 김 교수의 수업 시간 동안 나는 유리에게서 온 카톡 문자를 들여다보고 있었다. 그녀가 정해준 글꼴. 동글동글하게 웃는 듯 떠올라 가로누운 글자에 박혀 나는 핀에 꽂힌 나비처럼 삼십 분이나 꼼짝하지 못했다.
'더 이상 말하지 않을 거야.'
'그러지 마라.'
'옷은 동생 시켜서 가져오라 할 거고.'
'제발 그러지 말라니까.'
그렇게 그녀는 매몰차게 우리 관계를 마무리 지으려 하였지만, 그게 서운한 감정을 드러내는 그녀의 방식인 것을 나는 알고 있었다. 함께 일 년 넘게 같이 지내는 동안 세 번은 그런 식으로 가방이나 옷을 가져갔다가 마음이 풀리면 돌아오곤 했으니까.

「모든 생명은 잘살려고 합니다. 그러나 세상이 그렇게 두질 않습니다. 어떻게든 자기를 위해 다른 생명을 소모하려 하죠. 그래서 위기가 생기는 겁니다. 능력 있는 것들은 위기에서 벗어날 묘책을 찾아내죠. 결국, 불행을 극복하고 몸으로 승계합니다.」

'몸'이라는 단어를 겨우 귀에 담으며 내 방의 캐비닛을 열고 언니의 옷을 차곡차곡 가방에 넣는 유영을 상상했다. 그 애는 언니인 유리와 한날한시에 태어난 처지이면서도 전혀 다른 성격이었다. 유영이 가까이 있을 때는 늘 그 차분한 것이 더욱 언니의 산만함을 도드라지게 했다.

학생들의 질문에 이어 악어와 악어새를 찍은 사진 하나가 PPT로 올라왔다. 나는 다시 핸드폰의 자판으로 시선을 옮겼다. 아무리 그것을 들여다보고 있어도 유리가 보내는 문자는 더 이상 뜨지 않았다. '자꾸 그러면 후회할 일이 생길 수 있어'라는 문자를 써놓고 망설이다가 발신 키를 누르자 잠깐 눈앞이 흐려졌다. 눈물을 뺄 정도는 아니었다.

교수는 진보에 이어 생물학적 진화라는 단어를 끄집어내 이야기하고 있었는데, 말하는 도중에 몇 번 내 쪽으로 시선을 보내왔다. 그건 나와 함께 다니던 유리가 자기 눈에 띄지 않아 궁금해서일 수도 있고, 강의 시간에 휴대폰을 만지고 있는 나를 조심시키려는 의도일 수 있었다.

휴대폰을 내려놓고 자세를 고쳐 앉았다. 스크린에는 좀 전까지 악어의 이빨 사이를 분주히 날던 악어새가 악어의 머리 위에 정물처럼 앉아 있었다.

"자, 지금까지 잘 들었죠? 여러분. 오늘 수업은 여기까지고요. 과제 하나 있습니다. 팀 과제, 주제는 생존입니다. 어떠한 형태든 좋습니다. 발표 시간은 십분. 정 하기 어려우면 그림을 그려도 좋고 만화를 그려도 좋아요. 동영상이면 점수가 더 높겠지요. 이 강의실에서만 쓸 거니까 저작권에 너무 몸 사리지 않아도 됩니다. 자료는 널려 있어요. 다음 주 수업이 공휴일이니까 그다음 수업까지 시간은 충분하겠죠? 생존을 위해 여러분이 얼마나 노력하는지 보겠습니다. 팀원 참석률도 점수 있어요. 그럼, 이만."

교수가 나가자, 강의실이 갑자기 시끄러워졌다.

"에이씨, 뭐야. 이번 주말에 해수욕장 가려고 했는데 완전히 망했네. 야, 너 이번에도 같이 안 하면 우리 팀에서 뺄 거니까 알아서 해. 큰일 났네, 나 이번에 저거 펑크 나면 안 되는데. 아휴 몰라 졸라 짜증 나."

그래도 내 귀는 한꺼번에 떠드는 소리를 쏙쏙 받아들였고 입에선 한숨이 나왔다. 멍하니 긴 한숨만 쉬고 있는 나에게 찬중과 소영이 다가왔다.

"야 강현아, 유리 왜 안 왔냐. 어디 갔어?"

"그래 과제 의논해야 하는데…."

같은 팀원인 그들은 유리를 찾았지만 나는 뭐라고 말해야 할지 난감하기만 했다.

"유리가 좀 바쁜 일이 있다니까 일단은 우리 셋이 해보고 걔한테는 나중에 알려주자."

"개인적으로는 네 여친이지만 이건 아니라고 본다. 팀원끼리 분담해서 하더라도 처음부터 내용을 모르면 안 되는데. 진짜 짜증 나네. 유리가 시간이 안 되면 강현이가 유리 몫까지 책임지든지. 대신 유리한테 단단히 교육시켜라. 지난번처럼 교수 질문에 버벅거리게 했다간 알지?"

"강현아, 그 교수가 팀웍도 많이 보니까 먼저 유리부터 찾아보자. 얼른 전화해 봐. 지난번처럼 그랬다간 큰일이니까."

소영은 내가 하지 않으면 대신 전화를 하겠다는 듯 전화기 든 손을 흔들었다. 나는 좀 전까지 유리와 주고받은 문자를 떠올리며 다시 한번 긴 한숨을 내쉬었다.

"좀 전에 연락이 왔었어. 오늘 뭔 일 있대. 내가 좀 알아보고 너희들한테 연락할 테니까 오늘은 그만 가라."

찬중이는 좀 무던한 편이지만 성적에 신경을 많이 쓰는 소영은 지금이라도 과제의 가닥을 어느 정도는 잡아야 한다며 쉽게 가려 하지 않았다. 걸핏하면 속을 썩이는 유리를 떠올리자, 나도 모르게 인상이 구겨졌는지 찬중은 소영을 끌고 강의실을 빠져나갔다.

1학년 때 갔던 엠티에서 유리는 장기 자랑 시간에 많은 학생과 교수까지 있는 자리에서 유명 가수의 안무와 노래를 했다. 유리는 단번에 분위기를 압도했고, 남학생은 물론 여학생까지 몰고 다녔다. 몸치와 박치인 나는 내성적인 성격에 평소 말이 별로 없었고, 유리의 그런 재능은 마치 아프리카 오지에서 내려오는 전통혼례식처럼 나에겐 그저 생경하기만 했다. 그건 책에서 보았던 먼 나라 이야기일 뿐이었다.

그러던 유리와 가깝게 된 것은 1학년 여름방학 때 시골에 있는 유리의 외가로 봉사활동을 나가고부터였다. 참외 수확 철에 일손이 턱없이 모자란다며 유리가 도움을 요청했고 늘 마트에서 사 먹기만 했던 그 참외 따기라는 일에 너도나도 참여한 것이었다. 한 번도 그런 일을 해보지 않았던 나는 어쩐지 해보고 싶다는 강한 충동에 선뜻 손을 들었다. 그런 것을 해봤음직한 시골 출신 남학생들도 여럿 신청했는데, 그건 아마도 유리와 관계되는 일이라면 더한 일도 할 수 있다는 일종의 표현이라 할 수 있었다. 별다른 생각 없이 동참했던 나도 어쩌면 마음 한편에 그 마음도 있었던가 보았다.

어른들이 노랗게 잘 익은 참외를 따서 담아 놓은 광주리가 가득 차면, 우리는 그것을 머리에 이고 선별하는 곳까지 옮겨놓는다. 숙련된 다른 일꾼들이 등급별로 골라 포장하면 우리는 다시 그것을 트럭에 싣기 좋은 길옆 비닐하우스로 옮겨놓는 일인데, 한여름 비닐하우스에서 무거운 참외를 이고 지고 나른다는 것이 얼마나 힘든 일이었는지, 그걸 해보지 않은 사람이라면 정말 상상하기 어려운 일이었다. 지금 생각해도 얼마나 많은 땀을 흘렸는지 나는 평생 내가 흘릴 땀 중 절반은 그때 빠져나갔을 거라고 생각했다.

소도시 중심가에서 그리 멀지 않은 그곳의 환경은 그리 나쁘지 않았다. 높은 건물과 가게만 없을 뿐, 오히려 이 십여 명의 학생들이 소리 지르며 함께 놀기에는 안성맞춤이었다. 농촌 체험과 떡 만들기 같은 전통 체험을 하기 위해 학생들이 단체로 오거나, 가족들이 함께 오는데, 그런 사람을 위해 깔끔한 숙박 시설도 함께 운영했다. 시골이라고 잠도 제대로 못 자는 산골 오지는 절대 아니라고, 커다란 방과 샤워실 그리고 깨끗한 화장실 사진을 보여주며 설명하는 유리는 남학생뿐 아니라 여학생들까지도 순식간에 끌어모았다.

1박 2일이란 말이 텔레비전의 유명한 오락 코너를 떠올리게 했음인지, 함께 지원한 학생들은 무엇을 어떻게 할 것인지 알아보기보다는 재미있을 뭔가가 기다리고 있을 거라고 잔뜩 기대하고 있었다. 사실 나도 그랬다.

비닐하우스 안에서 일하는 것은 정말 특별했다. 일기예보에서 종종 들어보던 고온다습의 최강 체험이랄 수 있을까. 그곳은 들어서자마자 숨이 막혔고, 얼마 되지 않아 겉옷까지 땀에 다 젖어버렸다. 갓 성인이 된 녀석들은 머리부터 다리까지 옷이 찰싹 들러붙은 여자애들을 쳐다보며 킥킥거렸고, 그러거나 말거나 늘어지던 여자애들은 자주 두렁에 아무렇게나 퍼질러 앉아 헉헉거렸다.

이른 저녁이 되면 우리는 숙소로 돌아왔다. 비 오듯 땀을 흘린 학생들은 저녁상을 물리자마자 맥주를 들이붓듯 마셔댔다. 엄청난 먹성을 자랑하며, 밥상을 깨끗이 비우고도 우리의 갈증은 쉽게 해소하지 못했다. 어쩌면 유리의 외갓집에서는 들어간 맥줏값보다 제대로 된 일꾼의 인건비가 덜 들어갔을 거라고 후회했을지도 모를 일이다.

　낮 동안 내보낸 땀 대신 몸으로 들어간 알코올은 자정도 되기 전에 우리를 모두 재우고 말았다. 밤새워 놀 거라던 애들도 별수 없었다. 술에 약한 아버지를 닮았는지 나는 다른 애들보다 쉽게 취했다. 가시지 않는 갈증에 찬 맥주를 자꾸 들이켰던 때문인지, 화장실도 자주 가야 했다. 어찌나 화장실에 자주 들락거렸는지 자다 깨다 하느라 잠도 깊이 잘 수 없었다.

　유리는 술을 잘 마셨다. 여럿이 원샷을 외치며 제 머리 위에 빈 잔을 엎어놓는 것을 몇 번이나 봤는데도 정말 말짱해 보였다. 내가 남자 방에서 자다가 나와 휘청휘청 화장실을 찾아 걸어갈 때도 어디선가 귀신처럼 나타나 내 허리에 팔을 감아 같이 걸었는데, 그것은 한 번도 아니고 매번 그랬던 것 같았다.

　화장실은 방에서 조금 떨어져 있었다. 내가 얼마나 취했는지 쭉 뻗은 복도를 함께 걷는 동안, 좌우로 있던 방문은 이쪽저쪽으로 어지럽게 움직였고 내 머릿속까지 심하게 흔들렸다. 복도 끝에 있는 화장실을 다녀오는 동안 다시 어느 방으로 들어가야 하는지 헷갈렸는데, 복도 중간쯤 잠시 쉬는 동안 까무룩, 그녀의 품에서 잠든 것도 같았다. 다시 괜찮겠다 싶어 걸으면 시야는 또다시 흔들렸다.

　유리는 내가 잤던 방문 앞에서 잠시 내 품을 파고들다 나와 입을 맞추고는 문을 열어주었다. 그렇게 다정한 여운에 취한 나는 형

언할 수 없는 어떤 쾌감에 녹아든 것 같았다.

다음날, 간밤의 기억은 날듯 말듯 했지만, 유리가 내게 살갑게 굴었다는 것. 내 속의 뭔가가 조금 빠져나간 기분. 다른 녀석들은 알 수 없을 오묘한 기운만은 이후 내게 오래도록 남게 되었다.

다음날 참외밭으로 함께 가는 유리에게 물었다.
"내가 뭐 실수한 거 없지? 필름이 끊겼는지 생각이 잘 안 나네."
"몰라. 근데 너는 속 괜찮아? 나는 어제 눕자마자 뻗어버렸어. 눈 떠보니 아침이더라. 근데. 넌 무슨 남자애가 술이 그렇게 약하냐? 고작 그거 먹고 헤매기는. 체력 좀 길러라. 주력은 체력, 체력은 국력. 고로 주력은 국력이라고."
"그래? 너는 그냥 뻗어버렸다고?"
"그럼, 할머니하고 잤는데, 내가 밤새 꿈쩍 않고 코 골아서 제대로 못 잤다고 하시더라. 내가 술 마시면 코를 고나 봐."
"그래? 이상하네. 그럼 내가 꿈을 꿨나?"
"뭔 꿈인지 몰라도 어린애는 원래 자면서 꿈 많이 꾸는 거야. 나무에서 떨어지고 낭떠러지에서도 떨어지고. 그치? 큭큭, 여기 오길 잘했지? 여긴 시간이 멈춘 곳 같아. 조용하다. 들판도 사람도 이제야 생기가 돈다. 지금, 이 근방을 다 뒤져보면 여기가 평균연령이 제일 낮을걸. 좋다. 오늘도 화이팅."

그렇게 그날도 땀을 뺐고, 육수를 너무 빼서 죽을 것 같다는 한 친구의 성화에 유리는 새참으로 막걸리를 내왔다. 한 잔씩 돌리던 유리는 나를 건너뛰며 말했다.

"너는 물 마셔라. 위장이 욕하겠다."

"그래. 나는 아직 속이 별로야."

밀짚모자를 눌러쓰고, 막걸리 대신 물을 내미는 유리가 얼마나 이쁘게 보이던지, 얼떨결에 고분고분해진 나와 유리를 두고 친구들은 우리를 공식적인 짝으로 선언했다.

그러던 유리가 어느 날 갑자기 커다란 가방 하나를 들고 나를 찾아왔다. 지방에 집이 있던 나는 입학 전부터 4년 내내 있을 곳을 구해 살고 있었지만, 유리는 가족이 멀리 이사 가려고 내놓은 집이 생각보다 일찍 팔려서 비워 주게 되었다고 했다. 나야 같이 있으면 좋지만 정말 그래도 되는지 몇 번이나 물어봐도 유리는 고개를 끄덕이며, 있는 짐을 풀었다.

"아무 조건 없어. 네가 나가라면 나갈게."

집에는 친한 친구라도 절대 데려오지 않기로 했다. 아무래도 친구들이 알게 되면 알음알음 고지식한 부모님 귀에도 들어갈 수 있고 어쩌면, 우는 헤어지게 될지 모를 일이다.

유리는 흥미로웠다. 산만하고 덤벙대고 놀기 좋아하는 것 같았지만, 어느 면에서는 차분했고 꼬박꼬박 일기까지 썼다. 내가 아는 한 주변에서 일기 쓰는 애는 거의 없었으므로 그녀는 알면 알수록 놀라움을 안겨줬다. 그건 하루를 다 보내고 쓰는 것이 아니고, 주로 아침에 쓰는 일기였고, 인터넷의 비공개 카페에 따로 저장해 두고 있었다. 물론 무엇을 썼는지 묻지 않았지만, 무슨 일기를 아침에 쓰냐고 묻는 내게 유리는 그랬다.

"일기는 아침에 쓰는 게 더 좋은 거야. 보통 다 지난 하루를 돌아볼 때 계획한 대로 산 사람은 많지 않을걸. 할 일을 다 못한 것. 했지만 부족한 것. 대부분 반성하고 고칠 것이라 즐거운 기분이 안 들지. 그 상태에서 잠들면 질 좋은 잠도 못 잘 게 뻔하고. 옛날 임금님들이 잠들기 전 밤마다 상소문을 읽었다잖아. 그래서 골치 아픈 꿈을 꾸느라 단명했다는 말도 있어. 그래서 나는 지난 일 반성하고 후회하며 사는 것보다 항상 희망 있는 하루를 살기로 했어."

유리 말에 나는 탄성을 질렀다. 겉보기와 완전히 다른 그녀는 내가 여태 접하지 못한 새로운 구석이 많았다. 그렇게 나를 감동시키며 시간 가는 줄 모르게 보내던 어느 날 그녀가 기다리지 말라는 문자 이후로 집에 오지 않았다. 사흘이나 되는 연휴가 시작되는 날이었고 전화도 아예 받지 않았다. 나는 연휴 내내 그녀가 빠져나간 이불을 끌어안고 어쩔 줄 몰라 했다. 그리고 연휴 마지막 날 문자가 왔다. '미안, 동생이 내 물건 가지러 갈 거야'

초인종 소리에 문을 연 나는 놀라 입을 다물지 못했다. 찾아온 유리의 동생은 유리와 똑같았다. 긴 생머리 길이도 같아 깜짝 놀라는 내게 그녀는 나지막이 유리의 동생이라고 했다. 처음에는 유리가 연기하는 줄 알았다. 유리와 일란성 쌍둥이라는 유영은 부끄럼을 많이 탔다. 내 티셔츠에 박힌 기하학무늬를 해체할 듯, 내 가슴께에 고정된 시선은 내 눈을 똑바로 마주 보지 못했고, 작은 목소리는 가늘게 떨고 있었다. 유리와 똑같이 생겼지만, 유영의 분위기는 완전히 달랐다. 문 앞에서 멍하니 서 있던 내가 살짝 옆으로 비켜섰다. 한 번도 동생이 있다고 말하지 않았던 유리에게 쌍둥이 동생이 있었다니. 천천히 안으로 발을 옮기던 유영의 몸이 갑자기 기우뚱 휘청했다. 놀라서 얼른 부축하자, 그녀는 괜찮다며 어깨를 움츠렸다. 옆에 있는데도 나는 목소리를 겨우 알아들었다. 유영은 다리를 심하게 절고 있었는데, 마치 다리를 다친 새끼 참새가 온통 비에 젖어 절룩이는 것만 같았다.

유영은 유리가 가져온 캐비닛 옆의 트렁크를 한눈에 찾아 지퍼를 활짝 열었다. 뭔가 말을 해야 할 것 같았지만, 달리 할 말이 생각나지 않아 나는 욕실에서 유리가 쓰던 칫솔과 화장품 등을 찾아 가만히 가방 앞에 가져다 놓았다. 옷까지 다 챙겨 돌아가던 그녀는 엘리베이터에 타고서야 겨우 내 눈을 잠깐 보았다. 자신만만하던 유리와 똑같은 몸을 한 유영의 눈빛은 한없이 여려 보였다. 그래, 유리에게 사정이 있겠지. 나는 유영을 보내며 그리 생각하기로 했다. 내가 모르는 뭔 사정이 있을 거라고.

며칠 만에 학교에서 만난 유리는 아무렇지 않은 얼굴로 물었다.

"내 동생 봤어? 어때?"

"너랑 똑같던데. 짐만 갖고 바로 갔어. 너는 가다라도 얘기를 하고 가야지 꼭 그렇게 가야 하나?"

"누구든 뭐 어때. 나는 잠깐 바닷바람 좀 쐬고 왔어."

이후로 유리는 두 번이나 더 그런 일이 있었고 그때마다 유영이 처음에 그랬던 것처럼 조용히 다녀갔다. 마지막 다녀간 유영의 목소리는 처음 본 그때보다 더 커졌고, 언뜻 유리를 보는 듯 착각할 정도였다. 유영은 더는 나를 보며 긴장하는 것 같지 않았다.

유리는 전화는 물론 문자도 받지 않았다. 전처럼 며칠 지나면 돌아올 것이므로 조바심을 내는 찬중과 소영에게 알렸다. 우리끼리 하다가 나중에 합류시키고 대신 내가 유리에게 잘 알려주겠다고. 팀원 하나 빠지는 것보다 다소 버벅거리더라도, 전원 참여하는 게 점수가 더 좋았으므로 그들도 어쩔 수 없는 노릇이었다.

그간 옆에서 비비적거리던 유리가 없어 집안은 텅 빈 것 같았다. 종일 침대에 누워 예능과 다큐를 넘나들며 텔레비전을 봤지만, 가슴속 허전함은 좀처럼 사라지지 않았다. 자유분방한 유리가 특별해 보이기는 지금도 마찬가지이다. 보통의 애들보다 더 열정적이고 다감한 면도 있지만 어떤 때는 영 딴판인 그 애는 알 것 같다가도 도무지 이해할 수 없었다. 눈은 모니터를 보고 있지만, 머리는 유리 생각으로 가득했다.

텔레비전을 껐다. 창으로 들어온 햇살에 먼지들이 까만 모니터 앞에서 유영했고 소형냉장고 모터 소리가 집안을 다 차지해 버렸다. 이따금 또각또각 복도를 오가는 소리가 내 문 앞에 멎기를 고대했지만, 이내 멀어졌고 승강기 여닫히는 소리만 이따금 들려왔다.

잠깐 잠이 든 것 같은데 한 시간도 넘게 자고 말았다. 옆자리로 간 손에 이불이 잡혔다. 아직 유리의 체취가 남아 있을 이불이었다. 한데 모아 가슴에 품어 보다 벌떡 일어났다. 베란다 문을 활짝 열고 양손에 이불 끝을 말아 쥔 채 눈을 감았다. 양팔을 힘껏 흔들자 늘어진 이불이 펄럭이며 탁탁 소리를 내었고, 아래를 지나던 사람 둘이 동시에 이쪽을 올려다봤다. 나는 잠시 기다렸다가 몇 번 더 털어내고 모든 창문을 열어 환기를 시키고 구석구석 청소했다.

오랜만에 대청소를 마치자, 극심한 허기가 몰려왔다. 라면을 끓여 앞에 놓고 보니 양이 너무 많았다. 늘 그랬듯 얼떨결에 두 개를 끓였지만, 유리는 지금 없다. 지금의 허기라면 다 먹을 것도 같아 다 먹겠다는 자세로 텔레비전 앞에 앉았다. 마침 자연의 신비라는 제목으로 다큐멘터리가 방영되고 있었는데 좀비 달팽이란 부제가 붙어있었다.

기생충에 감염된 달팽이가 나뭇잎을 기어가는데, 밤에만 다니는 습성도 잊은 채 낮에도 기어 다녔다. 하물며 천적인 새들에게 잘 보이도록 더 밝고 더 높은 곳으로 기어가 현란한 더듬이로 새를 유인하고 있었다. 좀비 달팽이의 목적은 새에게 먹히는 것이다. 문득, 가미카제 특공대를 떠올리다가 과제로 하면 좋을 것 같았다. 기생충은 달팽이에게 먹히고 달팽이를 조종해 최종 목적지인 새의 몸으로 들어가는 것. 바로 생존의 방식이다.

 밝은 대낮에 나뭇잎 위로 올라가 유난히 크고 현란한 더듬이로 새를 유인하는 달팽이를 근접 촬영한 영상이 화면 가득 보였다. 욱, 하마터면 토할 뻔했다. 젓가락질을 멈추고 바라본 더듬이는 더듬이가 아니었다. 그것은 수많은 기생충이 한곳에 모여 더듬이 모양을 한 채 꿈틀거리는 가짜 더듬이였다.

 먹던 라면을 물리고 노트북을 켰다. 리우코클로리디움 파라독섬을 검색하자 좀 전 마지막에 보았던 비슷한 동영상까지 자세히 나와 있었다. 자신보다 큰 달팽이를 조종하며 목적을 이루는 기생충에게 잠깐 경외심마저 들었다. 생존이란 과제에 이보다 어울리는 답은 없을 것이다. 카톡에 얼른 단톡방을 만들어 글을 올렸다. 가제 '좀비 기생충' 물론 유리도 팀원으로 초대했으며 글은 내가 쓰고 PPT는 찬중과 소영이 하기로 했다. 유리는 연락이 되는 대로 발표할 수 있도록 알려줄 것이었다.

 교수의 말대로 인터넷을 뒤지니 많은 자료를 어렵지 않게 찾을 수 있었다. 며칠에 걸쳐 자료를 찾고 그럴듯한 글까지 완성하는 동안 전처럼 유리가 나타났다.

"나 왔어."

어제 헤어졌다가 인사하는 듯, 멘트는 변함없었다. 나는 유리에게 시선을 두지 않으려 애쓰며 인사를 받았다.

"안녕."

정색하며 그동안 어디 갔었는데 연락이 되지 않았던 거냐, 하며 당장 조용한 데로 가서 얘기 좀 하자고 손을 끌던 예전의 내가 아니었다. 그렇게 딱 두 음절만 뱉은 후, 내가 별다른 반응을 보이지 않자 유리가 물었다.

"괜찮아?"

"그럼 괜찮지. 내가 어때야 하는데?"

유리는 더 묻지 않았고 팀원은 모두 한자리에 모였다. 소영이 유리와 나를 번갈아 보며 말했다.

"너희들 사랑싸움에 내 등까지 터질 뻔했어. 앞으로 또 그랬다간 나 이 팀 빼달라고 교수한테 말할 거야."

졸지에 유리와 사랑싸움을 한 꼴이 되었지만, 나는 웃으며 무시하기로 했다. 이제 더 이상 유리와 엮이는 일은 없을 테니까. 유리는 최종적으로 발표하는 역을 맡았고, 교수의 도발적인 질문을 대비해 유리에게 내용을 이해시키기로 했다.

꼬박 하루가 걸려 완성한 자료를 PPT 팀에 넘겼다. 찬중이와 소영이는 워낙 학점에 관심이 많은 애들이라 열심히 할 것이지만, 내용을 전혀 모르는 유리에게는 하나하나 잘 가르쳐줘야 했다. 지난번처럼 모두의 학점을 깎아 먹었다가는 찬중이와 소영은 유리를 가만두지 않을 것이고, 나도 절대 유리를 감싸고 돌지는 않을 것이다. 유리도 우리의 분위기를 감지했는지 내가 준 자료를 열심히 들여다보았다.

  발표일을 하루 앞두고 우린 카페에 다시 모였다. 완성한 발표 자료는 이틀 전 이미 유리에게 넘어갔고 집에서 수없이 연습했다는 우리의 말대로 우리는 학교의 빈 강의실에서 또 한 번 확인했다. 교수의 돌발 변수만 없다면 이대로 완벽했다. 발표 순서는 내일 강의 직전에 제비뽑기할 것이지만 처음이든 나중이든 우린 걱정할 게 없었다.
  모처럼 뜻이 맞아떨어지는 우리는 내일을 위해 일찍 헤어졌다. 마지막까지 정류장에 남아 있는 유리를 남겨두고 나는 오토바이에 올랐다. 부릉부릉 시동을 걸고 두어 번 손잡이를 앞으로 당겼다. 얼마 전까지만 해도 유리는 내 등에 거북이 등딱지처럼 붙어서 허리를 끌어안았었다. 불룩한 유리의 가슴이 등에 바짝 붙는 기분은 짜릿했었다. 그때마다 '어디라도 너를 이렇게 태우고 다닐 수 있어'라고 다짐했던 것이 생각났다. 유리도 지금 나와 같은 생각일지 모른다. 떠나는 나에게 손을 흔드는 유리는 조금 웃어 보였지만 어쩐지 보드랍던 그 손바닥에 겹겹 슬픔이 덧입혀지는 것만 같았다.

점수가 짜기로 소문난 그 교수에게서 우리는 생존하기 위해 '생존'을 말해야만 했다. 전에 발표 때마다 버벅대며 우리 가슴을 졸이게 했던 유리가, 오늘따라 해맑은 표정으로 일찌감치 온 것을 보니, 이번에는 최고 점수를 받을 게 분명해 보였다. 찬중과 소영도 한껏 기분이 좋아 보였다.

모두 열 팀이었고 십 분씩 발표하고 사이사이 교수의 바늘 같은 질문에 대답해야 했다. 발표자끼리 나가 제비뽑기한 유리가 7번을 들고 들어왔다. 처음도 아니고 살짝 뒤로 밀린 행운의 7번이었다. 여기저기 술렁거리는 소리가 나고 1번 팀의 네 명이 앞으로 나갔다. 우리는 느긋하게 앞에서 발표하는 그들을 보고 타산지석을 몸으로 실천할 일만 기다렸다.

찬중과 소영 그리고 유리가 내 옆에 앉았다. 강단에는 들쭉날쭉한 키의 남녀 네 명이 교수에게 90도로 허리를 꺾었다. 그때 갑자기 숨이 넘어갈 듯 작고 깊은 탄식 소리가 났다. 옆에서 입을 막고 있는 유리가 내는 소리였다. 나와 찬중과 소영은 사색이 되어 손까지 떨고 있는 유리가 뭔 말을 할지 입만 쳐다보았다. 입에서 손을 뗀 유리가 우리를 강의실 밖으로 끌고 나갔다.

"큰일 났어. 어떻게 해. USB가 우리 집 노트북에 껴 있는 것 같아. 어젯밤에 집에서 연습했었거든."

모두 할 말을 잃었지만 찬중이가 먼저 정신을 차렸다.

"너희 집에 누구 없어? 얼른 택시 타고 가져오라고 해."

"아무도 없어 내 동생이 있었는데 걔는 어제 외갓집에 갔어. 어쩌지?"
"그럼 가져와야지. 집 열쇠 줘."
"번호 키야."
"두 명이 없어지면 교수한테 들키니까, 강현이가 오토바이 타고 얼른 유리네 집에 갔다 와라. 이제 1번 팀이니까 아직 시간은 충분해. 모두 흥분하지 말고. 유리 너는 강현이한테 집 주소하고 키 번호 빨리 알려주고."

바람을 가르며 유리 집으로 내달렸다. 헬멧을 쓴 채 1234*을 누르자 문이 열렸다. 유리만큼이나 단순한 암호에 실소가 나왔다. 거실을 두고 두 개의 방이 보였다. 어느 방인지 모르지만, 보이는 방으로 먼저 들어갔다. 첫 번째 방문을 열자, 커튼이 쳐져 있어서 꽤 어두웠다. 스위치를 찾으려 하다가 다급한 나는 커튼부터 열어젖혔다. 툭 뭔가가 바닥에 떨어졌다. 얼른 노트북을 찾아야 했지만, 방바닥에서 나를 보고 있는 사진 속 주인공을 본 순간 나는 그것을 집어 들지 않을 수 없었다. 내가 환하게 웃고 있었다. 이어 천천히 방을 둘러보고 나는 자리에 그만 주저앉을 뻔했다. 크고 작은 나의 사진이 더 있었고 내가 처음 보는 사진도 있었다. 정리가 잘 된 방의 침대를 보고 한 번 더 놀랐다. 커다란 곰 인형이 내 얼굴이 프린팅된 티셔츠를 입고 있었다. 놀라운 일이었지만, 다시 커튼을

치고 다른 방으로 갔다.

다른 방은 문이 반쯤 열려 있었는데 안으로 들어서자마자, 나는 어수선함에 어디에 발을 두어야 할지 모를 지경이었다. 환한 방은 옷이 아무렇게나 널려 있었고 가방과 책이 한데 뒤섞여 있었다. 거기에도 노트북은 없었다.

거실로 나와 둘러보자, 작은 테이블 위에 아무렇게나 던져 놓은 듯, 외투 하나가 보였고 그 아래 노트북이 삐죽 나와 있었다. 아직 켜져 있었는데 모니터엔 동글동글한 하얀 방울만 떠다녔다. 옷을 치우자, 무선마우스를 건드렸는지 화면에는 방울이 사라지고 빼곡한 글씨가 나타났다. 아침마다 쓴다던 유리의 일기였다. 보이는 대로 훑던 나는 뒤통수를 맞은 듯 움직일 수 없었다. 멍했다. 세상에 이럴 수가. 하지만 더 이상 지체할 수 없었다. 얼른 노트북 옆에 끼어있는 USB를 챙겨 들고나왔다. 정신이 혼미했지만, 다시 학교로 달렸다.

강의실에 들어가자 여섯 번째 팀의 발표가 막 진행 중이었다. 기다리고 있던 우리 팀은 모두 안도의 숨을 내쉬었지만, 나는 쉽게 진정할 수 없었다. 유리가 나를 몇 번 흘낏거리는 것 같았는데 나는 짐짓 모른 척했다.

우리의 발표가 끝나고 큰 박수를 받았다. 발표는 성공적이었다. 내용도 생존의 과제에 부합했으며 발표하는 유리도 다소 긴장하는 듯했지만, 성의 있고, 침착하게 잘 해냈다. 교수는 물어볼 것도 없다는 듯 질문도 하지 않았고 학생들 대부분 준비를 잘했다는 평가를 받았다. 워낙 까다롭기로 소문 난 교수였던 터라 학생들도 최선을 다한 것 같았다.

우리 팀은 내 자취방 앞에서 함께 회식하며 술을 마셨다. 과제를 성공적으로 마친 것은 내 공이라며 찬중과 소영은 번갈아 내 잔을 채웠고, 과제를 마친 기분보다 더 무거운 무엇이 누르던 내 가슴은 잔을 채우는 대로 받게 했다. 그래, 오늘은 실컷 마셔보자.

자다가 목이 말라 눈을 떴다. 상체를 겨우 일으켰지만, 머리가 지끈거려 움직일 수 없었다. 두 손으로 머리를 쥐고 가만히 앉아 있자 물컵 하나가 얼굴 앞에 나타났다. 유리였다.

"이렇게 술에 취한 모습 처음 봐. 몸도 못 가누고."

목소리가 차분했다.

"너 왜 여기 있냐?"

"찬중이하고 소영이가 나한테 너 맡기고 가버렸어. 네가 너무 취했거든. 자, 물 마셔."

물을 다 마시고도 갈증이 여전했지만 그대로 다시 누웠다.

"그래, 오늘은 강의도 없으니 더 자."

"너 나한테 할 말 없냐?"

나가려던 유리가 돌아보았다.

"글쎄."

"봤어. 네 방, 내 사진으로 도배하는 것도 모자라 곰 인형에도 옷을 해 입혔더라. 그렇게 내 생각을 하면서 나한테 이러는 게 말이 돼?"

"아, 그거."

"그래, 근데 넌 무슨 일기를 그리 적나라하게 쓰냐, 전부 내 얘기더니만, 당장 내려라. 누가 보기라도 하면 어쩌려고 그런 걸 쓰냐. 잠자리까지. 동생도 있는데 노트북을 아무 데나 놓고 말이야."

"곰 인형 있는 방 거기 유영이 방이야. 내가 일기라도 보여주지 않으면 걔는 아마 병날 거야."

"뭔 말을 하는 거야."

"어쨌든 일기든 뭐든 잠자리 같은 거 쓰지 마라."

"미안. 근데 유영은 나를 보고 대리만족을 하나 봐. 그래도 직접 보는 게 좋을 것 같아서 가끔 내가 소지품 챙겨 오라고 보냈어. 처음에는 여기 안 오겠다고 하길래 앞으로 너하고 영영 만나지 않겠다고 했어. 처음 여기 오던 날. 걔 청심환 먹고 온 거야."

"도대체 뭔 얘기를 하는지 알다가도 모르겠네. 유영이가 나를 좋아하기라도 한다는 거야 뭐야."

"네 사진으로 완전히 도배한 방을 보고도 모르겠냐고. 나는 날 때부터 걔한테 죄를 지었어. 그래서 걔가 좋아하는 건 다 해줄 거야. 엄마 뱃속에서 내가 걔를 깔아뭉갰거든. 그래서 다리가 그래. 나의 원죄 같은 거."

"원죄 좋아하시네. 네 동생이고 뭐고 나는 알 바 아니니까 네가 알아서 해. 내 사진이 거기 있는 것도 싫고 내 사생활도 아무나 아는 거 싫다."
"알았어. 알았어. 진정해. 내가 다 알아서 할게."

며칠째 보이지 않는 유리를 생각하며 집 앞 편의점에서 맥주를 마셨다. 나도 연락하지 않았지만, 유리도 연락이 없었다. 하지만 제 풀에 꺾여 다시 올지 모른다. 그때는 정말 결판을 내자. 앞으로 더 이상 들락거리지 말라고 단단히 말해두기로 다짐했다. 거의 빈속에 들어간 알코올이 온몸으로 번졌다. 다리가 후들거렸다. 겨우 집으로 와 현관문을 열자, 희미한 취침 등 아래 침대 한쪽이 불룩했다.
"그러면 그렇지. 네가 가긴 어딜 가냐. 야 나도 자야겠다."
풀썩, 그 옆에 누웠다. 자다가 오줌도 마렵고 갈증이 났다. 취침 등은 꺼져 있었고, 방은 어두워서 잘 보이지 않았다. 더듬거리며 화장실 쪽으로 걸었지만, 무언가에 부딪혀 넘어지고 말았다. 일어서려고 허우적거리자, 누군가가 팔을 잡으며 부축해 주었다.
"유리야. 유리야."
화장실로 가면서 이름을 불러도 대답이 없다. 좌우로 심하게 몸이 흔들렸다. 아득히 먼 어딘가에서 지금처럼 걸었던 기억이 떠올랐다. 언제였을까? 지금처럼 기우뚱기우뚱 걸었던 적이 있었는데. 그때 정말 기분이 좋았었는데. 하지만 기억만 있을 뿐 언제였는지

도무지 생각이 나지 않았다. 타는 갈증과 노란 참외 그리고 하얗고 보드란 촉감이 생각날 뿐이었다.

개
미
바
다

1

그녀가 먼저 만나자는 전갈을 보내왔다.

너는 눈 내리던 날 아침 그녀가 말한 카페에서 비엔나커피를 시켜놓고 앉아 있었다. 정확한 시간에 그녀는 펌프스를 신은 다리에 자줏빛 스커트와 베이지 코트 차림을 한 채 너의 앞쪽으로 성큼성큼 걸어와 앉았다. 그녀는 생각보다 분노를 드러내지 않고 무표정했다. 자리에 앉자마자 그녀는 남편의 일기 속에서 발견했다며, 너와 그가 나란히 포즈를 취한 사진 한 장을 내밀었다.

"전에 약국으로 날 보러 온 적 있죠?"

그녀는 눈을 깜박이지 않고 너를 한동안 바라보았다. 네가 아무 말도 하지 않자, 더욱 조용한 음성으로 물었다.

"무엇을 원해요?"

그녀는 다그칠 때 억양을 빼고 차게 말하는 법을 터득하고 있었다. 그녀가 무서운 여자라고 느껴진 것은 그때가 처음이었다. 너는 그를 만나는 동안 내내 언제 그녀가 비수를 꺼내 들고 나타날지 모른다는 불안은 조금 있기는 했어도 이렇게 두려움을 느낀 적은 없었다. 작은 입술과 쌍꺼풀진 커다란 눈, 갸름한 얼굴, 말할 때마다 희끗희끗 내비치는 치아에서 전혀 어울리지 않는 냉기가 흘러나왔다. 부부는 닮는다는데…. 그녀는 그와 닮은 구석이 전혀 없었다.

"미안해요, 신경 쓰게 해드려서요. 전 세상 어느 누구도 괴롭히고 싶지 않아요. 그런데 또다시 그분이 절 만나러 오면 어떡하죠? 제가 피한다고 물러서지 않을 분인 거 아시잖아요? 이런 말씀 드리고 싶진 않지만 언젠가는 제집 앞에서 세 시간을 기다렸다며 저를 집에 못 들어가게 했거든요. 그럴 땐 어떡해야 할지 잘 모르겠어요."

너는 자신이 좀 뻔뻔스럽다고 생각했지만 그렇다고 가만히 있기도 싫었다. 그녀에게 왜 빈정거려야 했을까? 두려움에 맞서서 뿜어낸 말들과 그때의 기억들이 고장이 난 화면처럼 너의 머릿속에 뒤엉켜 있었다.

그때 너는 그녀의 입술이 점점 더 작게 오므라지는 것을 보았다. 무엇인가를 말하려 하면서 잠시 머뭇거리는 그녀의 눈이 푸르스름한 빛을 뿜어내고 있었다.

"맘대로 해요. 내가 얼마나 참을 수 있는지는 설명 안 해요. 하지만 후회하지 않게 하세요. 후회할 땐 이미 늦을 것이고…. 서로 불편하지 않게 처신하는 게 옳겠지요. 이런 일로 다시 만나면 창피를 톡톡히 당하게 될지 모르니까. 후후."

어린아이 훈계하듯 목소리를 깔면서 그녀는 분명 말끝에 웃음소리를 달았다. 섬뜩했다. 그 순간 그녀가 얼마나 침착하고 무서운 여자인지 읽을 수 있었다. 그녀는, 너와 그가 빙긋이 웃고 있는 사진 한 장을 아직 건드리지도 않은 커피잔 위에서 가늘고 긴 손가락으로 조각조각 찢은 후 말없이 자리를 일어섰다.

"꼭 기억해 둬요, 오늘."

"안녕히 가세요."

너의 대답이 끝나기 무섭게 뒤돌아 막 걸음을 떼려던 그녀가 다시 돌아섰다. 서서히 내려오던 그녀의 눈꺼풀이 눈동자를 거의 다 삼키고 있었다. 너는 가만히 속엣말로 안륜근 정상이지만 하안근이 많이 뭉쳤다고 했다. 빤히 올려다보는 너의 모습에 고개를 갸웃하던 그녀의 한쪽 입꼬리가 살짝 들렸다가 내려왔다. 너의 찢어진 청바지 사이로 손바닥만 하게 드러난 하얀 허벅지 위에 잠시 시선이 머무는가 싶더니 다시 다리를 꼰 너의 발끝으로 옮겨갔다. 샌들 고리가 엄지발가락에 매달려 있었다. 가늘게 내리뜬 실눈 사이로 너의 모습을 죄다 담았는지 잠시 미소를 흘리던 그녀가 돌아서서 걸어갔다. 높아야 5센티미터 정도 되어 보이는 굽이 또각또각 소리를 내며 따라갔다. 무릎을 살짝 덮는 무지 스커트와 어울리는 구두였다. 카운터에서 계산을 마친 그녀가 출입문 밖으로 사라지자, 너는 비스듬해진 입술 사이로 미소를 흘려보낸 뒤 그래서? 하며 어깨를 들썩였다.

2

혀를 길게 내밀고 월드콘 가장자리를 핥았다. 과자를 타고 흐르는 크림의 속도보다 더 느리게, 겉의 바삭한 과자에 고루 침을 바르듯 너는 밑에서부터 위쪽으로 혀를 갖다 대었다. 공원 근처 편의

점에서 종이 포장을 뜯자마자 한 입 베어 문 그것은 이제 거의 녹고 있었다. 한낮의 공원은 평일임에도 찾는 사람이 꽤 있었다. 대부분은 꼬마들이었고 너와 비슷한 또래는 보이지 않았다.

두 뼘 정도 그늘진 벤치에 등을 기대고 앉아 아이스크림을 핥으며 한쪽 눈을 감았다 뜨기를 반복해 보았다. 왼쪽 눈을 감을 때와 오른쪽 눈을 감을 때마다 아이스크림콘 너머의 풍경이 이쪽저쪽으로 이동했다. 눈앞의 콘 하나가 아파트 몇 개 동을 가리기도 하고 그다지 멀지 않은 학교 건물을 감추기도 했다. 순삭, 말 그대로 순식간에 삭제해 버리는 것. 전능자가 있다면 순삭 시스템에 너의 머리를 맡기고 싶어졌다.

"야, 도망간다. 죽여. 잡아. 까르 까르륵."

먼 하늘에 취해 있던 너는 맑은 목소리로 외치는 앳된 목소리에 고개를 돌렸다. 아이 몇이 땅바닥에 쪼그려 앉아 종종거리며 분주히 움직이고 있었다. 쟤들이 뭘 하는 거지? 눅눅해진 과자를 먹고 콘 밑의 마지막 초콜릿까지 입에 넣은 너는 그쪽으로 가 보았다.

"뭐하냐? 거기 뭐가 있어?"

아직 입안 가득한 것을 우물거리며 동그란 머리통들 위에 기역자로 허리를 굽혔다. 한 손에 작은 나뭇가지나 풀잎 따위를 든 아이들의 시선이 일제히 너를 올려다보았다. 유치원생들로 보였는데 목소리만큼이나 눈망울이 맑았다.

"개미요."

"개미랑 놀아요."

"개미 잡아요."

비슷한 말들이 쏟아졌다. 개미집을 쑤신 아이들은 개미가 땅속에서 쏟아져 나와 도망가는 게 재미있는지 잔뜩 신이 나 있었다.

"재밌냐?"

아이들은 개미에 온통 정신이 팔려 더 이상 너를 거들떠보지 않고 개미 잡기에 열중했다. 좀 떨어진 공원 한쪽에 아이들의 보호자로 보이는 노인들이 등을 보이고 앉아 있었다. 가끔 돌아보며 신나게 놀고 있는 아이들을 향해 손을 흔들어 주었다. 점잖게.

할머니는 네가 어릴 때부터 점잖기를 바랐다. 선생님한테나 친척 앞에서도 늘 점잖게 있어야 한다고 말했다. 점잖다는 말을 최고의 가치로 여기는 할머니에게서 너는 어려서부터 점잖게 자라야 했다. 늘 점잖게를 입에 달고 살던 할머니는 왜 그런 주문을 했을까.

아빠는 가끔 너를 보러 왔다. 어쩌면 할머니를 보러 온 것일 수 있겠지만 할머니는 굳이 아버지가 너를 보러 온 거라고 말했다. 할머니 말을 듣고 있으면 정말 일부러 아빠가 너를 보러 온 거라는 생각이 들었고 그럴 때면 너는 더욱 점잖고 착한 아이처럼 굴었다. 그때는 늘 할머니와 함께였으므로 그게 그거였지만 할머니는 마력 깃든 말로 너를 기분 좋게 했다. 그렇다고 온종일 그 많은 시간을 할머니와 함께 보낸 것은 아니었다. 학교와 학원에 있는 시간이 더 많았지만, 아빠보다는 비교할 수도 없는 많은 날을 할머니와 보낸 것은 사실이었다.

어릴 적 너의 곁에 할머니가 있듯 아버지 곁에는 늘 다른 사람이 있었다. 매만진 표시가 날 정도로 단정한 머리를 가진 여자는 너무 화려하지도 그렇다고 너무 수수하지도 않은 옷을 입었으며 아버지를 그림자처럼 따라다녔다. 할머니가 딱 좋아할 만큼의 점잖음을 갖고 있는 것 같았다. 그녀는 너에게도 드물게 친절함을 베풀었다. 부드러운 목소리로 착하지, 공부 열심히 해야지, 그래야 아빠가 좋아하시지 같은.

3

그는 들어오자마자 외투를 벗으며 하품을 했다.
"오늘 심심했지? 바빠서 전화도 못 했네. 뭐 하고 지냈어?"
"음, 그냥 놀았어. 오늘 바쁘게 일했으면 매우 피곤하겠네. 그냥 집에 가지 뭐 하러 와."
"좀 전까지 피곤했었는데 자기 보니까 금방 괜찮아졌어."
말하면서 거푸 하품을 해대는 그의 눈가에 찔끔 눈물이 반짝였다.
"요즘 부쩍 환자가 늘었어. 병원 위치가 좋기도 하지만 근처에 아파트 단지가 새로 들어서서 그런 거 같아?"
"그래? 누구는 참 좋겠네. 환자 많아서 따박따박 돌아오는 월세 걱정도 없고. 임대료도 비쌀 텐데 돈 많이 벌어서 그 건물 사버려."

"휴, 건물주는 아무나 되나."

건물주는 전혀 관심이 없다는 듯 그는 마지막 남은 옷을 벗고 욕실로 향했다. 새로 자란 흰머리를 염색할 시간도 없는 것인지 희끗해진 그의 머리가 왠지 모르지만 푸근하게 느껴졌다. 나이가 너보다 두 배쯤 되는 그는 정형외과 의사이자 네 아빠 건물의 세입자이다. 그 클리닉 건물에 들어서면 병원 냄새가 났다. 치과. 내과, 정형외과. 안과 등 어떤 환자가 오더라도 어디든 골라 들어가기만 하면 되는 건물이기 때문이다. 대부분 그런 건물이 그렇듯 1층엔 당연히 약국이 들어서 있다. 그의 아내가 근무하는 곳이다.

타다다, 욕실 바닥에 물 떨어지는 소리가 들려왔다. 일정하게 고른 소리를 내는 물소리는 한동안 계속되었다. 뻔하다. 그는 물이 쏟아지는 샤워기를 향해 눈을 감고 포효하듯 고개를 젖히고 서 있을 것이다. 그러고 있으면 기분이 좋아진다고, 함께 샤워할 때 그랬었다.

물소리가 다시 요란해졌다. 그가 자세를 풀고 몸을 씻을 것이다. 어디 하나 틀어진 곳 없는 그의 몸은 실제 그의 나이보다 훨씬 단단한 근육을 갖고 있었다. 의사이니 몸 관리는 어련히 알아서 잘할까, 싶지만 그건 오래전부터 조깅을 해왔다는 운동 습관 때문일 것이다. 식스팩까지는 아니지만 군더더기 없는 몸매만큼이나 그는 성격도 참 괜찮다. 네가 딱 좋아하는 성격이다. 그런 몸매를 가진 사람이야 언제라도 데려올 수 있지만 그처럼 차분하고 온화한 성격을 가진 사람은 흔치 않다.

　침대에 누워 낮에 있었던 일을 떠올렸다. 무엇을 원하냐고 그녀가 물었을 때 너는 말하고 싶었다. 아무것도 원하는 건 없고 그 얼굴이나 치우라고. 그래도 최대한 점잖게 말했던 네가 지금 생각해도 참으로 대견스러웠다. 애써 속을 누르며 침착해 보이려는 그녀의 행동이 재밌었다. 미련 곰퉁이. 그래서 어쩌라구. 건방지게 어디서 사람을 오라 가라야. 마지막으로 그렇게 일갈을 날리지 못한 것이 좀 아쉽긴 했지만 그건 다음에 해주기로 했다.

　그가 수건을 목에 두른 채 욕실에서 나와 곧장 침대로 다가왔다. 마누라 간수도 못 하는 자식이었다. 침대에서 얼른 일어난 네가 말했다.

　"아, 나도 좀 씻어야겠다."

　너는 그의 손이 몸에 닿으려 하자 몸을 비틀어 욕실로 들어갔다. 욕조에 앉아 물을 받았다. 그가 온통 남겨놓은 수증기로 욕실은 따뜻했다. 목까지 차오른 욕조에 앉아 눈을 감았다. 낮에 만난 그녀와 아빠와 아빠의 여자, 그리고 아빠의 아이들. 얼마나 지났을까. 둥싯, 얼굴만 허공에 떠오른 할머니가 뭐라 말한다. 애, 감기 들어. 어서 일어나.

　소름이 돋았다. 물은 이미 식어 있었다. 오그라진 몸을 세워 샤워기 앞에서 고개를 젖혔다. 얼굴로 받은 물이 너를 타고 아래로 아래로 흘렀다. 머리를 감고 세수를 하고 몸을 씻는 동안 모든 때와 거품은 물과 함께 하수구로 빠져나갔다.

침대에는 그가 가는 코를 골며 잠이 들어 있었다. 어깨를 흔들자 겨우 눈을 뜬 그가 다시 눕더니 자고 가겠다고 했다. 어지간히 피곤한 모양이었다. 다시 낮의 일이 생각났다. 그녀는 네 시간에 함부로 들어온 불청객이었다. 벌은 그에게 주기로 했다. 오늘은 너를 가질 수 없는 날. 손을 뻗는 그를 밀쳐냈다. 멍하니 너를 바라보는 그의 얼굴을 보다가 그만 그 가슴으로 파고들 뻔했다. 인자한 얼굴에 입가의 팔자 주름이 약간 팬 것만 빼면 어디 하나 나무랄 곳이 없는 얼굴이다. 그 주름마저도 편안함을 주는 것 같았다.

"내가 곯아떨어졌나 보네."

시간을 확인한 그가 주섬주섬 옷을 입었다. 흐트러진 그의 머리는 곧 현관에 들어섰을 때처럼 다시 말끔해졌다.

"미안해. 내가 너무 피곤했나 봐. 잠깐 누워있었는데 언제 잠이 들었지? 낼 전화할게."

그가 갔다. 침대로 들어간 너는 아직 따뜻한 그의 체온에 몸을 포갰다. 따뜻했다.

그는 네가 아직 학생인 줄 안다. 여행하려고 휴학한 학생으로. 그러다 문득, 여기는 캐나다라거나 여기는 브라질이라는 네 전화에 몹시 놀랍다고는 하지만, 언제나 그렇듯 그의 목소리는 침착했다. 상의도 없이 왜 먼 데를 갔냐 거나 보고 싶다는 말은 하지 않았다. 항상 몸조심하고 귀국하면 연락하라는 했다. 선생님 같기도 하고 아버지 같기도 한 보호자의 말씨였다. 아마도 외국 간다고 하는 내원 환자가 있다면 그에게도 했을 것 같은 말이다. 간섭하지 않고 사랑한다는 그의 방식이었다.

4

처음 그를 만났을 때 너는 한눈에 알 수 있었다. 그와 곧 가까워지리라는 것을. 그날은 건물 꼭대기 층에 있는 사무실에서 아빠를 만나던 날이었다. 건물에서 내려가던 승강기 안에서 버튼 옆의 층별 안내판을 무심히 읽어보다가, 바른정형외과를 보는 순간 조금씩 아파오던 허리가 생각났다. 통증은 간헐적이었고 그리 심한 것은 아니지만 혹시 누가 아는가. 너의 추간원판이 슬슬 탈출하는 중인지도 모르는 일 아닌가. 어차피 너의 오후 시간은 갑자기 비어버렸다.

저녁을 함께 먹자던 아빠가 다른 일이 생겨 돌아가던 길이었다. 오랜만에 부녀지간의 저녁 식사가 될 뻔했지만 서운하지는 않았다. 내일도 있고, 모래도 있고, 어떻든 한 달이면 함께 식사할 시간은 많이 있었다. 한 달 안에 못 먹으면 또 어떤가. 미국에 다녀와서 먹어도 되고 안 먹어도 상관없다. 너에게는 아빠와 같이 밥을 먹는 게 불편하기만 한 일이니까. 그럼에도 너는 같이 밥 먹자고 하면 먹어주기로 했다. 기분대로 돈줄을 함부로 끊는 바보는 아니므로.

3층 버튼을 눌렀다. 바른 정형외과가 있는 곳이었다. 길 가는 누구라도 붙잡고 검사하면 아마도 정상인 사람은 없을 것이다. 척추 측만증이나 추간판 문제는 인간이면 누구에게나 올 수 있으니, 의자에 앉을 때 항상 바르게 앉도록 습관을 들이라는 모 교수의 수업 시간이 떠올랐다.

승강기에서 내리자마자 새로운 기법으로 수술 효과를 입증한다는 홍보 배너가 보기 좋은 각도로 서서 내원 고객을 맞이하고 있었는데 출입문에는 정자체의 바른정형외과로 선팅된 세로글씨가 있었다. 실내 한쪽 벽에 전자시계의 하얀 숫자가 여섯 시를 막 넘고 있었다. 네가 들어서자 먼저 온 서너 명의 환자가 힐끗 돌아봤지만 이내 대기 순서 알림판을 멍하니 바라보거나 휴대폰을 들여다보았다.

입구에서 접수하고 순서를 기다리는 동안 너는 책장에서 아무거나 집히는 대로 책을 한 권 뽑아 무릎 위에 올려놓고 주변을 둘러보았다. 깔끔하게 정리된 것은 책장만이 아니었다. 고급스러운 인테리어에 맞춘 은은한 조명도 주변 가구와 부드럽게 어우러져 있었고 창가에 놓인 화분마저도 꽤 싱싱해 보였는데, 잎사귀 하나 노래지지 않은 것으로 보아 거기 놓인 지 오래된 것 같지 않았다. 너는 곧 개원한 지 얼마 되지 않았거나 인테리어와 병원 관리에 신경을 많이 쓰는 곳이라 짐작했다.

탁자 위에는 그의 사진이 표지로 된 홍보 책자가 몇 권 놓여 있었는데, 인터뷰 기사와 각종 치료법 등을 소개하는 것이었다. 하얀 가운의 그가 책상에 앉아 미소 짓고 있는 모습이 온화해 보였다.

너는 그날 그의 마지막 환자였다. 다음 환자가 없어 여유가 있었던 것인지, 원래 친절한 것인지 모르겠지만 너를 세심하게 만지며 진료했었다. 애송이 학교 애들과 다른 푸근함이 너의 목등뼈를 따라 흉추. 천추에 이르며 여기는 어떠냐고, 또 여기는 어떠냐고 물었다. 만지는 어느 한 그곳이 아프다고 해야 할 것 같은데 어디라고 딱 꼬집어 말하기도 그렇고 어느 곳도 아프지 않다고 말하기도 뭣해서 가끔 다리도 뻐근하다고 했다. 정형외과에 온 이유는 만들어 줘야 하니까.

진료실을 나오자, 한 여자가 대기실 의자와 책들을 정리하고 있었다. 네가 소파에 놓고 간 외투를 입고 있을 때 진료실을 나온 그가 조용히 여자에게 말했다.

"벌써 왔어?"

"당신이 늦은 거야."

출입문 쪽으로 걸어가자, 그들은 소리를 내 인사했다. 목소리의 크기와 비슷한 높이로 화음을 맞추듯 안녕히 가시라고.

5

"아까 1층에 갔었어. 진통제 사러."

"어디가 아픈데?"

"아플 때 먹으려고. 근데, 자기 와이프 일 되게 열심히 하던데? 친절하게 설명도 잘해주고. 돈 많이 벌겠어."

"거기 직원이야. 하던 약국 넘기고 월급제로 들어갔어."

"왜? 돈이 필요했구나."

"내가 필요했지. 개원하느라고. 있는 거 다 긁고 대출까지 받았으니까. 처음에는 잠도 오지 않더라고. 환자가 없어도 때 되면 간호사들 월급 나가지. 월세 나가지. 하여간 이제 좀 자리가 잡힌 것 같아."

"월세가 비싼가 보네."

"그렇지. 오죽하면 요즘 애들 꿈이 건물주라잖아."

토요일 늦은 점심을 같이 먹으며 그가 이어 말했다.

"어떻게 된 사람이 우리 건물주는 기다릴 줄을 몰라. 조금이라도 월세가 늦으면 아주 난리가 나. 들어올 병원이 줄을 섰다나 뭐라나."

"그 건물주 아주 못돼 쳐먹었네. 누가 월세 안 내고 도망간대?"

그가 웃었다. 전에 하지 않던 얘기를 듣고 어리지만 같은 편을 들어주는 네가 흐뭇한가 보았다. 기다리지 못하는 성격인 아빠가 너를 그렇게 많이 기다리게 했다는 생각을 하며 너는 갑자기 소리 내어 웃었다.

"내가 안 하던 얘기 하니까 재밌어? 의사도 사람이야. 세상 사는 거 다 같이 뭐."

아빠 같은 사람이 네게 속 얘기까지 하는 걸 보니 기분이 좋아졌다. 한 가족 같다는 생각이 들었다. 주중 내내 병원에만 있어 답답했다는 그와 바다 구경하러 서해로 갔다.

그녀는 오늘 약국 당직이라고 했다. 밤이면 약국 안쪽에서 잠을 자다가 사람이 부르면 가끔 나와 보는 당직이 아니라고 했다. 그 건물의 모든 병원에서 쉼 없이 내려주는 처방을 받아 그것대로 약을 지어주고 결제하는 것이 주된 낮 근무라면 멀쩡한 사람이 느닷없이 들어와 비타민 드링크를 찾으면 내주기도 하고, 비틀거리는 술꾼에게 술 깨는 약도 줘야 하고, 어떨 때는 피를 흘리는 사람에게 응급처치도 하는 것이 밤 근무라고 했다.

"혼자 있으면 무섭겠네. 그 뒷골목에 술집도 많던데."

"그래서 둘이 근무한대. 혼자 하는 거 보다 자주 하더라도 둘씩 하는 게 좋다고."

두 시간쯤 걸리는 길에 서로 할 얘기는 별로 없었다. 식사 후 디저트로 마신 커피가 제대로 효과를 내고 있어서 잠도 오지 않았고 멀뚱멀뚱 지나가는 풍경을 바라보는 것도 재미없었다. 한동안의 침묵을 깨고 그가 물었다.

"토옹 집안 얘기는 안 하네."

"울 아빠는 새엄마와 살아."

"뭔 소리야. 같이 안 살아?"

"왜 내가 거기서 살아. 새 자식들이 있는데."

갑자기 너의 목소리가 커지자, 그가 놀란 것 같았다.

"에이. 기분 나쁘구나. 말하기 싫으면 안 해도 돼. 내가 괜히 말했네. 그냥 드라이브나 하자."

논밭이 보이고 드문드문 시골집이 보이더니 제법 큰 마을이 보였다. 슬라브 지붕을 한 낮은 집부터 꽤 높아 보이는 건물도 여럿 있었고 관공서로 보이는 깨끗한 건물과 운동장이 넓은 학교도 있었다.

"저런 동네에서 할머니랑 살았었어. 다섯 살 때부터라는데 생각은 잘 안 나. 고1 때 할머니가 돌아가셨고 그때부터 혼자 살았어. 할머니는 눈 감기 전에 나한테 자꾸 미안하다 하더라고. 왜 문을 열어놓고 나갔는지 모르겠다고. 다 할머니 잘못이라고. 무슨 말인지 잘은 모르지만 어쨌든 미안하대. 그러면서 내 손을 꼭 잡고 돌아가셨어. 지금도 생각나네."

차 안 분위기가 가라앉았다. 그가 오른손으로 말없이 네 손을 꼭 잡았다.

"첨 얘기했어. 내 비밀 얘기했으니까 자기 비밀 얘기해."

그가 두 손으로 핸들을 잡았다. 조금 뜸을 들이던 그가 말했.

"음, 우리 병원 점심시간은 한 시간 반이야. 보통은 한 시간이지만 알고 보면 그런 곳이 좀 있어. 의사들은 종일 아픈 사람들과 지내잖아. 그럼 엄청나게 스트레스받거든. 그래서 일부러 의사들끼리 자주 점심을 먹어. 동병상련이지. 서로 하소연도 하고 위로를 받기도 해. 주로 일식집에 가는데 거기서 반주로 한 잔씩 할 때가 있어.

개미 바다 97

말이 그렇지 한 잔만 마시겠어? 술 잘 먹는 사람은 더 먹기도 하지. 대신 한 잔을 마시고도 표시가 나면 안 마시지. 그런 건 알아서 각자 컨트롤 하고."

"술 마시고 표시 안 난다고 해도 술 냄새는 나잖아?"

"이이제이(以夷制夷) 알지? 알콜은 알콜로 잡는 거야. 병원 들어가면서 알콜로 소독하는 거지. 맨날 그런 것은 아니고 정말 힘들 때 한 번씩 하면 괜찮아. 어때 재밌지? 아무도 모를걸. 이제 기분 좀 나아졌어?"

기분을 풀어주려 그가 꾸며댄 말인지 알 수 없었지만, 너는 외국의 낯선 곳을 쏘다니다 보면 스트레스가 풀린다고 말했다.

처음 가는 시골길을 지날 때 왠지 모르게 낯설지 않은 것 같았다. 어떤 기시감이 들었고 바다로 가는 동안 너와 그는 한층 더 가까워졌다. 바닷가 모래 위를 돌아다니는 동안 그는 그녀의 전화를 받았다. 점심은 먹었는지. 친구는 잘 만났는지를 물었고. 오늘 같이 근무하기로 했던 직원이 갑자기 일이 생겨 좀 전에 들어갔다는 이야기와 약국은 혼자 운영한 경험도 있으니 혼자서 일하는 것쯤은 아무것도 아니라고 했다. 그와 딱 붙어서 통화 소리를 듣고 있던 너는 약국 문을 닫을 즈음 약국 앞으로 가겠다는 그를 놀렸다.

"한두 살 먹은 어린애도 아닌데 뭘 데리러 가? 집에 택시 타고 오라 해."

"내 진료실에 있는 책이 좀 필요해서. 뭘 써서 원고를 월요일까지 보내 줘야 하거든."

"가만 보면 참 잘 나가."

"꾸준히 그런 걸 해야 인정받는 거야. 병원도 잘 되고."

조금씩 날이 저물고 있었다. 밤길 가는 시간을 넉넉히 잡으려면 이른 저녁을 먹는 게 좋을 것 같아 바다 옆 낙지탕 간판이 있는 식당으로 들어갔다.

바다로 향한 커다란 창 너머엔 물이 언제 찰지 모르는 검은 뻘이 드넓게 펼쳐져 있었다. 밑반찬이 놓이고 냄비 물이 끓자 커다란 접시가 식탁에 놓였다. 커다란 접시 위에는 낙지 두 마리가 미나리와 버섯과 넓적한 박 위에서 내려와 빨판 몇 개를 아무 데나 붙였다. 놀란 네가 허리를 세워 뒤로 물러나 앉자, 그가 웃었다. 나물 접시와 식탁에 붙인 빨판을 떼며 주인이 말했다.

"이거 봐유. 이렇게 팔팔하고 실한 놈은 우리 식당 밖에 없어유."

자신감 넘치는 식당 주인은 끓는 물 속에 야채와 낙지를 넣고 무거운 유리 뚜껑을 덮어버렸다.

냄비 속을 들어가서도 낙지는 유리 뚜껑에 빨판을 붙이고 밀어냈다. 하지만 곧 무거운 유리 뚜껑 안에 붙은 다리가 떨어졌고 더 이상 움직이지 않았다. 창밖의 검은 뻘과 끓는 냄비를 번갈아 바라보는 너를 보며 그가 한마디 했다.

"왜? 불쌍해? 먹는 거 앞에서 그런 표정 짓는 거 아냐. 그냥 음식이라 생각해."

잠시 후 주인은 늘어진 낙지를 꺼내 가위로 자르며 말했다.
"어려서부터 먹어본 애들은 이런 거 없어서 못 먹어유. 가만 보니 따님 놔두고 아버님만 맛집 다니셨는가 봐유. 오래 익히면 질기니께 얼른 드셔유."

6

잠결에 언뜻 여자의 목소리가 들려왔다.
벌써 약국 정리를 다 하고 기다린다는 그녀의 목소리였다. 차는 이미 시내에 들어와 있었고 몇 블럭만 더 가면 약국이 나오고 거기서 반 블록 더 가면 너의 오피스텔이 나올 것이다.
"깼구나. 거의 다 왔어. 너 먼저 내려주고 돌아오면 되겠다."
"아냐. 약국 옆 편의점에 세워. 아랫배가 기분 나쁜 것이 꼭 생리할 것 같아."
"밤이라…."
"남미 가봐. 여긴 천국이야."
"그래. 조심해. 전화할게."
그가 그녀에게 가는 중이지만 다정한 목소리로 너를 걱정해 주는 그가 있어 기분이 좋았다. 편의점에는 학생처럼 보이는 여자애 하나가 계산대를 지키고 있었다. 헐렁한 조끼만이 직원임을 알려주고 있는데 이 밤에 여리여리한 저런 몸으로 일할 수 있는 나라는 이 나라 말고는 없을 것이다. 계산대 아래에 테이저건이 있을지는 모르지만.

 검은 비닐봉지를 흔들며 천천히 걸었다. 그의 차는 아직 골목에 있었다. 약국 간판 불은 꺼져 있었지만, 실내는 아직 환했다. 퇴근 준비를 마친 그녀가 그를 기다리고 있을 것이다. 이 시간에도 단정한 모습을 하고 있을까. 자기의 전부를 내주며 남편을 내조하는 사람. 톱니바퀴 같은 나날 속에 여행다운 여행은 한 번이라도 제대로 해봤을까. 매일 쳇바퀴만 돌리는 주제에 그를 지켜보겠다고 엄포를 놓던 그녀가 너의 체취가 남아 있을 의자에 엉덩이를 내려 놓겠지.

 캄캄한 건물 한 곳이 환하다. 그는 아직 원하는 자료를 찾고 있을 것이다. 그래 잘 가라 그렇게 3층의 불빛과 문 닫힌 약국을 흘끔거리다 모퉁이를 막 돌아서려는데 갑자기 부산스러운 소리가 났다. 다다닥 뛰어가는 발소리와 킬킬거리는 소리가 지나갔다. 외국 여행을 하다 보면 종종 보게 되는 강도와 닮았다. 외국의 강도도 한 명이 하지 않는다. 아직 다 자라지도 않은 녀석들이 몰려다니며 정신을 빼놓고 훔치고 도망간다.

 뭐지, 하며 돌아보니 약국 문이 열려 있다. 호기심이 너를 약국으로 데려갔다. 엉망인 그녀가 바닥에 있었다. 던져진 빨랫감처럼. 급히 한쪽 발목에 걸린 속옷에 다른 쪽 발을 넣고 올리자, 어느새 그녀의 손이 마저 끌어 올렸다. 일으켜 세우려 했지만, 바닥으로 자꾸만 흘러내리는 그녀를 의자에 걸치듯 앉혔다. 달리 다친 데는 없어 보였다. 심하게 몸을 떨던 그녀가 조금씩 소리를 내어 울기 시작했다. 헝클어진 고개를 숙인 채 울고 있는 그녀는 네가 궁금하지도 않은지 얼굴을 들지 않았다.

딩동, 승강기 알림이 들렸다. 순간 울음을 그친 그녀가 너를 올려다보았다. 눈이 마주쳤다. 전에 봤던 그 눈이 아니었다. 강한 기시감에 너는 몹시 당황했다. 뚜벅뚜벅 소리가 긴 터널을 나와 한 음절씩 너의 달팽이관으로 들어오고 있었다. 너는 손가락을 펼쳐 머리에 넣고 마구 휘저었다. 이어지던 발소리가 멈췄다.

"무슨 일이야?"

책을 두 손으로 들고 있는 그는 네가 처음 듣는 낯선 소리로 외치며 출입문 앞에 서 있었다.

"내가 지나가는데 저 아줌마가 욕하잖아. 그래서 내가 어떻게 가만히 있어. 막 혼내줬지."

너는 바닥에 떨어져 있는 봉지를 집어 들고 툭툭 먼지를 털었다. 손가락으로 머리를 빗어 내리고 수문장처럼 서 있는 그의 옆을 지나 밖으로 나가는 동안 누구도 말하지 않았다. 잠깐 돌아본 그곳에 여전히 그가 서 있었다.

병원 건물의 뒷길은 먹자골목으로 이어졌다. 너의 오피스텔로 가는 지름길이기도 한 그 길은 주말이면 소문난 맛집이 많아 새벽까지 불야성을 이루는 곳이었다. 주로 대학생이나 그와 비슷한 또래들이 많았는데 거기엔 너의 단골집도 몇 있었다. 놀기 위해 작정하고 모인 것처럼 옷차림도 비슷했다. 후드티를 입고 약국에서 달아난 녀석들처럼.

 발 하나씩 내디딜 때마다 체중을 옮겨 실으며 머릿속 필름을 풀고 감기를 반복했다. 허리를 곧게 펴고 푸른 빛을 뿜어내었던 전의 그 눈은 이제, 오랫동안 벽에 걸려있는 빛바랜 그림 속 물고기의 눈을 닮아 있었다. 그런 눈을 어디서 봤을까? 정말 어디서 본 것 같았으나 도무지 생각나지 않았다.

7

 승강기에서 내리자마자 할머니를 질러 앞으로 달렸다. 미끄러워 넘어진다고 천천히 가야지. 비 오는 날은 아파트 복도가 미끄러웠던 것 같다. 언제나처럼 그날도 어린이집 차가 도착하는 아파트 앞에 할머니가 있었다. 우산을 든 여러 명의 엄마와 함께 너의 할머니도. 오늘은 엄마가 일찍 퇴근한다는 말에 어찌 안 뛸 수 있겠는가. 하마터면 급히 달려오는 남자와 부딪혀 넘어질 뻔했다. 우산을 짚고 따라오던 할머니가 또 소리쳤다. 거봐라. 조심하라니까.

 엄마가 있었다. 옷은 뜯겨 있었고 머리도 헝클어져 있었다. 현관문을 열자마자 엄마, 하고 부르는 나를 보자마자 고개를 돌렸던 엄마. 그 모습이 낯설어 멈칫 선 네가 뒤를 돌아보자 어느새 할머니가 서 있었다. 잠깐 조용했던 것 같았다. 아무도 말하지 않았다. 할머니는 너를 급히 방으로 들여보낸 뒤 그림책을 들려주고 나갔다. 꺽꺽 소리가 작게 났고 낮고 힘 있는 할머니 목소리가 이어 들렸다.
 "정신 차려라. 애비 올 시간 다 됐다. 바깥일 하는 사람 심란하게 하면 안 된다. 잘 들어. 오늘 일은 없었던 일이야. 알았어?"
 한 번도 생각나지 않던 일이 떠올랐다. 약국에 널브러져 있던 그녀가 너의 머리에서 오래전 기억을 꺼내 왔다. 없었던 일. 너의 할머니가 없던 일이라고 장담했던 일이었다.

8

 비 그친 공원은 말갛게 씻겨 있었다. 벤치 위에 커다란 트렁크를 놓고 옆에 앉았다. 어제보다 하늘이 좀 더 높아 보였고 흙바닥이 더 다져진 것 같았다. 햇살을 모두 받을 듯 너는 맨얼굴로 고개를 쳐들었다. 멜라닌 색소야 얼굴에 침착이 되든 말든 너는 전혀 관심이 없다. 비행기를 타려면 아직 시간이 있을 것이다. 공원에는 아무도 없었고 시계를 한번 들여다본 너는 어느 한 곳을 뚫어지게 바라보았다. 지난번 꼬마애들이 개미를 잡으며 놀던 곳이다. 일어나 그곳으로 가 개미를 찾았다. 개미들이 물웅덩이 가장자리를 돌아 건너편으로 가고 있었다. 개미의 바다였다. 너는 부러진 나뭇가지를 주워 웅덩이 위에 가로질러 놓았다. 시간을 다시 확인한 너는 그에게 문자를 보냈다.
 "나 이제 아주 가. 안녕."

검은 하늘

1

 이상하게도 그날은 하늘이 어둑했다. 길을 따라 서둘러 걸어가는 이모들의 뒷모습을 엄마와 나는 우두커니 보고 있었다. 우리 집에 살면서 서른이 다 넘도록 시집을 가지 않는 엄마의 세 자매가 나는 무서웠다. 비밀스런 말을 하기 위해 두꺼운 이불로 불쑥 내 얼굴을 덮어버리곤 했던 이모들의 고약한 손버릇 때문이었다. 세상을 완강히 눌러버릴 듯한 어마어마한 손아귀의 힘이 어디서 나오는지 그들이 섬뜩하게 느껴졌다.

 그날 비는 끝내 오지 않았다. 내가 보기에도 촌스럽게 꽃단장하고 나선 길에 비라도 만났다면 더 끔찍했을 것이다. 나는 엄마를 따라 허둥지둥 이모들이 앞질러 간 길을 좇아갔다. 가다가 지나온 교회의 뾰족지붕과 십자가를 돌아보자, 엄마가 말했다. 혹시라도 저기 갔다간 죽을 줄 알아. 엄마는 그렇게 나를 단속하려 했다. 엄마의 잔소리를 들으며 한참을 가고 있을 때 갑자기 뒤에서 요란한 자동차 경적이 울렸다.

 순식간의 일이었다. 잠시 후 살펴보니, 엄마의 치맛자락이 누워 있는 내 손아귀에 감겨 있었고, 뒤집힌 자동차 밑에 낯선 무언가가 굴러떨어져 있었다. 그건 예리한 것에 싹둑 베어져 나온 사람의 발이었다.

 "그러니까 이게 네가 기억하는 것의 전부라는 거지?"

"네."

"비슷한 모양으로 자주 반복된다고?"

의사는 나를 침대에 눕히고 뭘 생각하는지 한동안 말없이 바라보았다. 눈길이 따뜻했다. 내가 아는 한, 의사라는 단어 뒤에는 짧은 머리는 기름 발려 단정하게 뒤로 빗어 넘기고 무표정한 얼굴에 청진기가 목에 걸려있어야 했다. 하지만 그는 좀 달랐다. 생각보다 젊었고 목소리와 표정이 부드러웠으며 청진기도 없었다. 그의 얼굴은 내가 아는 어떤 남자와 닮아 있었다.

남자는 우리 집에서 꽤 먼 거리에 있는 교회와 그 옆에 딸린 사택에서 지냈다. 교인들은 이상하게도 여자가 많았는데 그의 귀티 흐르는 외모와 특유의 깊고 부드러운 눈길이 한몫했을 거라는 데에 나는 지금도 의심하지 않는다.

엄마는 내가 교회에 가는 것을 허락하지 않았다. 별다른 이유는 없었지만, 학생은 공부에 열중해야 한다는 것이 엄마가 주장한 유일한 이유였다. 이모들은 교회에 열심히 다녔다. 내가 학교에 다니는 것처럼 이모들은 날마다 교회에 갔고 일요일엔 거의 살다시피 했다. 교회의 김장을 하고 된장과 고추장을 담갔으며 수련회의 진행이나 부흥회의 손님맞이를 도맡아 했다. 언젠가 우리 집 김장을 거의 엄마 혼자 한 적이 있었다. 다음날 몸살로 누운 엄마 옆에 이모들도 함께 누워버렸다. 특별기도 기간이라며 며칠 밤을 새우더니

병이 난 것이었다.

교회에서 나를 만난 이모들은 당황한 것 같았다. 대 예배 시간에 같이 간 친구와 함께 내가 소개되자 이모들은 서로를 쳐다보았다. 헌신적인 세 명의 집사들과 한집에 사는 조카라고 남자가 소개하자, 교인들이 손뼉을 쳤고 이모들도 어색한 미소를 지었다. 이제 같은 교인이 된 마당에 엄마에게 뭐라 말할 수 없을 것이다. 하지만 엄마가 안다 해도 상관없을 것 같았다. 학교에서 쭉 상위권을 유지하는 성적이면 엄마도 교회에 가지 말라는 말은 하지 않을 것이다.

아까부터 내 얼굴을 가만히 내려다보기만 하는 의사의 귀밑머리가 희끗희끗해 보인다. 나를 어떻게 할지 고민하는 모습이 조금 귀엽기도 하다. 내 얼굴에서 눈을 거두기 전 그의 눈길은 순식간에 내 가슴과 허리와 다리를 지나갔다. 나도 기다란 대나무 빗자루처럼 쓸고 가는 그의 눈을 읽었다. 아직도 잘린 발이 무섭다며 두 손으로 얼굴을 감쌌다. 손가락 사이사이 나를 보는 그가 보였다. 아무 표정이 없다. 두 팔을 따라 위로 올라간 윗도리가 조금 들렸을 것이다. 어쩌면 살짝 배꼽이 보였을까.

2

남자의 손이 허리를 잠깐 쓰다듬다가 위로 올라왔다. 처음 간 청년부 하계수련회에서 몸에 달라붙은 젖은 셔츠 때문에 난감해하던 내게 커다란 수건으로 내 어깨를 둘러주던 손이었다.

남자는 수련회를 다녀온 뒤 며칠 후 청년부 예배가 끝나고 나를 따로 남게 했다. 모두가 돌아간 토요일 밤, 주일인 다음날 예배를 위해 말끔히 정돈된 예배당에서 그와 만났다. 티 하나 없이 깨끗했고 모든 교인에게 보여줄 경건함도 미리 와 있는 듯 공기마저 가라앉아 있었다. 그리고 그날 남자는 내 몸을 구석구석 다녀갔다. 일기예보가 어김없이 빗나가던 즈음, 처음으로 예보가 맞아떨어져 거센 비바람과 함께 천둥과 번개가 함께 몰려온 날이었다. 안돼요, 제발, 가만있어, 라는 말은 문 잠긴 예배당 안에서 빗방울처럼 꺼져버렸다.

머리를 빗겨주던 남자는 천천히 입혀준 내 옷의 매무새를 만지고 눈물을 닦아 주었다. 머리를 다시 한번 쓰다듬고 주변을 정돈하더니 어디선가 우산을 가져왔다. 고개를 푹 숙이고 앉아 있는 나를 일으켜 세우고 늦었으니 조심해서 돌아가라고 했다. 언제나처럼 다정한 목소리였다.

교회를 나와 건물 모퉁이에서 쪼그려 앉았다. 이대로 집에 가야 하나. 집에 가면 엄마 얼굴을 똑바로 볼 수 있을까. 눈물을 씻어주는 빗물처럼 내 몸도 몇 시간 이전으로 돌아가면 얼마나 좋을까. 엄마에게 한없이 미안했다. 이렇게 된 엄마 딸이 되어버려서.

엄마가 저녁밥도 안 먹고 기다린다는 것이 떠올라 집을 향해 뛰었다. 우산을 펴지도 않은 채 흠뻑 젖은 나를 보고 엄마는 미쳤다고 야단을 치다가 방 한쪽에 차려놓은 밥상을 가리켰다. 친구네 집에서 밥을 먹었다며 서둘러 씻은 후 자리에 누웠다. 눈을 감았다. 예배당 앞에 있던 십자가와 번개가 번뜩일 때마다 보이던 스테인드글라스가 떠올랐다. 비바람이 건물 외벽을 세차게 때릴 때마다 '그대로 있어', '너도 좋잖아.' 하는 탁음이 지워졌다. 감았다 뜬 실눈 사이로 얼핏 본 남자의 얼굴은 여전히 온화해 보였다.

잠을 잘 수 없었다. 겹겹의 네모 무늬가 끊길 듯 이어진 천장 벽지가 낯설고 생경하기만 했고 내 방의 내 침대도 모두 내 것이 아닌 것만 같았다.

실타래 풀 듯 엉킨 머릿속을 헤집으며 천정의 네모를 세다가 새벽에 잠이 든 것 같았다. 다음날 내가 잠에서 깬 것은 오전 10시가 넘어있었다. 엄마는 마루에 앉아 뭔가를 다듬고 있었고 이모들은 교회에 간 지 한참이 지난 뒤였다. 부엌에 들어가 된장국에 밥을 말아 들고 엄마와 멀찍이 떨어져 앉았다. 가만히 먹는 내 모습을 보던 엄마는 깨작거리며 먹으면 복이 달아난다며 한 소리했다. 엄마 얼굴을 똑바로 바라볼 수 없어 고개를 숙이고 밥을 퍼 넣었다. 내 그릇이 거의 비었을 때 엄마는 반찬 갖다 줄지 하고 물었다. 아니 하는 대답과 함께 빈 그릇을 내려놓고 엄마를 잠깐 쳐다봤다. 맨얼굴이 그을려 있었지만, 전체적으로 뚜렷한 윤곽은 젊었을 때 꽤 예뻤을 것만 같았다. 대답 같은 건 궁금하지 않았지만, 엄마에게 들릴까, 싶은 소리로 물었다.

"엄만 왜 나이 많은 아빠와 결혼했어?

"나이 든 사람은 마음이 넓으니까"

"나도 아빠가 살아 계시면 좋겠다."

"아빠가 돌아가신 애들이 어디 너 하나냐? 누가 아빠 안 계신다고 뭐라 해?"

"아니 그게 아니고 그냥."

엄마는 다듬던 열무를 소쿠리에 담아 놓고 마늘과 작은 칼을 가져왔다.

"잘 봐. 마늘을 깔 때는 뿌리가 달린 곳을 이렇게 자른 다음 거꾸로 껍질을 벗기면 돼. 뿌리가 조금이라도 남아 있으면 금방 싹이 나거든. 참, 껍질이 다 벗겨져도 싹이 나더라. 까 놓는 지 오래되면 뿌리가 안 보여도 속에 싹이 나 있어. 쪼개서 푸른빛이 보이면 싹이 났다는 뜻이야. 그럴 땐 차라리 다 까고 쪼개서 얼리는 게 낫지. 이거 까고 있어."

거꾸로 잡아 뿌리를 자르고 껍질을 벗겨 절굿공이로 쾅쾅 찧으면 얼마나 좋을까 하며 남자 생각을 하고 있는데 엄마가 불렀다.

수돗가에서 쪼그려 앉아 열무를 씻던 엄마가 칼을 달라고 했다. 엄마에게 다가가자, 무릎에 눌린 엄마의 가슴이 하얀 찐빵처럼 올라와 있었다. 두 팔은 물속에서 열무를 휘젓고 있었고 커다란 엉덩이는 자꾸만 들썩거렸다. 친구들은 엄마를 많이 닮은 내 엉덩이를 오리 궁둥이라고 놀렸지만, 또래보다 큰 가슴은 부러워했다. 하지만 중학교 때부터 사람들의 시선이 가슴에 먼저 와닿는 것 같아 부끄러운 나는 늘 움츠리며 다녔고 덕분에 내 어깨는 많이 굽어 있었다.

마루에 앉아 엄마를 바라보며 마늘을 깠다. 나이 든 아빠가 어리고 예쁜 엄마를 맞이하고 얼마나 좋아했을까. 어릴 때 돌아가신 아빠 얼굴이 가물가물했다.

3

교회에서 점심까지 먹고 온 이모들은 오후가 되어서 돌아왔다. 아빠가 살아 계시고 이모들과 종종 같은 방에서 함께 잘 때 우악스럽게 이불로 나를 덮고 소곤거리던 이모들은 이제 대놓고 중얼거렸다. 그 소리의 끝은 항상 같았다. 이모들은 우리끼리 먹는 미숫가루를 앞에 놓고도 기도했다.

아버지가 돌아가신 후 들어보지 못했던 그 기도소리는 다니기 시작한 교회에서 충분히 들을 수 있었다. 신도들과의 작은 회합에서도 그랬고 음식을 앞에 놓고도 그랬고 강단에서 예복을 입은 남자도 비슷했다. 축원한다거나 기도한다는 그건 교회라는 나라에서 특별히 쓰는 말이었다.

"목사님께서 주일 잘 지키라고 하시더라. 네가 교회에 잘 적응할 수 있도록 잘 챙겨주라고 얼마나 강조하시는지 몰라. 오늘 저녁 예배 때 가는 거지."

큰이모가 물어봤지만 뭐라 말할 수 없는 나는 수없이 퍼붓고 싶은 내 안의 말을 다독이며 미숫가루가 든 컵만 흔들어 댔다.

막내 이모가 큰 소리로 나를 불렀다. 어제 남자가 주었던 우산을 들고 있었다.

"이거 네가 가져온 거지. 어디서 났어?"

"어 그거 친구가 빌려준 건데 왜?"

"아냐, 됐어."

안방으로 들어오며 힐끗 뒤를 돌아보았다. 막내 이모가 활짝 펼쳐 든 검은 우산에 금박으로 쓰여 있는 글씨가 보였다. '장인순 여사 고희연'

우리를 보고 있던 둘째 이모가 나에게 그랬다. 장인순이란 사람은 막내 이모의 친구 어머니이고 그들은 서울에 살고 있다고 했다. 막내 이모가 고희연에 가서 받아왔지만, 너무 고급스러운 거라 목사님 쓰라고 드렸는데 어떻게 여기 있는지 이상하다며 고개를 갸우뚱거렸다. 저녁이 되자 이모들은 다시 교회로 갔다. 저녁 예배 시간에 맞춘 듯이 비가 내렸고 막내 이모는 그 우산을 쓰고 갔다.

주일 저녁 예배를 마치고 온 큰이모와 둘째 이모가 집에 온 지 한참이 지났지만, 막내 이모는 함께 오지 않았다. 먼저 온 이모들은 막내 이모가 특별기도를 하느라 교회에 남았으니 걱정하지 말라고 했다.

다음날 새벽기도를 나간 이모들은 셋이 함께 돌아왔다. 막내 이모가 집에 들어왔다가 다시 나간 것인지는 내내 교회에 있었던 것인지 모르지만 얼굴이 많이 부어 있는 것으로 보아 제대로 잠을 잔 것 같지는 않았다.

4

여름방학이라 외갓집에 가는 같은 반 친구를 따라 보령으로 놀러 갔다. 바닷가에서 민박하는 친구네 외갓집은 허름하지만 깔끔했다. 가격도 저렴한 편이어서 손님들도 대부분 학생이었다. 밥은 각자 해 먹는 곳이지만 청소해야 하는 나이 든 노부부는 우리의 작은 손길도 고마워했다. 바닷가의 날은 갈수록 뜨거워졌고 사람들은 밀려왔다. 사나흘만 있다가 갈 예정이었지만 내친김에 더 눌러 있기로 했다. 약간의 아르바이트비도 보태준다며 설득하는 친구 외할머니와 엄마와의 통화로 나는 더 눌러앉아 있을 수 있었다.

낮이면 머드축제에 빠져 놀았고, 밤이면 해변에서 불꽃을 구경했다. 해변에는 폭죽을 한 다발이나 사서 하나씩 모래밭에 꽂아 터트리기는 사람도 있었고 손에 들고 빙빙 돌리는 사람도 있었다. 폭죽은 비쌀수록 현란한 불꽃을 보였고 성질 급한 사람들은 몇 개씩 한꺼번에 불을 붙이기도 했다. 친구와 나는 모래밭에 가만히 앉아 하늘에서 터지는 불꽃을 감상했다. 사람들이 저걸 사와 터뜨리면 우리는 옆에 앉아 구경만 하면 되는 거지. 친구와 나는 불꽃 터지는 하늘을 보며 이따금 속삭였다.

누군가 비싼 폭죽을 터트렸는지 하늘엔 유난히 화려한 불꽃이 퍼졌다. 노랑 빨강 초록 불의 자잘한 파편이 검은 하늘에 반짝이다가 사라졌다. 넋 놓고 보는 내게 사방에서 지르는 환호성과 탄성이 들려왔다. 비슷한 탄성을 들리던 그날이 생각났다. 토요일 밤 교회에서 집으로 돌아오며 미친 새끼, 개새끼를 얼마나 많은 빗속에 뱉어 버렸는지 아마도 누가 보았다면 미친년이라 했을 그 밤이.

머리를 저으며 친구를 보았다. 나처럼 하늘을 바라보는 친구는 홀린 듯 반쯤 입이 열려 있었다. 근처에서 함께 환호성이 울리는 곳을 보니 아는 사람들이 이미 와 있었다. 아침부터 숙소를 찾다가 이곳까지 왔다며 민박집에 찾아온 대여섯 명의 사내들이었다. 중년의 그들은 서울에서 왔고, 우리 또래의 딸이 있다는 그들은 모두 대학 동기로서 이번 여름은 가족을 빼고 보내는 특별한 여름휴가라고 했다. 그들만의 특별한 추억은 뭘지 궁금했지만, 그들은 이미 돗자리와 작은 텐트 하나를 쳐 놓은 채 술을 마시고 있었다.

우리를 보자 그들이 손짓했다. 놓여 있는 술과 안주가 비싸 보였다. 극구 사양을 하던 친구와 내가 끝내 작은 잔을 한잔씩 받아 들고 서로 쳐다보자, 그들은 숨도 쉬지 말고 한입에 얼른 마시라고 했다. 갈증이 나던 차에 우리는 한 입 거리도 되지 않는 작은 잔의 그것을 입에 넣고 삼켰고 우리를 주목하던 그들이 손뼉을 치며 안주를 하나씩 내밀었다. 아까보다 더한 갈증이 나다 못해 목이 타들어 가는 것만 같았다. 물을 벌컥벌컥 들이키던 친구가 잠시 후 가자고 일어섰지만 나른해진 나는 선뜻 일어서지 못했다. 그들 중 하나가 좀 있다가 같이 데려갈 테니 먼저 가라고 하자 친구는 내게 손을 흔들었다. 낮에도 할머니가 해준 백숙을 마당에서 함께 먹던 사람들이었으므로.

5

기분이 조금 좋아졌다. 온몸에 기운이 빠졌지만, 마음이 편해져서 한 잔만 더 하라며 주는 잔을 피하지 않았다. 아까보다는 더 견딜 만했고 더 나른해졌다. 따닥따닥 터지는 불꽃이 시들해지자, 앞에 앉은 사내가 폭죽을 한 아름을 사 왔다. 그가 좀 떨어진 모래밭에 비스듬히 꽂고 불을 붙이자 모두 하나둘 숫자를 셌다. 일곱쯤 세자 불꽃이 날아갔다. 친구와 함께 환호성을 보냈던 아까의 그 화사한 불꽃이었다. 하나가 꺼지면 또 불을 붙이고 꺼지면 또 불을 붙였다. 별빛이 보잘것없는 검은 하늘에 뿌연 연기와 오색 빛이 오래 피어올랐다. 슛, 하며 활주로처럼 빠져나가는 비행체에 내 몸이 실린 것 같았고 불꽃을 따라 몸이 둥둥 하늘에 떠오르다가 땅으로 푹 꺼지는 것 같았으며 환호성과 탄성이 한동안 이어졌다.

다음날 잠에서 깬 나는 지끈거리는 머리를 잡고 부엌으로 갔다. 머리만큼이나 이상하게 몸도 무겁고 욱신거렸다. 물을 마시던 내게 할머니는 혼잣말처럼 말했다.

"남자들이 속이 죽 끓듯 한다니까. 낼까지 있다고 하고선 서둘러 갈 게 뭐야. 좋은 차도 있더구먼. 나야 돈만 받으면 되니까 상관없지만서도."

"무슨 일 있어요?"

"여럿이 함께 온 아저씨들이 갔어. 새벽에 나를 보자마자 낼 숙박비까지 주더니 급한 일이 있다고 가버렸다니까."

사업을 하는 사람들도 있고 모두 가족이 있는 사람들이니까 급한 일이 있을 법도 하다고 생각하며 욕실로 갔다. 간밤 제대로 씻지 못하고 잠에 들었는지 생각이 나지 않았지만, 샤워라도 하면 몸이 좀 가벼워질 것 같았다.

티셔츠와 반바지를 벗고 속옷을 벗으려니 뭔가 좀 이상했다. 뒤집힌 팬티와 후크가 들쭉날쭉 꼬인 브라. 모두 벗고 거울을 보았다. 불긋불긋한 단풍잎 같은 자국이 군데군데 나 있었고 하얀 가슴이 유난히 붉었다. 물에 닿자마자 유두가 쓰리고 아팠다. 아무리 생각해도 간밤 아저씨들과 함께 술 먹은 기억이 마지막이었다.

밖에서 밥 먹으라는 할머니의 외침에 친구와 나는 밥상 앞에 앉았다. 할아버지는 일찍 일어나 밖에 일 보러 나가신 지 오래되었다고 했다. 안방에서 TV를 보며 밥을 먹는데 마침 서해안 휴가지의 밤바다가 소개되고 있었다. 낮에는 해수욕과 머드축제를 즐기고 밤에는 불꽃놀이가 환상이라는 홍보성 뉴스였다. 밥알을 하나하나 입에 넣으며 비슷한 광경이 머릿속에 펼쳐졌다. 폭죽이 번쩍거리는 하늘과 여기저기서 들리는 탄성 그리고 텐트의 지퍼 올리는 소리와 아저씨들의 얼굴이 하나씩 코앞에 다가왔다 멀어졌다. 꿈이었을까. 머리가 빙빙 돌고 속이 울렁거렸다. 그만 먹겠다며 숟가락을 내려놓자, 친구와 할머니는 놀라며 더 먹으라고 했다. 하지만 더 이상 먹을 수가 없었다. 꿈이었다면 얼마나 좋을까.

화장실 변기 앞에 무릎을 꿇었다. 그들은 나를 일회용 변기로 쓰고 가버린 거였다. 몇 숟갈 안 되는 밥을 토하고 누런 똥물까지 다 나왔지만, 그들의 흔적은 한 점도 게워 내지 못했다. 그들은 가위바위보든, 시계 돌아가는 방향이든 나를 뭉개기 위한 특별한 추억을 위해 순서까지 정했을 것이다. 나쁜 새끼들, 개새끼들. 눈물 콧물 범벅인 내 얼굴을 들여다보며 욕을 했다. 죽고만 싶었다. 돌아가실 때 아무것도 모르는 내 손을 잡으며 외할머니가 하신 말씀이 생각났다. 너는 엄마의 전부다. 무슨 일이 있어도 엄마를 꼭 지켜야 한다. 너는 소중한 엄마의 보물이야.

양치하고 샤워를 했다. 개새끼들을 수없이 뱉으며 목욕 타올로 몸을 박박 문질러도 어제의 흔적은 사라지지 않을 테지만 내가 할 수 있는 일은 그것이 전부였다.

체했다는 핑계를 대고 방에 누웠다. 곰곰 어젯밤 일을 떠올려 보았지만, 선명하게 떠오르는 것은 없었다. 여전히 머리는 지끈거려 오전 내내 '자다 깨다'를 반복했다.

폭죽이 터지고 하늘에 화려한 불빛이 타오르자, 텐트 안으로 사람 얼굴의 네 발 달린 개 한 마리가 들어왔다. 나는 목줄에 묶여 있었고 개는 내 허벅지를 물어뜯었다. 하나가 나가면 또 하나가 들어왔다. 그것들은 밤새도록 들어와 내 온몸의 살을 한 점씩 물어뜯었다. 가장 사납게 생긴 녀석이 마지막으로 근엄한 미소를 지으며 다가왔다. 점점 가까이 오는 그 얼굴은 교회에 있던 남자 얼굴을 하고 있었다. 발버둥을 쳤지만 그럴수록 나의 목줄은 점점 목을 조였다. 소리가 나오지 않았지만, 죽을힘을 다해 소리를 질렀다.

컥컥, 누군가 손을 잡았다. 버둥거리며 눈을 뜨자 친구와 할머니가 옆에서 내 팔을 잡고 있었다.

"대낮에 무슨 꿈을 그리 꾸는 거야. 얼른 일어나 손 좀 따자."

할머니는 내 등을 두드리고 바늘로 손톱 위쪽을 찔렀다. 빨간 피 구슬이 하나씩 솟아났다. 할머니는 피의 색이 밝은 것을 보니 많이 체한 게 아니라며 더울 때 누워있으면 더 기운 없으니 나가서 놀다 오라고 했다. 내 외할머니도 살아 계시면 저렇게 다정할 텐데. 세상의 모든 할머니는 다 똑같다는 생각이 들었다.

주말이 되자 해변에는 사람들로 넘쳐났고 민박집도 바빠졌다. 나는 어느 때보다 열심히 청소와 심부름을 했다. 뭔가를 잊으려면 다른 뭔가에 열중해야 잊히는 것인지 끔찍했던 일도 조금씩 무디어졌다. 주말의 지나고 새로운 월요일이 돌아왔다. 친구의 외할머니는 수고했다며 얼마간의 돈을 쥐어 주었다. 집으로 돌아온 나를 엄마와 이모들은 좋은 경험을 하고 돌아왔다고 칭찬해 주었다. 젊을 때 고생은 사서도 하는 거라고 웃으며 말하는 엄마를 붙들고 사실은 그런 게 아니었다고 펑펑 울고 싶었다.

6

날마다 교회에 다니는 이모들을 볼 때마다 남자는 나의 안부를 물었다고 했다. 친구를 따라 여행을 갔다는 말에 새 신자의 육성에 게으르다며 이모들은 야단을 맞았다고 했는데 그렇게 화내는 것을 본 적이 없다는 이모들은 결국 나를 데리고 수요예배에 갔다. 여럿이 말을 맞추면 한사람 속이기는 일도 아니었으므로 엄마를 아직 내가 교회에 다니는 것을 모른다. 토요일 청년부 예배 때에는 친구가 집으로 데리러 왔다.

"목사님이 오늘은 너를 꼭 데리고 오라고 하셨어."

말없이 친구를 따라갔다. 미친개한테 여러 번 물리고도 살아남았는데 그까짓 온순한 개 한 마리쯤 충분히 요리해 보리라 맘을 먹었다. 예상대로 남자는 예배가 끝나고 나를 따로 남게 했고 전의 그 자리에 앉게 했다. 강단의 십자가가 비치는 것만 제외하고 예배당의 불까지 모두 꺼졌다. 딸깍, 문 잠그는 소리가 유난히 크게 들렸다.

지금부터 시작이야 하는 사이 나의 눈에 번쩍 불이 일었다. 얼얼한 뺨을 만지며 일어서자, 남자가 어깨를 눌러 다시 자리에 앉혔다. 남자도 아팠는지 손을 주물렀다.

"정말 오랜만이야. 놀랐어? 앞으로 어디 갈 때는 나에게 먼저 허락을 받고 가야 하는 거야. 교회는 빠짐없이 나와야 하고. 특히 청년부 예배는 빠지면 안 되지. 내 말이 곧 하나님 말씀이거든. 알지? 그치?"

번쩍 또 한 번 뺨에 불이 났다.

"대답이 없네. 내가 묻는 말에는 바로바로 대답해야 해. 알았어?"
"네."

얼른 두 볼을 감싸며 대답했다. 얼굴에 아직도 불이 나는 것 같았다. 남자의 말은 여전히 부드러웠다. 어떠한 거친 말도 남자의 입을 빠져나오는 순간 잘게 다져지고 갈려서 죽처럼 부드러워진다고 생각했다.

남자는 잠시 머리를 쓰다듬더니 나의 두 뺨을 어루만졌다.

"아팠어? 다 주님이 하시는 일이야."

그 손은 점점 내려와 내 가슴께에 머물렀다. 점점 숨이 거칠어지던 남자는 허리띠를 풀더니 나를 눕히고 그대로 위로 올라왔다. 나는 가만히 있었다. 남자가 나의 어느 곳을 어떻게 하든 나는 이 순간 나무 인형이 되기로 했다. 중간중간 남자가 목이 잠긴 듯 이래라저래라하는 대로만 관절을 꺾어 주면 되었다. 한참 만에야 탈진한 듯 내려온 남자가 옆에 누웠다. 말없이 거친 숨소리만 내던 남자는 일어나 바지를 추스르며 한마디 했다.
"역시."
남자는 돌아가는 나를 배웅하며 몇 장의 지폐를 손에 쥐어 주었다. 아까보다 더 기분이 나빴지만 언제 날아올지 모르는 남자의 손이 무서웠다.
집에 돌아오자, 엄마는 저녁을 차려놓고 기다리고 있었다. 친구 집에서 먹었다고 하자 엄마는 그제야 늦은 저녁을 먹기 시작했다. 엄마에게 미안했지만, 아무 말도 할 수 없었다. 뭐가 어찌 된 것인지 무엇이 어떻게 꼬인 것인지 도무지 알 수 없었다.

7

가끔 두 이모가 교회에 가지 않을 때도 드나들던 막내 이모는 엄마의 자매 중 고집이 가장 센 편이었다. 집에 특별한 먹을 것이 있어도 가져가고 누군가에게서 받은 선물도 가져가고 명절날에도 꼬박꼬박 뭔가를 들고 갔다. 어느 날 막내 이모가 불렀다.
"너 거짓말 하지 말고 똑바로 대답해. 아니면 가만 안 둬. 목사님이 너만 따로 부른 적 있어?"

"그러니까 그게."

"둘만 같이 있은 적 있냐고?"

나는 아무 말도 할 수 없었다. 가만히 서서 손톱만 물어뜯고 있는 내게 이모는 그만 가보라고 했다. 곧바로 교회로 간 막내 이모는 한참 후에야 돌아왔다. 전에 우산을 들고 갔던 때와 같이 얼굴이 부어 있었다. 집에 들어온 막내 이모는 소리 내어 성경책을 읽다가 찬송가를 부르고 울다가 다시 성경을 읽었다. 위의 두 이모는 엄마와 내가 자는 안방으로 베개를 들고 건너왔다. 둘은 잠시 기도를 하더니 내 옆에 누웠다.

다음 날 새벽기도에 막내 이모는 가지 않았다. 다음 날도 그 다음 날도. 삼 일을 쉬고 사 일째 되는 날 막내 이모는 다시 교회로 나갔다. 조금 수척해 보였지만 나는 모르는 척했다.

내 주머니 사정이 넉넉해지자, 내 마음 씀씀이도 조금 넓어진 것 같았다. 친구들은 그동안 책만 파던 애가 점점 사람이 되어가는 것 같다고 좋아했고 엄마도 그런 것 같았다. 게다가 성적까지 제자리를 지키고 있으니, 엄마는 이렇게만 살면 좋겠다고 했다. 이따금 내가 보는 참고서를 보고 뭔 돈으로 산 거냐고 묻기도 했지만, 선생님이 특별히 나한테만 준 거라고 했다. 우등생이란 특별상으로 말이다. 엄마는 흐뭇한 미소와 함께 고맙다고 인사는 제대로 하고

받는 거냐고 물었지만, 물론이지라는 말로 나는 거침없는 대답을 했다. 엄마 혼자 꾸려가는 살림이라 함부로 손 내밀 수도 없었는데 엄마도 그런 내 마음을 알고 있었던 모양이었다.

한 달에 네 번 나는 십자가에서 은은하게 새어 나오는 초록빛을 보며 그 남자와 함께 시간을 보냈다. 학생부에 있던 남학생이 가끔 치근덕거리기라도 하면 남자는 어떻게 알았는지 청년부의 특별 예배를 핑계 삼아 학생의 본분과 또래 이성에게 해야 할 기본적인 자세 그리고 신도들 간의 예의 같은 것을 연설했다. 그러면 누구라고 말하지 않더라도 그 해당 남학생은 회개 기도를 하기도 했는데, 그렇게 남자가 단박에 내 주변을 정리하곤 했지만, 나도 싫지 않은 또래나 좀 통하는 오빠가 생기기도 했다. 웃으며 함께 어디를 간다든가 친하게 지내는 것을 보기라도 하면 돌아오는 토요일에 어김없이 내 뺨으로 손이 날아왔다. 내가 혼자 돌아오는 토요일 밤이면 막내 이모는 더욱 큰 소리로 기도하곤 했다.

8

어느 때인가 남자가 물었다. 몸 관리는 잘하는 거냐고. 말이 끝나자마자 네, 하고 대답했지만 뭘 물어보는지 조금 헷갈렸다. 하지만 이내 알 것 같았다. 이젠 남자가 묻는 것에는 무조건 먼저 대답하고 나중에 생각하는 버릇이 생겼다. 바보같이 배불러서 신세 망칠 일은 없었다. 내 성적이 괜히 높은 것은 아니었다. 나는 공부에만 매달렸다. 여기를 뜰 수 있는 건 도시에 있는 학교로 진학하는 것뿐이었다.

내가 서울의 에스대에 붙자, 남자는 크게 기뻐했다. 온화한 미소를 머금은 채 모든 예배 시간마다 전도가 유망하도록 축원해 주었고 보는 사람마다 자랑을 늘어놓았다. 마치 자기 자식이라도 되는 것처럼.

하지만 모두가 즐거운 것 같지는 않았다. 엄마는 좋다고 말하면서도 자꾸만 눈물을 흘렸다. 등록금과 기숙사에 들어갈 돈을 마련할 수 없었다. 이런 고민을 어떻게 알았는지 남자는 어느 토요일 밤 내게 말했다. 학비 걱정은 하지 말라고. 앞으로도 지금처럼만 해준다면 자신이 모두 내어 주겠다고 했다. 감정이 묘했다. 내가 남자에게서 헤어나고 싶은 만큼 남자는 나에게 점점 깊이 빠져들고 있었다. 내가 이곳을 영영 떠날지 모른다는 생각이 들었는지 남자는 함부로 손을 날리지 않았다.

그날도 남자와 함께 있다가 집으로 향했다. 이제는 일상처럼 느껴지는 일이었다. 얼마 있으면 이 길도 자주 볼 수 없을지 모른다는 생각이 들었다. 앞으로 어떻게 될지는 좀 더 고민해 봐야 할 일이어서 당분간은 남자에게 얌전히 굴어야 했다.

얼마쯤 걸어왔을까 아차, 하며 길 위에 멈춰 섰다. 내일 당장 필요한 서류를 놓고 온 것이다. 다시 돌아가야 했다. 나를 배웅하던 남자는 여느 때처럼 강단에서 기도하고 있을까. 혹시 기도를 방해한다고 크게 화를 내지는 않을까. 조금 걱정이 되었다. 설혹 뺨을 맞더라도 그 서류는 꼭 필요했으므로 맘을 다잡고 교회로 향했다. 요즘은 나에게 더 깊이 빠져 있으므로 어쩌면 반가이 맞아줄지도 모를 일이었다. 발소리를 죽이며 천천히 계단을 올랐다.
　여전히 실내등은 꺼져 있었다. 아마도 십자가 아래 혼자 앉아 기도하는 중일 것이다. 슬쩍 문을 밀어 보니 열려 있었다. 하지만 늘 켜두는 십자가 불빛이 강단 앞의 어떤 사람을 비추고 있었는데 눈에 익숙한 모습이었다. 막내 이모가 무슨 일일까.
　"인제 그만 하세요."
　의자에 몸을 숙이고 좀 더 가까이 다가갔다. 조용했다. 막내 이모는 혼잣말하듯 강단을 향해 말을 이어갔다.
　"선이를 그만 놔 주세요. 등록금은 우리가 알아서 할 거예요."
　갑자기 불쑥 일어나 강단에서 내려오던 남자가 막내 이모의 뺨을 후려쳤다. 막내 이모가 자리에 쓰러져 울먹이며 다시 말했다.
　"이건 정말 말도 안 되는 거예요. 차라리 저를 죽이고 그 애를 놔주세요."
　이모는 손바닥으로 입을 막고 있었다. 터져 나오는 울음을 내보내면 안 된다는 듯, 혹시라도 다른 사람이 알면 큰일이 난다는 듯, 손으로 틀어막고 있었지만, 끅끅거리는 울음이 새어 나왔다. 나를 그냥 보내주라니. 확실한 건 모르지만 우는 이모를 보자 나도 눈물이 흘렀다. 손등으로 눈물을 쓸어 내며 이모의 말에 귀를 기울였다.

"큰언니를 그렇게 해 놓고 어떻게 또 그럴 수 있어요. 제가 모를 줄 아세요?"

엄마 얘기가 여기서 왜 나오지? 잘못 들은 것만 같았다. 남자는 다시 기도하는 자리에 앉았는지 목소리만 들렸다.

"그래서 어쩐다고. 다 주님의 일이야. 한낱 미물들이 뭘 어쩌겠다고. 쯧쯧."

"이건 절대 하나님 뜻이 아니에요. 토요일 밤마다 너무 하는 거 아니에요? 어떻게 그럴 수 있어요. 제발 선이를 놔주세요."

쿵 심장이 내려앉았다. 막내 이모는 토요일마다 있었던 나의 행적을 알고 있었단 말인가. 오늘도 우리의 행위가 끝나기를 숨죽이며 지켜보다가 나가는 내 뒤를 이어 들어온 거란 말인가. 가슴이 뛰고 얼굴이 화끈거렸다. 그동안 내가 교회에서 돌아올 때마다 하던 기도는 나를 위한 기도였단 말인가. 막내 이모는 이제 거의 울부짖고 있었다.

"어떻게 걔한테 그럴 수가 있어요. 어떻게. 어떻게 그럴 수 있냐고요?"

"걔는 내 것이야. 내가 만들었으니 내 것이지. 신성한 하나님 전에서 그러지 말고 얼른 돌아가. 괜히 걔한테 쓸데없는 말을 했다간 하나님이 역사 하실 테니 특별히 입조심하고."

검은 하늘 127

뻑, 내가 긴 의자 아래 숨겼던 몸을 급히 일으키자, 의자가 밀리며 소리를 냈다. 이모가 이쪽을 돌아보았다.

"헉, 선이야 네가 왜 여기 있어."

나는 아무 말 없이 밖으로 뛰었다. 뭔가에 다리가 걸려 넘어졌지만 아프지 않았다. 계속 뛰었다. 그러다 무엇엔가 머리를 세게 부딪혔다.

9

내가 눈을 떴을 때 엄마가 앞에 있었다. 까딱하면 엄마하고 부를 뻔했다. 아마도 뒤에 그 남자가 근엄하게 서 있는 걸 조금이라도 늦게 보았더라면. 엄마는 내 얼굴을 쓰다듬으며 한 손으로 눈물을 닦고 있었다. 나는 터져 나오려는 눈물을 참느라 여러 번 어금니를 악물어야 했지만, 다행히 무표정한 얼굴을 유지할 수 있었다. 엄마 눈을 피해 천장을 보았다. 멍하니. 최대한 맹한 눈으로.

의사가 들어오더니 생각나는 것이 있느냐고 물었다. 의사를 보다가 말하고 싶은 충동이 잠깐 일었다. 할 말이 엄청 많다고, 까만 펜으로 빽빽하게 쓴 글씨가 겹치고 겹쳐서 까만 종이가 되어버린 단어연습장 같다고. 까만 노트의 마지막 펜 흔적을 잡아당겨 하얀 종이가 될 때까지 다 풀어버리고 싶다고. 누구든 걸리기만 하면 한바탕 싸움이라도 걸어보고도 싶다고. 나는 잘생긴 의사를 향해 고개를 좌우로 한번 흔들었다.

남자는 바로 돌아갔고 엄마는 날마다 찾아왔다. 엄마를 따라온 이모들은 나에게 엄마를 가리키며 엄마하고 불러 보라 했다. 애가 타는 그들을 보다 엄마, 하며 조금 웃어주자, 엄마는 나를 끌어안고 엉엉 소리 내어 울었다. 숨이 막히고 가슴이 아려왔지만, 눈물샘 따위는 이제 나의 통제 아래에 있었다.

병원은 편안했다. 머리에 감았던 붕대를 풀고 나서도 병원에 계속 남았고 의사는 날마다 생각나는 게 있냐고 물어왔다. 다정한 의사에게 뭐라도 얘기를 좀 해줘야 하지 않을까. 싹둑 잘려 굴러온 발에 내가 늘 보았던 엄마의 신발이 신겨져 있었다고 해 볼까. 아님. 내 발이었다고 할까.
의사가 꿀꺽 침을 삼켰다. 바다에 떠 있던 바위가 잠시 수면 아래에 잠겼다가 떠오른 듯 볼록한 목젖이 꿈틀댔다. 손을 내밀어 목젖을 만지고 까슬까슬한 턱도 만져보고 싶어졌다. 하지만 까딱했다간 팔이 엑스자로 뒤로 묶여 요주의 인물로 찍힐 수 있어 조심해야 했다. 의사는 내 눈을 한참 들여다보다 차트에 무어라 쓰더니 나가려 했다.
"저 선생님, 그 굴러온 발이 꼭 어디서 본 것 같아요."
"그래요? 이제야 생각이 나는가 보네. 잘 생각해 봐요. 누구 발 같아요?"
코가 참 오똑하다는 생각을 했을 때 그가 내게로 허리를 굽혀

바싹 다가왔다. 알코올인지 박하 향인지 모를 향기가 상쾌했다. 남자에게서 나던 향과 다른 상큼한 향을 폐부 깊숙이 들이켜자, 가슴이 두근거렸다. 의사는 내게서 다시 떨어져 가만히 이쪽을 주시하고 서 있다. 온화하긴 하지만 표정을 잘 드러내지 않는 것은 그 남자와 닮아 보였다. 궁금했다. 굴러온 발이 누구의 것이라고 해야 저 근엄한 의사가 표정을 풀까.

후숙

배송할 상자를 문 앞에 쌓던 나는 안에서 들려오는 소리에 고개를 돌렸다. 유선방송사에서 나온 케이블 티비 설치 기사와 아버지가 안으로 들어간 지 시간이 꽤 지났지만, 처음 조곤조곤 들리던 그들의 목소리는 어느새 점점 더 커지고 있었다.

토마토 상자를 싣고 갈 트럭이 곧 도착할 것이어서 나는 하던 일을 서둘러야 했다. 빨리 설명해 주고 다음 고객을 만나러 가야 한다는 설치 기사에게, 조금 더 기다렸다가 트럭에 토마토를 실어 보낸 뒤 설명해 달라고 할 수는 없었다. 어쩌면 그는 다음 고객을 찾아 지붕이나 전봇대를 오르내릴 수도 있고, 토마토를 싣고 가는 트럭 기사는 집하장을 거쳐 오늘 일을 마무리하면 캄캄해서야 가족에게 돌아갈지도 모른다. 삼 일쯤 걸릴까. 주문자에게 도착할 그 시간이면 토마토는 단맛을 더하며 붉고 영양 많은 토마토가 될 것이다.

케이블을 연결한 후 자세한 설명을 들으면 더 좋겠지만, 그런 것쯤은 꼭 듣지 않아도 알 수 있을 것이다. 그래도 설명해 주겠으니 들어오라는 기사의 외침에 그럴까 하고 잠시 망설이는 사이 불쑥 아버지가 나타났다.

느린 걸음으로 이곳저곳 들여다보며 연신 부채질하던 아버지는 기사의 목소리를 들었는지 안으로 향하며 말했다.

"너는 그거나 마저 해라. 내가 가볼게. 그래도 내가 시계를 죄다 풀었다가 다시 조립까지 했던 사람이여. 가만 보자 내 안경이 어딜

갔나."

 그렇게 호주머니를 뒤적여 돋보기를 찾은 아버지는 안으로 들어가 케이블 티비 시청법을 배우는 중이었는데, 어째 가르치는 사람보다 배우는 사람의 목소리가 커져만 가고 있는 것이었다.

 왕년에 사발시계 하나쯤 분해해 보지 않은 남자가 어디 있겠는가. 나도 그랬다. 부품을 뜯어 쭉 늘어놓고 하나씩 조립하며 느끼는 희열은 이제 컴퓨터 게임에서 얻는 아이템으로 바뀌었지만, 성공했을 때의 그 느낌은 나도 안다.

 그래도 일반 텔레비전 리모컨이라고 해봐야 전원과 채널, 거기에 음량 버튼만 눌러도 되지만, 숫자만 세다가 까먹을 만큼 많은 버튼의 사용법을 아버지는 과연 잘 배울 수 있을까. 그러다 곧 라벨 작업하느라 잠시 잊고 있었는데, 큰 소리가 나는 것으로 보아 역시 잘 풀리지 않는 것 같았다. 고객만족도를 무시하지 못하는 기사에게 아버지는 어쩌면 높은 만족도를 채우기는커녕 이직을 먼저 생각하게 할는지 모른다.

 도로공사 구간을 만나 조금 늦을 것 같다는 택배기사의 전화가 왔다. 마지막 상자에 라벨을 붙이고 들어가자, 그곳은 에어컨 바람이 무색하리만치 분위기가 후끈 달궈져 있었다.

"뭐가 잘 안 돼요?"
"아뇨. 잘 됐어요."

"잘 되기는 뭐가 잘 돼. 잘못돼도 한참 잘 못 됐지."
"어르신, 지금 잘 나오고 있는 거예요."
"옘병, 소리가 제대로 안 나오잖아?"
기사가 답답한지 영문도 모르는 내게 다 되었으니 얼른 사인해 달라며 서류를 내밀었다. 그러자 아버지가 다시 소리를 질렀다.
"다 되기는 개뿔, 저게 다 된 거냐고. 소리가 잘 나와야지. 나 참 속 터져서 원."
"몇 번이나 말해요. 저게 원래 목소리라니까요."
아버지가 가리키는 모니터에는 젊고 뚱뚱한 여자가 앞치마를 두르고 분주히 요리하는 중이었다. 터질듯한 볼을 가진 얼굴에 분장 같은 화장을 한 것이 가끔 요리 프로그램에 나오던 나이 지긋한 엄마 같은 요리사와는 아주 달랐다.
"화면은 잘 나오네요. 근데 뭐가 잘 못 됐어요?"
그 말을 마치자마자 나는 자리에 선 채 얼어붙었다. 화면 속 여자가 중얼중얼 설명하는 목소리는 누가 봐도 남자다운 저음이었다. 멍했다. 뭐가 어떻게 된 거지? 잠시 후, 정신을 가다듬은 나는 리모컨 작동과 시청에 관한 빠른 설명을 들은 후 기사를 돌려보냈다.
"아버지, 이거 고장 아녀요. 저 남자 원래 목소리가 그래요. 아니 여자요."
"뭔 얘기를 하는 거냐?"

리모컨으로 채널을 바꾸며 이것저것 눌러 보자 모든 게 제대로 된 것 같았다.

"나중에 알려 드릴게요. 연결은 잘 된 거예요. 보세요. 다른데도 잘 나오잖아요."

"근데 아까 거기는 이상하던데? 에라. 뭐가 뭔지 통 모르겠다. 내가 볼 것도 아니고. 그나저나 오늘 물량은 다 맞춘 거지?"

네, 하는 내게 아버지는 수고했다는 말도 없이 밖으로 나갔다.

다시 리모컨 버튼을 이것저것 눌러 보았다. 영어학습, 만화, 홈쇼핑, 영화, 다큐멘터리 방송이 쉴 새 없이 지나갔다. 요즘은 재방송을 많이 해서 정규방송이 어떤 것인지 잘 모르겠다. 내가 어렸을 때만 해도 사람들은 방송 시간에 맞춰 드라마도 보고 영화도 봤는데, 요즘은 아무 때나 보고 싶은 것을 골라 볼 수가 있다. 덕분에 나도 심심치 않게 되었다. 성희가 은근히 고마웠다.

설치비 팔만 원에 매달 케이블 요금이 나올 것이고 전기요금 고지서에는 또 다른 시청료가 붙을 것이다. 집이 드문드문 있는 시골이라 도시보다 설치비용이 더 추가되는데, 이 모든 요금은 늦둥이 막내딸을 공주로 아는 아버지가 모두 부담할 것이어서 나는 가만히 구경만 하면 되었다.

그래도 조심은 해야 했다. 한낮 땡볕을 피한다고 하더라도 열일곱 살짜리 계집애가 농막에 들어앉아 축구나 야구, 특히 격투기 경기를 즐겨 보는 걸 아버지가 알기라도 하는 날에는 티브이는 한순간에 압수당할 것이고 농막은 당장 폐쇄할지도 모를 일이다. 아버지와 성희 사이에서 불구경하듯 하고는 있지만 속으로 쾌재를 부르고 있는 내게도 그 일만큼은 절대 일어나서는 안 될 일이다. 죽은 듯 아버지가 하라는 대로 하는 나에게도 이곳은 유일한 내 숨구멍이기도 했다.

켜기만 하면 무궁무진한 볼거리에 아예 핸드폰과 물아일체가 되는 공주의 앞날 염려증으로 며칠 전 아버지는 조용히 나를 불러 앉혔다.
"성희를 어쩌면 좋으냐. 코로나가 지나가고부터 이상한 병만 나타나면 전염이 되네, 안 되네 하며 학교도 가다 말다 하는데 말이야. 그렇다고 집에서도 공부는 한자도 안 하는 거 같고. 이러다가는 대학 문턱도 못 넘을 게 뻔한데 말이지. 내가 이만저만 걱정이 있는 게 아니다. 네 엄마 볼 날도 얼마 남지 않았는데, 만나면 내가 무슨 낯으로 네 엄마를 본다는 말이냐. 가만 보니 점심때나 돼야 겨우 일어나서 종일 핸드폰만 붙들고 있는데. 도대체 뭐가 되려고 저러는 건지 큰일 아니냐. 내 말은 통 듣지를 않으니 원."
"아직 애잖아요. 가만두면 자기가 다 알아서 할 거예요."
조용조용 말하는 아버지를 따라서 나도 조용히 말하자 갑자기 불벼락이 떨어졌다.
"뭐야? 가만두면 알아서 해? 너처럼 가만두면 된다 이거야? 이놈이 아직도 정신을 못 차렸네. 너 이제 불혹이여 인마. 먹여주고 입혀주고 공부시켜 줬더니, 남들 다 가는 장가도 못 가고 그나마 다니던 회사를 때려치워? 거길 어떻게 들어갔는데. 내가 말을 안 하고 있으니까 바본 줄 알아? 내가 너 때문에 동네 창피해서 얼굴을 못 들고 다녀 이놈아."

　나보다 작은 체구의 아버지가 당장 몽둥이 뜸질을 한다 해도 꼼짝없이 맞을 수밖에 없긴 하지만, 알아서 할 거라는 말에 이토록 화를 내는 아버지를 보자 나는 온몸의 촉수를 안으로 공글렸다. 그래도 투잡으로 하다 말아먹은 사업 얘기는 아직 안 나왔다. 성희에 관한 거라면 지나치다 싶을 만큼 참견하는 아버지였음을 순간 간과하고 말았다. 우수수 떨어지는 불똥을 맞고 나서야 아버지의 심적 서열에는 역시 나보다 성희가 우선인 것을 재차 확인했다. 몸을 사려야 할 때에는 확실하게 자세를 낮추는 게 좋다. 괜한 혈기에 조금이라도 목소리를 높였다가는 굴비처럼 나의 죄목이 줄줄이 나올 터였다. 등록금이나 하숙비 게다가 취직하고 나서도 방을 구하거나 이사해야 한다는 명분으로 가져다 쓴 돈의 출처는 모두 아버지의 땀이었는데 특히 대대로 물려받은 옥토마저 온전히 보존하지 못했다는 죄목까지 아버지가 언급했다가는 적어도 사흘은 죽은듯해야 할 것이다. 딱 삼 일만 지나면 속에서 끓던 속이 가라앉을 것이다. 전에도 그랬으니까.

　긴 한숨 뒤에 서서히 평상심이 돌아오면 아버지는 그제야 소나기를 맞은 풀밭처럼 촉촉한 모습으로 돌아왔다. 자주 있는 일은 아니지만 한번 그런 일이 왔다 가면 나도 여간 불편한 게 아니었다. 아버지에게는 아직 납작 엎드려야 했다.

"죄송해요."

"맨날 죄송하다는 말만 하지 말고 진짜로 잘 좀 해라. 좀. 그건 그렇고 내가 보자고 한 것은 성희가 농막에 텔레비전을 놔달라는데 놔줘야 하냐? 보고 싶은 거 있으면 집에서 보면 되지 뭣 하러 거기에 또 놔달라는 거야. 작은 거 하나 사면 되냐?"

나는 텔레비전을 사줘야 한다는 말은 하지 않았다. 집에서 멀지는 않지만, 성희가 원하는 건 케이블 티비일 것이다. 거기에 놓는다면 케이블 연결 비용이 만만찮을 게 분명했다. 그래도 한창 공부해야 할 시기인 성희가 핸드폰만 들여다보는 것은 좋지 않고, 핸드폰에는 전자파가 어마어마해서 뇌 손상을 일으킬 수 있으며, 요즘 텔레비전은 공부 가르치는 방송 채널도 있어서 일명 SKY라 하는 서울대, 연대, 고대 다니는 수재들은 거의 그 방송으로 공부했고 그 효과가 얼마나 좋았는지, 어떤 애들은 세상에서 공부가 제일 쉬웠다고 하더라는 말만 전했을 뿐이다.

"그러냐? 그래도 그렇게까지 하는 건 좀."

거기에 말을 조금 얹었다. 지금 생각해도 그건 화룡점정 같았다. 머리에 나쁘다는 핸드폰 전자파가 얼마나 강력한지 휴대전화기 세 개로 마른 강냉이 알을 향해 동시에 작동하면, 그 작은 알갱이가 폭발하며 뻥튀기가 된다는 것이었다. 놀라고는 있지만 묘한 눈빛으로 믿을까 말까, 고민하는 듯 보이는 아버지에게 나는 잘 차려진 떡국 위의 고명처럼 나의 학부 시절에 쓰던 전문용어 몇 개를 보탰다.

"그러냐? 그러면 돈은 내가 줄 테니까 사서 볼 수 있게 해 줘봐라. 이참에 개 좀 잘 구슬려 보고. 맨날 선머슴처럼 하고 다니지 말고 다소곳하니 여자답게 좀 하고 다니라고 하고. 제 엄마가 살아 있었으면 절대 그렇게 내버려 두지 않았을 텐데. 쯧쯧. 그래도 너랑은 말이 좀 통하는 거 같으니까 잘 좀 해봐라."

"네 아버지, 잘 얘기할게요."

아버지에게 된서리를 맞았지만, 그래도 성희 덕에 소득은 있었다. 아버지를 이해 못 하는 건 아니었다. 불같은 아버지의 화는 점점 누그러지는 것 같았다. 드문드문 동네 사람들이 내게 회사는 왜 그만두고 여기 왔느냐고 물을 때마다 아버지는 나 대신 그랬다. 남자가 큰일을 해야지. 남 밑에서 몇 푼 받자고 청춘을 다 바치는 것보다 고향 지키면서 내 일을 하는 게 제일이지. 암 그렇고말고. 자고로 장부는 앞을 내다봐야 하는 거야. 두고들 봐. 앞으로는 첨단농장인지 뭔지 그게 뜰 거라고. 농사도 다 컴퓨터로 짓게 될 거라고.

비닐하우스 입구부터 안쪽까지 두 줄 레일에 얹힌 수레를 밀어 입구 쪽 포장 작업대로 밀었다. 크기대로 선별한 토마토를 상자에 담고 배송지 주소를 확인했다. 점점 주문자가 늘어나고 있는 것으로 보아 얼마 전 블로그에 올린 홍보 사진이 효과가 있는 것 같았다. 택배 라벨지를 프린터에 넣고 줄줄이 인쇄된 라벨을 한 장씩 뜯어 상자에 붙였다. 아직은 버겁지만 할 만하다. 커다란 선풍기 앞에서 젖은 몸을 말리며 상자 속 토마토를 생각했다. 아직 푸르스름하지만, 며칠 지나면 더 맛있는 토마토가 될 것이다. 후숙에 관한 안내문은 포장할 때 한 장씩 넣어 두었다.

 이 일은 내가 여기 오기 전까지 아버지가 했던 일과 비슷하지만 조금은 달라졌다. 이고 지고 나르던 것을 수레로 가볍게 나르는 것부터 바꿨고 도매로 넘기던 것을 소비자에게 직접 판매하게 된 것이다. 사실 수경재배가 솔깃하지만 어마어마한 시설을 보고 마음 한쪽에 접어 두었다.

 객지에서 돌아온 내게 아버지는 싸늘했었다. 이런저런 얘기 없이 갑자기 짐을 싸 고향으로 온 아들을 아버지는 쳐다보지도 않았다. 방바닥에 무릎 꿇고 앉은 나를 두고 아버지는 창밖을 보다 한숨을 쉬었고, 천장을 보다가 또 한숨을 쉬었다. 꺼져 있는 시커먼 티비 모니터만 한참을 보다가 내 앞날도 캄캄해 보였는지 아버지는 그만 밖으로 나가버렸다.

 어서 오라는 환영은 바라지도 않았다. 짐작한 일이었다. 얼른 아버지를 따라 비닐하우스로 들어갔다. 후끈한 열기와 토마토 잎 향내를 맡으며 아버지가 하는 대로 따라 했다. 속에서 아무리 천불이 난다고 해도 새벽부터 저녁때까지 그림자처럼 따라다니며 거드는 내게, 아버지는 조금씩 일을 가르쳤고 나는 그 만큼씩 내 자리를 만들어 갔다.

군에서 보안 관련 업무를 맡았던 나는 제대 후 꽤 이름난 회사에서 역시 비슷한 일을 했다. 아버지는 아들의 입사 기념으로 동네 친구들에게 갈비탕으로 한턱냈다며 입사한 회사의 이름을 알리고 출세했음을 자랑했었다.

농막은 아버지가 사랑하는 늦둥이 외동딸을 위해 집에서 조금 떨어진 토마토밭 옆에 지은 것이다. 동화에 나오는 숲속 오두막을 고집할 나이는 아니지만, 낡고 오래된 집에서 온종일 지내기 싫었던 성희가 유튜브에서 몇 번 보고 처음 내게 만들어 달라고 했다. 언뜻 내가 그럴 능력이 있어 보였던가 보다. 내가 그렇지 않음을 이내 깨달은 성희는 며칠간 아버지를 들었다 놨다 하더니 드디어 이겼고 그것도 고급형으로 하는 바람에 아버지의 곳간은 많이 헐렸을 것 같았다. 농막은 보이는 것처럼 평범해 보였지만 내부는 천정까지 편백으로 돌려 덧댔고 바닥은 전기 패널을 깔았다.

아버지 걱정의 구 할은 내게서 성희에게 옮겨가는 것 같았다. 성희를 낳은 뒤 얼마 되지 않아 어머니가 돌아가셨는데, 그때부터 성희는 엄마 젖도 제대로 먹지 못한, 세상에서 가장 불쌍한 아버지의 공주가 되었다. 어려서부터 공부에는 흥미가 없었는데, 아버지는 사랑을 제대로 받지 못해 그러니라 했고, 함께 살게 된 나에게 지금이라도 잘 구슬러서 엄마 있는 다른 애들처럼 구김 없이 자라도록 보살펴 주라고 일렀다. 걱정이 안 되는 것은 아니지만 하루가 다르게 늙어가는 아버지에게 나도 아버지가 알고 있는 이상으로 야생마 같다고 말할 수는 없었다.

코로나 팬데믹으로 온라인 수업의 편의를 맛보았던 교육계에서는 조금이라도 유행하려는 질병이 의심되거나 이런저런 학교 사정을 이유로 온라인 수업을 진행하는 것 같았다. 늦도록 성희가 잠자고 있는 모습을 보더라도 아버지의 눈에서는 언제나 꿀이 뚝뚝 떨어질 듯했다.

"놔둬라. 애들은 자면서 크는 거다."

성희를 깨우려는 내게 아버지는 그랬다. 명절 때에나 다녀가는 형이나 내게는 한 번도 없었던 일이다.

택배 트럭에 토마토 상자를 실어 주고 농막에 들어가자 성희는 기다렸다는 듯 나에게 베개를 안기며 꼭 잡으라 했다.

"잠깐, 다른데 봐도 되지?"

아버지가 아끼는 보물이면 내게도 준 보물이다. 사회생활을 한다는 것 또한 눈치를 안다는 것 아니겠는가. 눈칫밥은 나도 먹을 만큼 먹어봤다. 내내 스포츠 방송을 보다가도 종종 베개를 들어주며 요리 채널로 돌리겠다고 하면 성희도 그러라고 했다. 그렇게 하지 않으면 나같이 맷집 좋은 스파링 파트너를 어디서 만나겠는가.

가장 큰 베개를 세워 위아래를 잡고 고개를 옆으로 돌렸다. 그렇게 서서 어깨너비로 다리를 벌리면, 성희가 베개를 두어 번 톡톡 쳐 보다가 뒤로 천천히 몇 걸음 물러갔다. 성희가 뒷걸음을 하는 동안 몸에 바짝 힘이 들어갔다.

온 힘이 점점 눈으로 모여 모니터에 박혔다. 요리하는 코너는 정말 재미있다. 정해진 시간 안에 요리를 만들어 내는 것이라 그것을 보는 내 손에도 땀이 배어났다. 전에 군에서 취사병으로 있던 친구는 군 생활 중 남은 게 뭐였냐는 질문에 칼이라고 했었다. 제대할 때도 몰래 갖고 나올 정도로 소중했다는. 그런 칼처럼 요리사에게는 자기만의 칼이 생명만큼 소중하다고 했다. 일식에 자신이 있다는 요리사가 생선 살을 저미며 제 얼굴에 들어 보이자 유리처럼 요리사의 눈이 훤히 보였다. 신기했다. 다시 칼을 잡은 요리사가 말했다. 손에 너무 힘을 주면 안 돼요. 적당히 힘을 빼고 리듬을 타야 합니다. 이렇게 이렇게. 그때였다.

"자, 간다."

그 소리와 함께 나는 그만 바닥으로 나동그라졌다. 성희가 내지른 발차기에 베개와 함께 나가떨어진 것이었다. 성희가 달려와 일으켜 세웠다.

"미안 미안. 그러니까 꽉 잡고 있어야지. 무슨 남자가 허수아비처럼 넘어가."

"허수아비라니, 애 말하는 거 봐라. 야야, 옛날 같으면 네 아버지 뻘이야 인마. 조심해."

"에구 조심 좀 하지. 그럼 아빠 할래? 나도 젊은 아빠 좀 있어 보고 싶어."

힐끗 본 성희 얼굴이 장난스러운 말과 달리 사뭇 진지해 보였다. 갑자기 가슴이 먹먹해졌다.

"친구들이 부럽디? 누가 뭐라면 나한테 바로 말해. 내가 혼구멍을 내줄 테니까."

"베개도 잘 못 잡으면서 무슨 힘으로다가? 내 친구들은 다 오빠보다 힘이 셀 걸? 싸움도 더 잘하고."

성희가 나를 한번 쳐다보고는 채널을 돌렸다. 꽃밭처럼 화사한 요리가 사라졌다. 성희는 발차기 대신 어느새 방 가운데에 가부좌를 틀고 앉았다. 화면에서는 곧 킥복싱 매치가 시작됨을 알렸.

근육질의 남자 둘이 네모난 링을 빙빙 돌며 상대를 간 보는 동안, 나는 좀 전의 화면에서 플레이팅 해 놓은 장면을 떠올렸다. 횟감이야 모두 흰색이거나 연분홍이지만, 멋스러운 접시 위에 푸르거나 빨갛거나 혹은 주황인 장식들이 정말 환상적이었다.

"봐봐 진짜 재밌어, 얘는 유도가 특기고, 쟤는 태권도가 특기거든. 국가대표도 했었어. 뭐해, 여기 앉아서 봐 오빠."

뻘쭘하게 서 있던 나를 한번 올려다본 성희는 손가락으로 화면을 가리키며 설명을 하기 시작했다. 성희의 옆에 앉아 함께 킥복싱을 보고 있지만, 사람을 링 위에 올려놓고 싸움을 시키는 주최 측이나 거기 들어가 피 터지게 싸우는 근육맨이나, 그리고 그 모습을 보고 손뼉을 치며 소리를 질러대는 관중들 모두 들개 같다는 생각이 들었다. 관중 속에는 여자들도 많이 보였다. 여자도 있네, 하고 중얼거리자 성희가 조금 톤 높은 소리로 말했다.

"오빠, 혹시 여자들은 집안 살림만 하는 사람이라고 생각하는 건 아니지? 요즘 어디 가서 그런 소리 했다가는 난리 난다 난리나. 아이고, 진짜 쟤는 태권도로 이름 날리던 선수였는데 발차기 하나 제대로 못 날리네. 병신같이 태권도 망신 다 시키고 있어. 돌려차기 그거 한 방 먹이면 바로 끝나는 건데. 에이 못 보겠다."

성희는 다른 채널로 옮기고도 여전히 거기 앉아 같은 이야기를 했다. 유도는 가까이서 드잡이하는 것이고 태권도는 떨어져서 손발을 뻗어야 하는 거라 붙어 싸울 때는 태권도가 불리하다는 것이었다. 결국, 삼분도 지나지 않아 다시 이전 채널로 돌아갔다. 아까보다 태권도 특기 선수의 패색이 짙어졌다. 잠자코 있던 성희가 갑자기 벌떡 일어나더니 발을 뻗어 허공을 갈랐다.

"어휴, 속 터져."

한바탕 성희가 손발을 날리는 동안 나는 다른 곳으로 채널을 돌렸다. 만물상이었다. 즉석 물김치를 담그는 비법을 공개 중이었다. 비법 공개 같은 것을 재방송으로 보는 건 아무리 비법이라 해도 비법 같아 보이지 않았다. 성희가 피곤하다며 드러눕고 나는 잠깐 토마토밭 비닐하우스 창을 확인하러 나갔다. 곧 돌아왔으나 그사이 아버지가 성희 손을 잡고 앉아 있었다.

"성희야, 고맙다. 나는 네가 날마다 공부도 안 하고 남자애처럼 운동만 하는 줄 알았어. 인제 보니 괜한 걱정을 했구먼. 아버지 몰래 음식 만드는 걸 배우고 있었구나. 고맙다. 집에 있는 텔레비전은 이런 거 잘 안 나오지? 그래서 새로 사달라고 한 거구나. 옛날 생각난다. 예전에 네 엄마가 자박자박한 저런 물김치를 해주면 나는 꼭 밥을 두 공기씩 먹었어. 네 엄마 반찬 솜씨가 아주 일품이었거든. 자, 나 먼저 집에 갈 테니까 보던 것 그거마저 보고 와. 에헴."

아버지가 돌아서며 문간에 서 있던 나를 보더니 성희가 텔레비전을 다 보면 같이 들어오라고 했다. 주름진 얼굴이 하회탈처럼 웃고 있어서 나도 따라 웃긴 했지만 깊이 들어간 아버지 두 눈에 어른거리는 물 같은 것이 불빛에 반짝였다.

문틀을 밟고 선 채 나는 텔레비전과 성희를 번갈아 보았다. 모니터에서는 물김치를 조금씩 받아 든 출연자들이 맛을 보며 감탄사를 연발하고 있었다. 가만히 앉아 이리저리 눈알만 굴리던 성희는 나와 눈이 마주치자 어깨를 으쓱 들어 올리더니 두 손을 활짝 펴 보였다.

"너 아버지한테 뭐라 한 거야?"

"나 아무 말 안 했어. 그냥 도장에서 하던 대로 땀 좀 빼다가 잠간 쉬고 있었어."

텔레비전에서는 연예인 중에서 요리 고수로 이름난 진미령이 물김치를 맛보고 한마디 하는 중이었다. 어떻게 지금 담은 물김치가 이렇게 새콤하게 익은 맛이 나는지 알 수 없다며 두 눈을 동그랗게 떴다.

"윤성희. 너 아버지한테 저거 해 드려야겠다."

"내가 왜?"

"방금 못 봤어? 아버지 저런 표정은 너 태어나고 처음 안았을 때 말고 지금이 처음이거든."

"참나, 아버지는 참 이상해. 별걸 다 오해하고 난리야. 나는 있는 재료 다 갖다줘도 못 해. 차라리 밭을 갈아엎으라면 몰라도."

감염병으로 사회적 거리 두기를 할 때나 안 할 때나 나의 일상은 별로 다르지 않았다. 달라진 것이 있다면 늘 봐왔던 택배 트럭 기사나, 가끔 보이던 동네 사람들 모두가 마스크를 쓴 것이었다. 핸드폰을 끼고 살던 성희는 주로 농막에서 운동했다. 유튜브에는 강도에 맞는 운동이 많아서 굳이 체육관에서 강사를 따라 하지 않아도 되었다. 혼자 할 수 있는 운동 채널도 많았지만, 평소 요리 프로그램을 즐겨보던 나는 보았던 영상을 두 배로 침을 삼켜가며 꼼꼼하게 노트도 했다. 이제 먹방의 세계는 많이 먹는 것보다 귀한 음식을 소개하며 먹어 보이는 것이 대세였다. 그렇게 찾은 영상을 보다가 구독을 눌렀다.

전에 코로나 팬데믹으로 영업을 하지 못하게 된 서울 강남의 헬스장 주인이 하는 유튜브 방송이었다. 그는 영끌로 모은 자금으로 헬스장 시설을 마치고 막 오픈하려던 중이었는데 그만 영업금지 명령을 받았다고 했다. 대부분 방송하는 사람들은 아마추어라 해도 방송 장비가 있는데 그는 셀카봉과 핸드폰이 전부였다. 시작하기 전 그가 셀카봉에 매단 핸드폰 카메라로 실내를 한 바퀴 비추자, 나는 살 엄두도 못 내는 수많은 기계가 번쩍번쩍 빛나고 있었다.

살던 집까지 처분해서 헬스장에 투자한 탓에 그는 아예 헬스장 사무실에서 기거한다고 했다. 혼자 운동하는 것도 하루 이틀이지 시간만 나면 핸드폰 만지는 게 습관이 된 현대인처럼 그는 핸드폰으로 자신의 기막힌 신세계를 공유하고 있었다. 그건 그가 여태 몸관리를 위해 절대 먹지 않았던 것들을 먹어 보이는 영상이었다.

먹는 모든 것의 칼로리를 계산하면서 까다롭게 몸 관리를 했던 사람이, 방송에서 먹어 보이는 것은 대부분 칼로리 폭탄이라고 소문난 것이었다. 시청자는 공든 탑이 무너져 내리는 측은지심으로 보는 사람들과, 흔한 먹거리를 처음 먹어본다는 그의 모습을 신기해 했는데, 그중 하나였던 나처럼 구독자는 날마다 조금씩 늘어갔다.

짧은 스포츠머리에 딱 붙은 민소매 셔츠를 입은 그는 근육이 그대로 드러나 보였고, 뒤로 보이는 수많은 헬스 기구가 보이는 탓에 어쩐지 헬스장 광고를 하는 것처럼 보이기도 했다. 보통 슈퍼마켓이나 편의점에서 누구나 쉽게 구할 수 있는 간식거리 두 개를 먹는다고 했다. 카메라가 비췄다. 오늘은 사발면과 소시지다. 그가 수줍은 아이처럼 웃으며 먹어보겠다고 하자 순식간에 댓글이 올라왔다. 그가 사발면 뚜껑을 뜯기 시작하자 그만그만, 뚜껑을 다 뜯으면 안 돼요. 거기까지 뜯고 스프를 꺼내요. 봉지를 뜯어서 쏟아요. 수프는 다 넣지 말고 조금 남겨요. 구독자들의 가르침에 따라 그는 모든 과정을 그대로 따라 했다. 물을 넣으려 하자 다시 댓글이 넘쳤다. 잠깐, 물 넣기 전에 소시지도 넣어요. 물은 정량보다 조금 덜 넣으세요. 치즈 한 장 추가. 고추장 1티스푼 추가. 그 외에 구독자들이 일일이 주문을 넣는 바람에 정말 저렇게 먹는 사람이 있나 싶을 만큼 라면 맛은 상상하기 어려웠다. 부위별 근육 키울 때 할 수 있는 간단한 운동을 설명하는 사이 삼분이 지났다.

나름대로 표정을 숨기겠지만 낯설다 하는 음식을 앞에 두고 그가 야릇한 표정을 짓고 있었다. 불쌍하기도 하고 조금 귀엽기도 했다. 마침내 그는 나무젓가락을 둘로 쫙 찢으며 전투태세를 갖췄다. 꽤 길다 싶은 시간에 걸쳐 라면을 뒤적이고 드디어 한 젓가락을 집어서 카메라 앞에 들어 올렸다. 감자와 달걀흰자를 주로 먹었다는 그가 입을 크게 벌렸다.

"똥 씹은 얼굴로 뭐하심?"

노크도 잘 하지 않는 성희에게 주의를 시켰지만 소용이 없었다. 아버지를 어떻게 설득했는지 성희는 이번 주말에 친구 집에서 하룻밤 자고 온다고 했다. 성당 다니는 친구를 따라 성당에도 갈 거라고. 태권도장에 다니던 것이 어느 정도 아버지에게 보험으로 일조한 것 같았다. 사실 성희가 다니는 태권도장은 코로나 팬데믹으로 킥복싱 도장을 접었던 후배가 고향에 내려와 운동할 겸 창고를 개조해 만든 것이다. 아버지에게 성희는 아무렇지 않게 태권도장을 다닌다고 했으므로 나는 굳이 킥복싱장이라고 설명하지는 않았다. 킥복싱이든 태권도든 무슨 상관인가.

성희가 호신술을 배우러 학원에 다니겠다고 했을 때 아버지는 좋아했다. 그러잖아도 만에 하나 불한당을 만나면 겉으로는 선머슴 같지만, 큰일이라도 날까 봐 여간 걱정 아니었다며 주름 자잘한 얼굴을 활짝 펴 보였었다.

여자가 남자애처럼 운동하는 것을 좋게 보지 않았던 아버지의 마음을 일순간 바꾼 것은, 얼마 전 매스컴마다 온통 화젯거리였던 소녀 유단자의 영상 때문이었다. 엘리베이터에서 달려드는 성인 남자를 작은 소녀가 엎어치기 한판으로 가뿐히 제압한 것이었다.

여름 한낮 온도가 체온과 비슷한 날이 많아졌다. 그래도 다행인 게 농막에는 전에 없던 에어컨이 있다는 것이다. 백만 원이 넘는 에어컨을 순순히 달아줄 아버지는 아니었다. 내가 두 번이나 말할 때까지 아버지는 코딱지만 한 판잣집에 뭔 돈을 그렇게 많이 들이냐며 들은 척도 하지 않았었다. 하지만, 펑펑 노는 성희가 에어컨 빵빵한 독서실에 가면 공부가 잘된다는 말에, 라면값까지 얹어 주는 것을 보고 가만히 있을 수 없었다. 아무리 맨 아래로 밀려났지만 일은 내가 거의 다 하고 있지 않은가.

"그래그래. 열심히 공부해야 대학도 가지. 일찍 일찍 다녀라. 막차 놓치지 말고. 혼자 걸어오려면 한참 걸리겠네. 내가 밤에 운전할 수 있으면 좋은데 말이야, 이상하게 야간 운전은 못 하겠더라고. 조심해. 요즘은 온통 마스크를 쓰고 다녀서 동네 사람인지 강도인지 원. 강도만 살판났어. 시골이라 그런지 CCTV도 없고."

성희에게 말했지만 제대로 들은 건 아버지였다.

얼마 되지 않아 에어컨이 설치되었다. 아버지는 일감이 밀려 일주일 뒤에나 갈 것 같다는 설치 기사에게 출장비를 더 얹어 준 것이다. 세상에 돈으로 안 되는 일이 거의 없다고 아는 아버지에게 집에 있는 에어컨은 거의 장식에 가까웠으므로 성희는 종일 농막에서 살다시피 했다.

성희가 없는 일요일, 내 맘대로 아무거나 볼 수 있었다. 스포츠를 보지 않아 좋았다. 아침부터 아버지는 마을회관에 나갔다. 부녀회에서 보양식을 제공하는 날이기도 했지만, 전기요금 걱정에 에어컨을 켜지 않은 찜통 같은 집은 아버지도 있기 싫은 것이다. 나이 불문하고 몸이 하라는 최소한의 요구는 지켜줘야 한다. 누구든 겨울에는 따뜻한 게 좋고 여름에는 시원한 게 좋다. 에어컨을 켜고 리모컨을 들었다. 교육 방송부터 시작해 위로 하나씩 채널을 올려 보았다. 배 만드는 다큐멘터리를 보다가 보나 마나 한 국회방송을 건너뛰었다. 홈쇼핑에서는 여성 원피스 홍보가 한창이었다. 얇지만 비치지 않고 이 더운 날, 하나만 입어도 시원한 원피스는 이렇게 바람이 잘 통한다며 옷 사이로 연기 같은 것을 통과시키고 있었다. 이렇게 예쁜 원피스가 세 벌 한 세트에 79,900원인데, 이 시간이 지나면 가격이 오른다며 시계 초침 소리가 째깍거렸다. 초침 소리에 이상하게도 나는 누군가를 떠올렸다.

현민은 원피스를 즐겨 입었다. 대학은 달랐지만, 전공이 같았던 우리는 같은 나이여서 그런지 말이 잘 통했다. 정해진 시간이 임박해서 밤새 코딩하고 시뮬레이션까지 하느라, 우리 개발부 사무실은 자주 늦은 밤까지 환한 날이 많았다. 하루 절반 이상을 한 공간에서 보내며 세 끼 중 두 끼를 같이 먹었다. 물론 사무실에는 다른 사람도 있다. 지현. 그녀도 나와 현민과 함께 어울렸다. 다만, 활달한 현빈에 비해 내성적인 지현은 늘 나와 현민의 한걸음 뒤에서 맴도는 것 같았다. 가끔 현민에게 퇴근하고 한잔 어때? 하면 현민이가 좋아, 하다가 빤히 쳐다보는 지현을 데려오곤 했다. 어릴 적 꿈이 현모양처라고 했던 얌전한 동창을 생각나게 하는 지현은 말이 별로 없었다. 조용히 듣고 있다가 물으면 대답하는 편이었다.

현민과 내가 적당히 취해 흥겨워해도 지현은 술을 마시지도 않았고 먼저 가지도 않았다. 그저 우리를 지켜보는 것 같았다. 어쩌면 나를 좋아하는 것 같다는 생각도 들었지만, 달리 어떤 표현도 없었으므로 가만히 두고 보기로 했다. 답답한 사람은 딱 질색이지만 현민이가 지현을 챙기고 있어 내가 신경 쓰지 않아도 되었다. 객지에서 다들 방 얻어 사는 사람들에게 집은 잠자는 곳 그 이상은 아니었다. 대부분 밖에서 시간을 보냈고 말이 잘 통하는 사람과 더 많은 시간을 보냈다.

우리 부서도 가끔 출장을 나갔다. 개발부라고 컴퓨터만 끌어안고 있는 줄 아는 사람들은 내가 출장을 나간다고 하면 의아한 표정을 지어 보였다. 다른 회사의 전산실이 우리의 출장지인데 프로그램이 원활하지 않거나, 심지어 먹통이 되는 날에는 밤에도 출장을 간다. 업무상 그런 날도 있어서 근무 시간은 비교적 탄력적이다.

그날은 모처럼 지현이가 출장을 간 날이었다. 보통 출장지에서 문제가 해결되고 퇴근 시간이 가까워지면 바로 퇴근하면 되었다. 퇴근 후 현민과 자주 가는 맥줏집에 갔다. 둘만 있으니 재밌고 더 편했다. 세 번째 500cc 맥주잔을 건배하고 잔을 비우느라 고개를 뒤로 젖히는데 앞에 지현이가 서 있는 게 보였다. 술도 안 먹고 늘 안주만 먹던 애였다. 갑작스러운 일이라 사레가 들려 캑캑거리며 겨우 물어봤다. 웬일이냐고. 현민도 놀라는 것 같았다. 결국, 그날도 그냥 왔다는 지현과 함께 셋이 함께 시간을 보냈다. 현민은 여전히 기분이 좋아 보였고 나도 아무렇지 않은 듯 술을 마셨지만, 전부터 지현에게 하고 싶었던 말을 술 힘을 빌려 말할까 망설이다 하지 않았다. 내가 좋으면 좋다고 말을 하든가, 말이 안 나오면 문자를 하든가. 말없이 따라다니는 건 아니잖아. 하는.

그날은 많이 마셨다. 나는 수시로 화장실을 들락거렸고, 친구와 통화하느라 간간이 자리를 비웠다. 실내는 너무 시끄러워 앞에 있는 사람에게 말하려면 목소리를 크게 높여야 했다. 내가 왔다 갔다 하는 사이 둘은 함께 붙어 앉아 있었고, 평소 말을 잘 하지 않는 지현도 현민과 끊임없이 이야기하고 있었다. 늘 조용했던 지현이 현민과 손잡고 웃고 떠드는 것을 보니 술 힘이 새삼 놀라웠다. 마지막으로 화장실에 다녀왔을 때는 뭔 얘기를 하는지 둘이 머리를 맞대고 마주 앉아 내가 온 것도 모르고 있었다. 가만히 바라보다 건배, 하고 외치자, 둘은 황급히 떨어져 앉았다.

남은 잔을 비우고 집으로 가려고 문을 나설 즈음 갑자기 비가 내렸다. 수도권에 국지적 소나기가 있을 수 있다는 예보가 있었지만 무시했었다. 이 더위에 잠깐 지나는 소나기는 더위를 잠깐 누그러뜨릴 수 있으니 오히려 좋을 것이었다. 하지만 하필이면 잠깐 걸어야 하는 이곳에 비가 내리다니. 어쩌나 하며 하늘을 올려다보자 지현은 어느새 가방에서 양산을 꺼내 펼쳤다. 동글동글한 물방울 무늬가 있는 것이었다.

나를 먼저 택시 타는 곳까지 바래다주겠다는 현민이 지현의 양산을 받쳐 들었지만, 내가 머리를 숙여야 해서 불편했다. 현민과 지현을 양쪽에 두고 가운데로 옮긴 내가 양산을 들자 지현의 어깨가 젖고 있었다. 지현이 살짝 거리를 두는 것 같았다. 쫓아다닐 때가 언젠데 정작 바짝 붙어야 하는 자리에서 거리를 두다니. 참 답답한 여자였다. 지현의 양산을 얻어쓰는 마당에 주인이 비를 더 맞자, 팔로 얼른 지현의 어깨를 감싸며 끌어당겼다. 옆에서도 그걸 봤는지 둘이 잘 어울린다며 현민이 소리쳤다. 갑자기 바람이 불어와 양산을 든 손과 지현의 어깨를 당기던 손에도 힘이 들어갔다. 그렇게 비바람을 피하며 겨우 잡아탄 택시 기사는 전국이 가물었고 모처럼의 비가 내렸지만 먼지만 재울 거라고 했다.

며칠 후, 지현이 병가를 냈다. 지현의 업무는 현민과 내게 남겨졌고 그걸 해결하는 나는 화가 났다. 틈틈이 지현에게 연락해 봤지만, 전화기는 꺼져 있었고 무표정한 현민은 묵묵히 지현의 일을 대신하고 있었다.

지현의 병가가 이틀째 되던 날 부장이 불렀다. 직장 내 성희롱을 당했다는 지현이 정식으로 회사에 신고를 해왔고 중심에는 내가 있었다고 했다. 농담인 줄 알았다. 웃음이 나왔다. 아무 일도 없었고 증인도 있다고 하자 부장은 현민이 증인이냐고 물었다. 이런 일이 또 일어날 줄은 몰랐다고, 미리 말해주지 못해 정말 미안하다며 위로해 주었다. 전에도 남자직원이 억울하다고 버티다가 결국 이직했는데, 업계에서 소문이 나는 바람에 그곳에서도 오래 못 있었던 것 같단다. 현재로서는 달리 뾰족한 수는 없고, 괜찮다면 다른 회사의 계약직은 알아봐 줄 수 있다고 했다.

 바로 화장실로 달려가 끓어오르는 분노를 변기에 모두 게워 냈다. 말도 안 되는 일로 구역질 난다고 말하는 사람들의 말이 사실이라는 것을 처음으로 알았다. 현민과 지현의 얼굴을 보고 따질 것도 없이 나의 조용한 퇴사만으로 회사에서는 그렇게 모든 걸 묻기로 했다.

 속이 끓어올라 에어컨 온도를 더 내리고 방송 채널을 돌렸다. 뉴스 채널이었다. 화면 가득 무지개가 보였다. 하늘이 만드는 일곱 빛깔무지개가 아니고 커다란 천에 그보다 더 많은 색을 넣어 만든 것이었다. 대전에서는 처음 개최하는 이 축제는 젊은 사람들이 많았다. 아직 중고생처럼 보이는 이들도 있었는데, 집회라면 대부분 그렇듯 근처에는 그 집회를 반대하는 집회도 무르익는 중이었다. 반대하는 사람들은 나이 든 사람이 많았는데, 촛불을 든 집회는 많이 봤지만, 우리나라에서의 이런 축제는 이상하기만 했다.
 페이스페인팅을 한 사람들이 화려한 옷이나 이런저런 소품으로 장식을 한 채 춤을 추고 다녔는데, 세상에 근심 걱정 하나 없는 사람처럼 인터뷰하는 이들의 표정은 밝기만 했다. '동성애자 일류도시 대전'의 깃발이 나부끼고 페미니즘 어쩌고 하는 깃발이 펄럭이는 사이로 수녀들이 보였다. 진짜 수녀인지, 수녀복을 입은 참가자인지 알 수는 없었다. 동성애자 수녀도 있는가 하며 놀랐지만, 지현과의 일이 다시 떠오르며 세상에 일어날 수 없는 일은 없다는 생각이 들기도 했다.

얼른 다른 채널로 돌리려던 순간 나는 화면에 바짝 다가앉았다. 수녀들과 같이 있는 사람은 분명 성희였다. 모자를 쓰고 얼굴에 하트 그림을 그려 넣었어도 알 수 있었다. 손에는 모두가 평등이라 쓴 깃발을 들고 있었는데, 순간 아버지가 이 뉴스를 보면 어쩌나 하는 걱정이 먼저 들었다. 어쩌면 눈이 어두운 아버지는 못 알아볼 것 같았지만, 하필 카메라에 노출된 성희가 혹시라도 학교에서 오해받아 곤욕을 치르면 어쩌나 하는 생각도 들었다. 보는 눈도 많은데 당당히 참여하는 사람들이 용기가 정말 대단했다. 화면에 클로즈업된 몇몇 사람의 얼굴을 보던 나는 숨이 그만 멎는 줄 알았다. 걷는 사람들 틈에 나란히 손잡고 걷는 두 사람이 있었다. 현민과 지현, 그들의 양 볼에도 그림이 그려져 있었고 전에 내가 들었던 양산 하나가 둘의 머리 위에 동동 떠 있었다.

"아, 미친년들."

벌떡 일어나 소리를 질렀다. 아무 데로나 채널을 돌린 곳은 아까 보았던 홈쇼핑 채널이었다. 현민이 자주 입고 다니던 원피스와 비슷한 옷은 여태 매진 임박을 알리고 있었다. 좁은 농막 안을 빙빙 돌다가 텔레비전을 끄고 밖으로 나갔다.
  토마토밭으로 들어가자, 열기가 밀려왔다. 나무마다 주먹만 한 것부터 포도알만 한 것까지 주렁주렁 매달려 있었다. 눈앞에 동글동글한 것들 가운데 찌그러진 것 하나가 보였다. 며칠은 더 키워야 딸 수 있지만, 다 커도 제값 받기는 어려워서 볼 때마다 솎아내던 것이다. 엄지와 검지로 잡고 앞으로 당겼다. 쩍, 소리와 함께 커다란 가지가 찢어졌다. 가위도 없이 손에 잔뜩 들어간 힘이 아래를 향했나 보았다. 내 속에 아직 뭔가가 꿈틀대고 있었다.
  본 가지가 다치지 않도록 옆으로 늘어진 가지를 정리하고, 찢어진 것은 잘게 잘라 쓰레기 더미 속에 던져넣었다. 아직 단단하고 동근 것들이 함께 썩어갈 것이다.
  창고에 들어가 납작한 종이상자를 꺼내왔다. 접힌 곳을 세우고 조립해 아래쪽에 테이핑 작업을 했다. 빈 상자가 가득 쌓인 것을 아버지가 보면 자리만 차지하게 뭣 하러 이렇게 많이 해놨냐고 한마디 할 것 같았지만, 두고두고 쓰는 것이어서 나쁠 것은 없었다.
  다시 '천천히'를 되뇌며 토마토를 따고 상자에 담았다. 마지막으로 포장하기 전 푸른기가 도는 토마토 위에 후숙에 대한 안내장을 한 장씩 올려놓았다.
  땀이 비 오듯 했다. 겉옷까지 흠뻑 젖었지만, 개운한 것도 같았다. 아무 생각도 나지 않았다. 내 안에서 푸른 물이 흘러 내렸다.

옴파로스 가는 길

1

  그때 나는 경주용 자전거를 뉘어 놓고 물가의 철제의자에 앉아 물을 마시고 있었습니다. 많은 사람이 눈앞의 산책로를 오갔지요. 좀 과도하다시피 손을 휘저으며 바삐 걸어가는 사람도 보였지만, 대부분 서두르는 기색은 보이지 않았습니다.

  분홍 야구 모자를 쓰고 니트로 된 베이지색 셔츠와 청바지를 입은 당신은 두 손으로 느릿느릿 유모차를 밀고 다가오는 사람일 뿐이었습니다. 유모차 속의 아이는 칭얼거리지도 않고 장난감을 물고 있었는데, 눈앞에서 비둘기 떼가 날아오르자 거기서 눈을 떼지 못했습니다.

  내가 물을 마시고 시간을 확인한 뒤 페달 위에 발을 얹고 힘을 막 가하려는 순간, 뒤에서 누가 저기, 자전거 아저씨하고 말했습니다. 자세히는 설명하긴 어렵지만 확실히 자전거 바퀴처럼 가볍고 경쾌한 목소리였습니다. 돌아보니 의자 위에 놓여 있는 내 배낭을 당신의 손가락이 가리키고 있었습니다.

  자전거를 돌려 의자로 돌아와 흰 돛단배가 그려진 배낭을 등에 걸치고 고맙다고 말하려 했지요. 당신은 어느새 모자를 벗어들고 있었습니다. 덕분에 당신의 단발머리와 하얀 얼굴을 볼 수 있었지요. 그런데 갑자기 낯이 익다는 느낌을 받은 겁니다. 어디서 보았을까? 혹시 내가 잘 알던 사람이 아닐까? 결국 친밀감까지 얹혀서 갸웃한 고개를 하고 묻지 않을 수 없게 된 겁니다.

"혹시 저 아세요?"

그 말에 당신은 공원 너머로 보이는 먼 하늘에서 내게로 시선을 옮겼고, 나는 당신의 눈을 좀 더 자세히 볼 수 있었습니다. 맑게 빛나는 눈동자 위로 유난히 긴 속눈썹이 세 번쯤 내려앉았다 올라갔지요. 당신은 살짝 찡그린 얼굴로 잘 모르겠다고 했습니다. 그리고 되물었지요. 내가 했던 말과 같은 질문을. 하지만 나 역시 당신처럼 같은 대답을 해야 했습니다. 내가 아는 사람 중에 젊은 아기엄마는 없었으니까요. 그렇게 우리는 서로 같은 질문과 대답을 하고 헤어졌습니다.

2

그날 당신과 내가 나눈 대화는 그게 전부였습니다. 낯선 사람이 갑자기 자기를 아는지 물어온다면, 어떤 사람은 생각할 겨를도 없이 모른다고 답하거나 서둘러 자리를 피할 수 있을 것 같은데, 다행히 당신은 열심히 기억을 더듬어 주었지요. 그렇게 당신과 헤어지고 돌아오는 길에도 내내 그 분홍 야구모자가 머리에서 떠나지 않았습니다. 선하고 친근한 눈빛보다 왜 그게 더 생각이 났을까요? 여러 빛깔의 모자가 있지만, 분홍 모자를 쓰는 사람은 정말 드물어서 그랬을까요?

천천히 페달을 밟으며 산책하는 사람들 옆을 지나왔어요. 종종 연인들이 보였지만 대개는 가족 같았습니다. 서로 잡은 손을 흔들기도 하며 웃고 떠드는 모습이 보기 좋았습니다. 보는 사람까지도 마음이 따뜻해졌어요.

 그날 집으로 돌아오자마자 차곡차곡 쌓여 있는 모자를 다 꺼내 보았습니다. 언뜻 보면 수영모 같지만, 앞에 작은 캡이 달린 것들이죠. 검은 것이 제일 많더군요. 나머지도 희색이나 흰색 그 외 다른 색으로 조금 멋을 부린 검은 것이었습니다. 사람들이 보내준 것이었죠. 아마 그때부터였을 겁니다. 어떤 기자가 좋아하는 것이 뭐냐고 물었을 때, 전 달리 말할 게 없어서 모자를 좋아한다고 했거든요. 아무튼 그때부터 나는 모자를 모으지 않을 수 없었습니다. 사람들이 모자를 보내오기 시작했으니까요. 그렇게 정성스레 보내준 것을 남에게 주거나 함부로 버릴 수는 없었어요.

 지금도 생각이 납니다. 매스컴에서 온통 난리가 났으니까요. 내가 세계선수권대회에서 우승했을 때 말입니다. 그때 정말 모자가 많이 왔습니다. 경비실에서 택배 받느라 고생했다고 제가 따로 선물까지 했을 정도였으니까요. 산더미 같은 종이상자 안에서 모자가 하나씩 나왔어요. 포장한 박스를 치우고 모자만 차곡차곡 쌓으니 그다지 많은 공간을 차지하지는 않더군요. 박스만 보고 어디에 보관해야 하나 고민을 많이 했는데 참 다행이었죠.

 그로부터 얼마 후 나는 또 한 번 TV 메인 뉴스에 나왔습니다. 끔찍한 일이었죠. 큰 시합을 앞두고 훈련에 집중하던 중 자전거와 함께 꺼꾸러지는 모습. 후에 그걸 몇 번 보았습니다. 아주 많은 시간이 지난 후였지요. 앵커들이 금메달 유망주의 부상으로 다시 선수 생활을 할 수 있을지 걱정하면서 시간을 더 두고 봐야 한다고 했지요. 코치는 굳은 표정으로 아무 말 하지 않았지만 나는 알 수 있었습니다. 이제 끝이라는 것을.

입원 기간이 길어지고 몇 번의 수술을 했습니다. 치료가 진행되는 동안 나는 점점 땅속으로 꺼져 들어갔습니다. 세상은 이미 나를 잊어버렸고 같은 병원의 환자들도 점점 나를 잊었습니다. 그러다 차라리 그게 낫다는 생각이 들었습니다. 혼자 조금씩 움직일 수 있게 되자 병원에서 살다시피 하던 엄마는 집으로 돌아갔습니다. 많이 먹어야 힘이 난다거나 가만히 있으면 몸이 굳으니 열심히 움직여야 한다는 잔소리도 사라졌죠. 정해진 물리치료 시간만 빼면 독방에서 생활하는 것과 크게 다르지 않았습니다. 말할 사람도 없었지만, 말하기도 싫었어요. 딱 죽고만 싶었고 종일 꽉 다문 입에서는 군내가 났습니다.

그러던 어느 날 햇살이 유난히 밝았어요. 앳된 여자애 하나가 병실로 찾아왔습니다. 멍하니 창밖을 내다보고 있을 때였죠. 맑은 하늘 아래 줄지어 달리는 자동차와 길가 사람들은 여느 때처럼 각각 제 길을 가고 있었지요. 그들은 어제와 마찬가지로 오늘도 그랬고 내일도 그럴 테지만, 옴짝할 수도 없는 나는 누가 찾아와 인사를 하든 뭔가를 묻든 말하기도 귀찮았습니다.

들릴 듯 말 듯한 노크 소리는 들었죠. 시간이 조금 흐른 것 같은데 조용하더군요. 평소 노크를 하자마자 들어서는 간호사와는 다른 느낌이어서 고개를 돌렸습니다. 아주 느리게 문을 열더군요. 중학생쯤 돼 보였어요. 아이는 어깨를 잔뜩 움츠리며 들어오더니 나를 보고 놀란 것 같더군요. 그러다 수줍게 인사하고는 뒷짐으로 감췄던 손을 내밀며 다가왔습니다.

"아저씨, 저, 이거요. 비싼 건 아니지만 이거 쓰면 힘이 날 거예요. 특별한 거예요. 자전거 다시 탈 수 있어요. 힘내세요."

얼굴을 붉히며 아이는 서둘러 인사를 하고 병실을 나갔습니다. 조심스럽게 내려놓고 간 분홍 모자. 나를 위해 아무것도 할 수 없는 다리 위에 놓인 그것은 창에서 넘어온 햇살을 튕겨내고 있었습니다. 한참 바라보다가 손을 댔죠. 좀 전에 들은 것처럼 아무리 봐도 새 모자는 아니었습니다.

그렇게 수없이 많은 모자가 있음에도 불구하고 한 번도 갖지 못한 분홍 모자가 생겼습니다. 그것은 내가 받은 마지막 모자였어요. 병실에는 아무런 움직임이 없었지만, 먼지는 끊임없이 부유하고 있었죠. 갑자기 웃음이 나오더군요. 어깨를 들썩이며 한참을 웃었습니다. 이젠 쬐끄만 조무래기들이 쓰던 모자를 다 주는구나. 뱃가죽이 당길 정도로 웃어서 눈물까지 났습니다.

3

금벅지라는 내 허벅지가 물렁거렸습니다. 젊은 여성의 허리보다

굵고 단단했던 내 허벅지는 사고가 난 이후 많이 달라졌습니다. 그렇게 나는 오랜 병원 생활을 마치고 집에 돌아왔습니다. 마음만 먹으면 휠체어를 타고 움직일 수 있었지만, 밖으로 나가지는 않았어요. 나는 벽을 쌓았고 나를 감옥에 가두었습니다.

의사들은 수술이 잘 되었다면서 '선수 생활은 접어야 할 거'라고 했습니다. 참 편리한 말이죠. 수술이 잘 되었으면 이전의 생활로 돌아갈 수 있어야 하고, 수술이 잘못되면 선수 생활 접는 거 아닌가요? 그렇게 알다가도 모를 의사의 말대로 나는 사이클을 그만두는 것은 물론 걷는 것조차 포기해야 했습니다. 슬관절이 어쩌구 십자인대가 어쩌구, 아무리 들먹여도 의사의 결론은 같았지요. 오랫동안 물리치료를 해야 한다는 것. 물론 선수와 아무런 관계없이 직립보행을 위한 것이었지요. 인간과 동물을 구별하는 보행의 방식 말입니다.

퇴원 후 한동안 손님들이 찾아왔습니다. 거실의 진열장에는 내 이름이 붙은 수많은 트로피가 있습니다. 들어오는 사람 누구라도 한눈에 보이는 위치에 있지요. 그럼에도 예전에는 그것에 관심 없던 손님들이 사고 이후에 다가가 일일이 들여다보더군요. 새삼스레 오래된 트로피를 왜 보는지 알 수 없었습니다. 그러다 결국 화제는 내 다리로 옮겨졌고 다시 내 얼굴을 흘끔거렸습니다. 그리고는 마지막으로 그럽디다. 그만 가보겠다며 근심 어린 얼굴을 하고는, '잘될 거야. 힘내. 잘 있어.'라고 그중 하나를 꼭 던지고 가는 겁니다. 넌 이제 끝이군. 힘내도 어쩔 수 없어. 내게는 모두 그렇게 들렸습니다.

지금도 내 옷장에는 온통 운동복과 모자가 차지하고 있습니다. 하나씩 죽 늘어놓으면 모자 파는 가게보다 더 많을지도 모르겠습니다. 몇 개만 빼고 한 번도 써보지 않았던 것들이죠. 트로피와 함께 그것들은 나에게 멋있는 쓰레기일 뿐입니다. 두문불출 집에만 갇혀 매일매일 컴퓨터와 휴대폰만 들여다보았습니다. 더러 찾아오는 사람도 있었지만 만나지 않았습니다. 컴퓨터 게임을 하다가 지겨우면 누워서 휴대폰만 들여다보았습니다. 나에게 휴대폰은 책장을 넘기지 않아도 되는 만화책이거나 게임기 말고는 아무것도 아니었어요. 전화를 받지 않았으니까요. 만약 인터넷이란 게 없었다면 나는 아마 죽어버렸을 겁니다. 매일 연재되는 웹툰을 보거나 게임을 하지 않고 달리 뭘 할 수 있었을까요? 부모님은 그래도 그만해서 다행 아니냐고 다른 사람들처럼 나를 다독였지만, 날마다 그렇게 사는 아들의 모습이 다행으로 보이지는 않았을 겁니다.

어느 날, 그날도 역시 유튜브를 보고 있을 때였어요. 사이클링 영상이었죠. 친절하고 똑똑한 휴대폰은 제 주인에게 맞는 영상을 제공하고 있었나 봅니다. 제 주인이 페달에 발 하나 얹기도 힘든 일이라는 것도 모르면서요. 그래도 얼마간은 사이클링 영상을 보는 것이 이상하지 않았죠. 늘 하던 것이었으니까요. 그러다 점점 내가 보였습니다. 나를 돌아보게 되었지요. 나와 상관없는 일이었습니다. 안장 위에서 내려와 앞이나 뒤에서 혹은 옆에서 관찰자 시점으로 보게 되었죠. 아무 생각도 들지 않더군요. 두 사람의 사이클링이 어때서? 별다른 생각 없이 영상을 닫으려다 멈췄습니다. 뒤쪽에 있던 사람이 앞쪽으로 나오며 나란히 달리더군요. 추월하나? 하고 생각하는 사이 옆 사람의 자전거에 손을 뻗어 물통을 꺼냈습니다. 남의 물을 먹으려나 보다 했죠. 그런데 뚜껑을 따더니 물통 주인의 입에 대어 주는 겁니다. 물 먹는 사람은 여자 같았습니다. 여자 친구에게 물을 먹여 주는 건가. 자전거 타면서 겨우 옆 사람 물 먹여 주는 묘기를 보인다는 거지? 그것이 뭐 어때서? 그러다 순간 뭔가로 머리를 한 대 맞은 것 같았습니다. 가슴까지 먹먹했어요. 물을 먹여 주고 물통을 다시 제자리에 넣는 사람은 다시 여자의 뒤 자리로 돌아갔고 그녀는 여전히 쉬지 않고 페달을 밟았죠. 다리 하나로 말이죠. 팔도 하나였어요. 무슨 일을 당한 사람인지 몰라도 왼쪽 팔과 다리가 없는 사람이 함께하는 사이클링이었습니다. 그 동영상은 끝나면 다시 재생되고 재생되기를 거듭했어요. 나는 몇 번이나 반복해서 보았습니다. 일부러 그런 것은 아니었어요. 끄지 않고 가만히 있으니, 무한 반복하고 있었던 거지요. 콧등이 시큰해지고 눈물이 났습니다. 다리를 만져보았어요. 딱딱한 쇠가 만져졌어요. 바지를 입으면 보기에는 멀쩡하지만, 보행에는 별로 쓸모없는 물건이었습니다.

그날 밤 아무도 모르게 집을 나갔습니다. 가만히 있을 수 없었

옴파로스 가는 길 167

어요. 옷장에서 납작해진 모자 하나를 찾아 꾹 눌러 썼지요. 심하게 절룩이며 애를 쓴다면 혼자 움직일 수 있기는 했습니다. 머릿속에는 팔 하나 다리 하나인 사람 영상이 재생되고 있었지요. 그대로 좁은 방안에 가만히 있을 수는 없었습니다. 가슴 속에서 불이 난 것 같았어요. 집히는 대로 쓰고 나간 모자는 차양이 꽤 넓었어요. 밝은 곳에서 누군가 만나더라도 얼굴을 가려줄 것 같아 잘됐다 싶었습니다.

집 근처에 초등학교가 있어요. 운동장이 꽤 넓은 오래된 학교지요. 나의 모교입니다. 그날 이후 거의 밤마다 나갔는데 아무도 몰랐지요. 어쩌면 모르는 척해 준 건지도 모르겠습니다. 부모님도 그랬으니까요. 늦게까지 거실에 계시던 분들이 내가 밤늦게 나가고부터 초저녁이면 안방으로 들어가셨어요. 편히 나가도록 비켜준 것 같았습니다.

운동장을 걷고 자전거 안장에 앉기까지 끊임없이 상처가 생겼어요. 시원찮은 다리 대신 두 팔과 몸뚱이가 고생했지요. 온통 찰과상과 멍투성이였습니다. 발에 힘을 실어보려고 몇 달을 고생했는데 악을 쓰다 보니 무거운 자전거가 조금씩 앞으로 움직였습니다. 밤마다 이동 거리를 늘리려고 쇠다리에 힘주어 굴렸습니다. 어느 정도 자신이 생기더군요. 학교 운동장을 한 바퀴 끝까지 다 돈 날, 정말 많이 울었습니다. 그렇게 남모르는 시간이 흘러갔습니다. 학교 운동장만 맴돌다가 밖으로 나가고 싶어지더군요. 용기 내어 밖으로 나갔지요. 초등학교를 졸업하듯 나는 운동장을 졸업했습니다. 그렇게 거리로 나갔고, 다리에 힘을 넣어 가로수 길을 달렸습니다. 소원대로 반짝이는 햇살 아래 달려 본 겁니다. 아직은 위험해서 안 된다는 엄마 말을 아버지는 단박에 잘랐어요.
"네 길은 네가 가는 거다."
그렇게 나는 자전거에 물통까지 달고 점점 멀리 달렸습니다. 다리가 페달에서 떨어지면 넘어지기도 하지만 견딜 만했지요. 바람을 가르며 달리니 살 것 같았습니다. 그래도 가끔 사이클 동호회인 듯한 사람들이 지나가면 어깨가 움츠러들었습니다. 몸에 딱 맞는 옷을 입고 헬멧을 쓴 그들이 우르르 지나가면 나는 모자 차양을 앞으로 꾹 내렸습니다.

4

한번은 놀라운 일이 있었습니다. 선수 시절의 코치에게서 전화가 온 겁니다. 안부를 묻고 조만간 찾아가겠다는 사람이 정말 집으로 왔지요. 놀란 건 그게 아니었습니다. 그가 내 앞으로 내민 것 때문입니다. 휴대폰을 열더니 사진을 보여주더군요. 내 사진. 내가 자전거 타는 모습. 그때 내가 쓰고 다니던 모자가 분홍인지도 몰랐는데, 그걸 푹 눌러 쓰고 페달을 밟고 있는 사람은 여느 사람과 다름이 없어 보였습니다.
'꺾이지 않은 핑크모자 달리다.' 그 밑에는 이런저런 대회에서 메달을 땄다는 내 이름이 적혀있었어요. 이름 앞이나 뒤에는 모두 '전'이란 글자가 붙어있었지만. 글자를 읽는 순간 가슴 한가운데에 무엇이 쿵 들어와 박히더군요. 거기까지입니다.

그는 이제 코치가 아닌 감독이 되어 있었습니다. 그가 대통령이 되었다고 해도 나는 관심이 없었습니다. 예전의 그 사고로 내내 가슴이 아팠고 너를 한 번도 잊은 적이 없었다거나 학교 코치를 추천해 줄 테니 해보라는 이야기는 귀에 들어오지 않았어요. 나는 오로지 '현'이 아닌 '전'으로 불리고 있다는 사실을 곱씹어 보았습니다.

얼굴이 환해져 돌아가는 그를 보냈지만 내 마음은 한창 발효 중인 밀가루 반죽 같았습니다. 뭔가가 하나씩 밀고 올라와 팽팽하게 부풀었습니다. 그러다가 좀 가라앉았다 싶으면 다시 부풀었죠. 그러다 툭툭 터졌는데 뭐라 말로 표현할 수는 없었습니다.

부모님은 내가 뭔가를 결정해 주기를 바라는 것 같았습니다. 다녀간 감독에게 전화해서 열심히 코치 생활을 하고 사람처럼 살기를 바랐겠지요. 전직 운동선수가 코치하는 것은 지극히 당연한 일입니다. 하지만 나는 판단하기가 어려웠습니다.

며칠 후 저녁상에서 일을 한번 해보겠다고 부모님께 말했습니다. 밥을 한 수저 입에 넣고 반찬을 한 젓가락 입에 넣어야 하는 순서처럼 툭, 단어 하나를 꺼냈습니다. 그런데 갑자기 조용한 겁니다. 수저를 든 아버지의 손놀림이 멎었습니다.

"코치 있잖아요."

천천히 말을 하다가 잠깐 눈을 들어보니 엄마가 눈물을 닦고 있었습니다. 내가 여러 번 금메달을 받았지만, 그때처럼 환한 부모님의 얼굴은 여태 한 번도 본 적이 없었습니다. 나는 토막 난 말을 마저 끝냈습니다.

"그거 하고 싶어요."

5

장애를 지닌 학생들의 코치를 맡은 지 얼마 되지 않아 당신을 보았습니다. '환우에게 희망을'이라는 타이틀로 행사 중이라는 단체에서 찾아왔더군요. 잘 알려진 사람이 함께하면 좋겠다고 했습니다. 나로 인해 희망에 품는다는 데에는 달리 거절할 이유는 없었습니다. 그렇게 낯선 행사에도 다니기 시작했지요.

같은 지역에 있으며 병원을 들락거리다 보니 당신 같은 사람을 만나는 것은 어쩌면 당연한 일인지도 모르겠습니다. 처음에는 단체에서 안내하는 대로 환자들 앞으로 나가, 인사를 하고 그들에게 힘이 날 만한 말을 했습니다. 웃으면서 힘을 내자며 격려하고 악수를 청했지요. 한동안 그렇게 다녔지만, 당신은 없었습니다. 나를 안내하는 사람들은 가만히 누워만 있는 환자에게는 안내하지 않았지요. 환자들을 한곳에 모이게 하려면 적어도 이동할 수 있어야 했으니까요. 희망을 품을 만한 대상에서 당신은 제외되어 있었던 겁니다.

어느 날 환자들과 악수하고 같이 사진을 찍고 있는 나에게 한 아주머니가 찾아왔습니다. 그녀는 이렇게 말했지요.

"우리 애가 좋아하던 색이네요. 그런 모자 참 좋아했는데…. 혹시, 시간이 되면 우리 애 좀 봐주시겠어요?"

"네. 그런데 어디 있어요?"

이어 한 무리의 아이들에게 둘러싸이자, 아주머니는 금방이라도 울 것 같은 표정으로 눈을 질끈 감더군요. 그녀가 당신 어머니였습니다.

그녀를 따라가 당신을 봤습니다. 조그만 병실에서 꼼짝하지 않고 누워있는 당신은 막 잠이 든 것처럼 편안해 보였어요. 당신은 자동차 사고로 머리를 다쳤고, 몇 개월 동안 그렇게 누워만 있는 중이라고 했습니다.

이걸 어째야 하나 하고 망설이다가 다음에 온다며 그냥 나가려 했지요. 미안하지만 정말이었습니다. 아무것도 모르는 사람이 무슨 희망을 가질 수 있을까, 그런 생각까지는 하지 않았습니다. 하지만 당신의 어머니는 가려는 내 팔을 붙잡았어요. 얼마나 간절하게 부탁하던지 한동안 어쩔 수 없이 어머니의 이야기를 들어야 했습니다. 결국 그다음부터 내 일정을 바꿔야 했지요.

당신의 이름은 이은영입니다. 어릴 때부터 자원봉사 하는 엄마를 졸졸 따라다녔다고 하네요. 당장 기억나지 않을지 모르지만, 주로 기차역 근처에서 무료 급식을 하는 천사의 집에 갔었답니다. 조금 더 자라서 천변의 쓰레기를 줍거나 노인병원에서 말벗하거나 책을 읽어주기도 했고. 참 착했네요. 학교에서 요구하는 봉사 시간을 훨씬 넘겨 봉사왕이 된 적도 있었다지요? 학교에서는 일정 점수를 넘는 자원봉사자에게 특별서비스로 미술관이나 이런저런 공연 같은 것을 무료로 보게 했다는데, 당신은 봉사하는 데만 관심을 뒀지, 그런 것에는 눈길도 안 줬다고 해요.

고등학교에 들어서도 여전히 그랬답니다. 일을 해야 하는 엄마를 대신해 아기를 봐주던 당신은 어느 날 갑자기 교통사고가 났는데, 아이만 구한 뒤 크게 다쳐 이 지경이 되었다지요. 당신은 정말 천사입니다.

당신의 어머니는 내가 뭐라도 해주기를 바랐지만, 가만히 누워만 있는 당신에게 나는 아무것도 해줄 일이 없어서 미안했습니다. 어머니는 당신이 보고 들을 수 있다고 했는데 나는 잘 모르겠더군요. 만약 그것이 사실이라면 피를 나눈 사람끼리만 아는 촉이거나 알 수 없는 어떤 느낌 같은 거로 생각했습니다.

얼마 후부터 나는 당신 옆에 앉아 책을 읽어줬습니다. 처음에는 에세이를 읽었는데 읽는 나도 지루해지더군요. 그래서 소설을 읽다가 실제 세상 이야기를 하는 게 낫겠다는 생각이 들었습니다. 누구든 안에만 있으면 바깥세상이 궁금할 테니까요. 휴대폰을 넘겨 가며 포털 뉴스를 읽는데 점점 내 얘기도 섞게 되더군요. 뉴스 대부분은 사건 사고였으니까요. 자연스럽게 예전에 났던 내 사고 이야기도 했죠. 부끄러움 같은 것은 없었어요. 뭘 해도 당신은 말없이 들으니까요. 누가 보면 이상하겠지만 병실의 하얀 벽이나 허공 또는 당신의 눈과 귀를 보면서 나는 그동안 밀렸던 수많은 일기를 말로 써 내려갔던 것 같습니다. 혼자 그렇게 중얼거리고 나오면 이상하게도 나는 내 짐을 어딘가에 내려놓은 것처럼 마음이 가벼워졌습니다. 혹시, 그 짐 때문에 불편하셨나요?

6

하루는 당신 어머니와 좀 길게 이야기했습니다. 늘 온화해 보였던 표정이 무척이나 쓸쓸해 보였거든요. 그냥 나올 수가 없었습니다. 무슨 일이 있는지 물어봤죠. 별 기대는 안 했는데, 어머니는 이제 속 이야기를 나눠도 될 만하다는 생각이 들었는지 말씀하셨죠.

—우리한테 뭔 일이 있겠어요. 제발 뭔 일이 좀 일어나기만을 바라고 있는데, 아무 일도 일어나지 않네요. 쟤가 얼른 일어나야 하는데 저리 누워만 있으니. 벌써 해가….

말끝에 어머니가 울먹이셨어요.

"좋아질 겁니다. 저렇게 있다가도 금방 일어날 수도 있어요. 기다려 보세요. 은영이한테 뭐가 도움이 될까요? 평소에 은영이가 좋아하던 거 있으면 좀 도움이 되지 않을까요? 좋아했던 음악이나 향기, 그림이나 평소 많이 아끼던 것으로요. 강아지도 좋고요."
"쟤가 제일 좋아한 사람은 아빠였어요. 아빠가 완전히 딸 바보였거든요. 은영아, 하고 부르면 아빠, 하고 지금이라도 벌떡 일어날 것 같은데 그건 이제 있을 수 없어요."
"그러면 은영이 아빠가…."
"네. 하늘나라 간지 좀 됐어요."
다가가 손이라도 꼭 잡아 주고 싶었습니다. 어머니에게 무슨 말을 하면 위로가 되었을까요.
"쟤 생일만 되면 생각나요. 남편이 먼저 가기 전에 애한테 줄 모자를 미리 주문해 놨었더라고요. 은영이한테는 좀 큰 거였는데 분홍색 야구모자였어요. 그래도 좋다고 그걸 쓰고 다녔어요. 그래서 모자를 좋아하는 줄 알고 제가 다른 모자를 선물한 적이 있었는데 그건 안 쓰더라고요. 분리불안 같은 거였나 봐요. 인형이나 베개, 담요 같은 건 쳐다보지도 않더라고요."
"그럼, 어머니, 그 모자가 좋을 것 같아요. 그렇게 좋아했던 모자라면요. 은영이는 볼 수 있고 들을 수도 있다면서요."
물론 그건 당신 어머니의 주장이었습니다만, 사실 그때도 나는 잘 믿기지 않았습니다. 하지만 뭐라도 해주고 싶었답니다.

7

그리고 얼마간 당신을 볼 수 없었습니다. 내가 맡고 있는 학생들을 데리고 먼 곳으로 전지훈련을 갔으니까요. 더구나 나를 모델로 연습하고 금메달까지 딴 애가 생기고 보니, 아이들과 그 부모님들은 더욱 나에게 기대었습니다. 낮에 훈련하고 저녁에 고기를 구워 먹는 재미에 아이들은 무척 즐거워했지요. 가끔 어딘가로 훌쩍 달아나고 싶은 마음도 그렇게 아이들과 지내고 나면 좀 가라앉았습니다. 같은 것을 먹고 함께 시간을 보내고 나니 나이를 넘어 친구가 되더군요. 소통하는 데에는 같은 것을 공유하는 것이 최고라는 걸 알았습니다.

보름쯤 지났나 봐요. 당신에게 해줄 말이 많았죠. 병원에 나오지 못했던 동안 아이들과 함께 누비고 다녔던 이야기를 들려주고 싶었습니다. 하지만 도착해 보니 당신은 없었습니다. 퇴원한 지 좀 되었고 그 병실은 이미 다른 환자가 차지하고 있었습니다. 좀 나아져서 돌아갔는지, 다른 병원으로 갔는지 정확히 알 수 없었어요. 만약 당신이 의식을 찾고 돌아갔다면 이미 병원 내에 소문이 파다하게 났을 텐데…. 암튼, 그렇지 않더라도 그건 뾰족한 치료 방법이 없다던 당신에게 어머니가 할 수 있는 최선의 조치였는지 모르겠습니다. 당신은 그동안 편안하게 대화할 수 있는 나의 친구이자, 속을 다 털어놓을 수 있는 고백 창구였고, 내 유일한 대나무밭이었습니다. 서운했지만 계속 당신이 입원해 있기를 바라는 건 죄짓는 것이죠.

다시 다른 환자들을 만나러 다녔습니다. 며칠씩 입원했던 환자가 퇴원하고 새로운 환자가 들어왔지요. 병원 휴게실에 있는 사람들을 만나고 움직이지 못하는 깁스 환자도 여럿 만났습니다. 환자는 날마다 넘쳐났지요. 또 보자는 말 대신 '힘내, 화이팅, 할 수 있어.'가 인사였답니다. 운동선수에게 하는 말과 똑같습니다.

하지만 오랫동안 써 왔던 일기장을 잃어버린 것 같은 느낌. 그런 기분은 좀처럼 가시지 않았습니다. 당신의 침대 옆자리가 많이 생각났고, 학교에서 있었던 이야기와 별일도 아닌 신문을 소리 내어 읽어주던 때가 자꾸 생각났습니다. 여태 나의 속 얘기까지 털어놓은 사람은 당신뿐이었거든요. 사고를 당하고 선수 생활을 접고 나서 걸을 수도 없었던 날들은 죽을 만큼 견디기가 힘들었죠. 차라리 죽는 것이 났다고. 죽고 싶다고 말하기도 힘든 상태여서 정말 죽으려고 한 일도 있었단 말, 내 부모님은 아직도 알지 못하지요. 당신이 있었던 병실을 지날 때면 대나무밭에 쏟아낸 말들이 스멀스멀 되살아나곤 합니다. 그래요. 하던 숙제를 남겨둔 것처럼 아직도 마음 한구석 어딘가 묵직한 것이 내내 남아 있었어요.

8

바퀴가 달리는 속도만큼 시간도 빠르게 지나갑니다. 학교에서 여름내 아이들과 훈련하고 틈틈이 병원에 드나드는 사이 가을이 오는 것 같더니 겨울로 접어듭니다. 나무마다 잎을 다 내려놓고 죽은 척해야 하는 계절. 가진 것을 다 털어내야만 살아남을 수 있다는 걸 나무들은 언제부터 알았을까요? 보세요. 노랗고 빨간 잎으로 제 뿌리를 덮으며 겨울을 준비하잖아요.

병원 냄새는 언제 맡아도 낯설어요. 문득 내 체취 같다는 생각도 들지요. 내가 걸을 때마다 쇠 부딪는 소리가 따라다니고 걸음을 옮길 때마다 무게 중심은 자연스럽지 못하고 삐그덕거립니다. 비장애인은 저벅저벅 걷지만 나는 철컥철컥 걸어갑니다. 달리다 멈추고 발고리가 있는 페달에서 발을 떼어 자전거에서 내리면, 미끄럽게 달려오던 사람이 왜 그러나 싶게 이상한 시선들이 내 다리에 꽂힙니다. 날마다 지우지 못한 마음속 낙서가 계속 쌓입니다. 나는 당신에게 할 말이 많습니다.

내가 다시 만난 천사, 이은영, 병실을 돌다가 그 이름을 보고 온몸이 굳어버렸습니다. 병원에서는 다시 만나자거나 만나서 반갑다는 말은 하는 게 아니라고 합니다만, 나는 그날 정말 반가웠습니다. 병실에는 당신의 어머니가 있었습니다. 안녕하시냐고 해야 하나 반갑다고 해야 하나 망설이다가 고개만 깊게 숙였습니다. 걱정스러운 미소를 지으며 당신을 보자 어머니가 그러셨어요. 어쩔 수가 없어 퇴원하기는 했는데, 당신은 점점 나빠져서 결국 중환자실과 집중치료실을 거쳐 이리로 온 거라고 했습니다. 병원에 온 지는 얼마 되지 않는다고 말입니다.

당신이 집에 있을 때 어머니는 당신 옆에 놓아주려고 예전의 분홍 모자를 찾았지만 결국 찾지 못했다는군요. 아무리 찾아도 보이지 않더랍니다. 당신은 더 야위어 있었고 머리는 막 입대한 훈련병처럼 짧았습니다.

아주 특별한 얘기를 해드릴게요. 내 이름이 신문에 나왔거든요. 얼마 전 열렸던 도쿄올림픽 때문인데 그렇다고 내가 출전했다거나 메달을 땄다는 얘기는 아닙니다. 보통 올림픽이 끝나고 나면 사람들은 세상을 들썩이는 커다란 행사 하나가 끝난 줄 알지요. 사실은 그게 아닙니다. 또 다른 경기가 시작되는 겁니다. 바로 패럴림픽이지요. 장애인들을 위한, 장애를 극복하기 위해 만든 또 다른 올림픽입니다.

거기에서 금메달을 받은 사이클 선수가 귀국해서 소감을 말할 때 내 얘기를 했답니다. 그 선수는 분홍 모자를 쓰고 있었습니다. 오래전 신문에 났던 내 기사와 사진을 봤다고 하더군요. 거리를 달리는 핑크 모자. 그 기사를 보고 다시 힘을 찾게 되었답니다.

모자가 뭘 했겠습니까? 그저 함께 있다는 존재만으로 희망을 줬겠지요. 가슴이 두근거렸어요. 마치 내가 메달을 따기라도 한 것처럼 기쁘기만 했지요. 지금 이렇게 병원에 다니며 내가 누군지, 전에 누구였었는지 말하고 다니는 이유이기도 합니다.

당신이 눈으로 전하는 말을 내가 알아챈다면 얼마나 좋을까요? 그렇지 못한 나는 당신에게 내 이야기와 세상 이야기만 들려주려 했습니다. 때가 되면 또다시 학생들과 멀리 훈련을 가야 하니 당신 곁을 떠나야 하지요. 비록 좀 낡은 것이기는 하지만 당신 어머니에게 그 분홍 모자를 드리고 싶었습니다. 그 모자는 특별한 힘이 있거든요. 당신이 핑크 모자 좋아하는 거 맞죠? 그것은 죽음 앞까지 갔던 이의 가슴에서 어둠을 몰아내는 아주 특별한 모자랍니다.

9

자전거를 타면 머리가 맑아집니다. 요즈음 당신은 어떤가요? 지난 시간을 다 헤아리기도 어렵습니다. 당신이 어디로 갔는지 의식을 되찾았는지 궁금했습니다. 나는 늘 이렇게 자전거를 타다가 공원에 닿으면 쉬었다 갑니다. 곳곳에 벤치가 많아 제대로 앉아 쉴 수 있거든요. 다리가 불편한 사람은 바닥에 앉거나, 어찌어찌 앉았다 하더라도 일어나는 것이 쉽지 않은 일입니다.

나는 페달을 밟으면서 조금 전 내 눈에 들어온 사람이 당신일 거라고 확신합니다. 나의 천사였던 당신은 토끼처럼 물만 먹고 가려는 나에게, 깊은 물속으로 가라앉았던 과거의 시간을 순식간에 되돌려주었습니다. 나는 배낭을 찾은 게 아니라 잃어버린 사람을 찾은 게 분명합니다. 나는 여태 그런 모자를 쓴 사람은 보지 못했습니다.

 투명하고 통통 튀는 듯한 목소리와 눈은 분명히 당신의 것입니다. 오랜만이었습니다. 낡은 분홍색 모자가 그렇게 잘 어울리는 사람은 세상에 아무도 없을 것입니다.

주문

그러쥔 손바닥 사이로 뿌리 빠져나갔다. 다시 물을 뿌리고 위로 쓸어 올리자, 손바닥을 빠져나가는 뿌리 이전보다 매끄러웠다. 반쯤 박힌 못이 구부러져서 어쩔 수 없이 대가리가 삐딱하게 박힌 것처럼, 그것은 얼마 전까지만 해도 커다란 잎자루 밑에 볼록하게 튀어나온 것이었다. 뾰족하게 화살촉처럼 줄기를 빠져나온 것은 이제 완전히 잎이라 할 때까지 뿌린 듯 자랄 것이다. 나는 그것을 보자마자 산파의 심정으로 말을 걸었다.

"어쭈쭈쭈, 아가야 반가워. 수고했어. 너도 많이 먹어."

팔을 높이 들어 새끼를 낳은 엄마 잎 위에도 뽀얗게 분무해 주었다. 그러고는 이내 잊고 있다가, 며칠 후, 물을 줄 때가 되어서야 황소 뿔만큼 커져 있는 녀석을 보았다. 식물은 물이 필요하지만 날마다 주지는 않는다. 물은 언제 주냐고 묻는 사람에게는 겉흙이 마르면 주라고 한다. 그러니 날마다 주었다가는 뿌리를 썩혀 죽게 만드는 것이다. 거기에 한마디 더 붙이기도 한다. 오냐오냐 키우지 마시라고. 철없이 키우면 제 할 일을 못 한다고. 꽃나무가 할 일을 안 한다는 것은 꽃 펴야 할 시기에 꽃을 피우지 않는다는 것이다. 난 종류가 특히 그렇다. 겨울에 따뜻한 곳에서 키우면 꽃 보기가 어렵다.

"이야, 애들은 숨어서 큰다더니, 잘했어, 그렇게 뚫는 거야. 일단, 뚫고 보는 거야."

가게에 있는 나의 일거일동을 누군가 들여다본다면 아마도 그는 심심찮은 재미를 얻을 것이다. 꼼지락꼼지락 나무를 만지다가 중얼거리고, 꽃꽂이하다가 배시시 혼자 웃는 여자를 보게 될 것이다.

요즘은 식물과의 대화가 더 많아졌다. 단골손님도 김영란법이 발효되자마자 떨어져 나갔고, 예식장이나 상갓집에 인사라도 꼭 해야 하는 사람들은 저가의 재활용 화환에 눈이 돌아갔으며, 몇 년 전 온 세상을 돌았던 감염병은 사람뿐 아니라 업계의 경기를 바닥으로 끌어 내렸다. 떠들썩하게 김영란법을 만들어 놓고 외국으로 튄 김영란을 욕하며 경기가 바닥이라고 분통 터트리는 사람들에게 나는 바닥에서 지하로 가는 중이라고 하소연했다.

손님을 기다리던 식물은 그렇게 나의 반려 식물이 되었다. 종일 다물던 입에서 군내가 가셨다. 더없이 얌전한 동반자, 나의 반려자들은 말에 말을 더하지 않았고, 하지 않은 말은 전하지 않았다.

그중 뼈죽이와의 대화가 좋았다. 세상에나, 그런 나쁜 것들이 있어. 너는 내 맘 알지? 하고 속을 터놓으면, 얼마 지나지 않아 대신 싸우기라도 할 것처럼 허공을 향해 성큼 뿔 하나씩 내놓았다. 주인이 위험에 처하면 반려견이 뛰어와 구하는 것처럼.

주고받는 게 대화라고 한다면 나의 것은 혼잣말이라고 해두자. 상관없다. 하면 할수록 꼬이는 인간들의 대화는 하지 않는 게 좋다. 가끔은 단단한 창 하나 잘 접어 가슴에 품고 다니다가 말도 안 되는 소리로 입에 거품 무는 인간을 만나면 깔끔하게 한 큐로 찍어버리자. 그런 상상을 했지만 나는 포기 했었다. 억지 쓰는 사람과 덩달아 그의 나팔수가 된 사람에게, 그러고 살라지. 그렇게 살다가 죽으라지 뭐. 하고 내버려 두기로 했다. 뒤에서 욕을 하든지 말든지, 관심을 끊기로 한 것이다.

*

짤랑짤랑, 소리에 뒤를 돌아보던 나는 막 문을 열고 들어서던 명철과 부딪칠 뻔했다. 들어오려던 그가 아이쿠 하며 허리를 뒤로 젖혔다.
"아이고, 어서 오세요."
"사장님, 요즘 재미가 좋은가 벼? 얼굴이 아주 좋구만."
"재미는 무슨. 못 먹어서 뜬 거예요."
"내가 도와줄 것도 없고. 어떡하지? 꽃 살 일이 통 있어야지 원."
"그럼 맛있는 거라도 사시든지."
십 년 넘게 같은 모임을 하는 명철과 나는 서로 존대하다가도 이따금 말끝을 잘라 먹으며 농담도 주고받는 사이였다. 그는 나보다 두 살 위지만 학창 시절 친구보다 더 편했다.
"그럼, 국밥이라도 먹든지. 아, 참. 얼마 있다가 꽃 두 개만 해줘유. 퇴직하는 사람이 있어서. 하나는 내가 갖고 갈 거유."
"네네, 젤 이쁜 놈으루 두 개 준비해 놓을게요, 드디어 진짜 손님이 되셨네."

미리 카드로 결제하고 우리는 국밥집으로 향했다.

한낮의 바깥은 35도는 족히 될 것 같았다. 삼복의 여름 복판이니 더위야 그러려니 했지만, 물기를 잔뜩 머금은 더위는 온몸을 끈적이게 했다.

"아 뜨거워. 정말 덥네요. 이쪽으로 오시지."

"뭐가 뜨거워 따땃하구먼. 이까짓 거 가지고 뭘."

멀지 않은 거리지만 머리를 숙이고 그늘을 찾아 걷는 나와 달리 그는 땡볕 아래 보도 위를 걸어갔다.

다가간 대로변 국밥집 앞에는 한 무리의 사람들로 소란스러웠다. 빨간 우편배달 함이 뒤에 달린 오토바이 십여 대가 길가에 늘어서 있었고, 배달원으로 보이는 파란 조끼의 젊은 남자들이 둥글게 모여 왁자하게 떠들고 있었다. 그러더니 가위바위보, 가위바위보 하는 몇 번의 소리가 났고, 야호, 하는 소리와 함께 다시 대여섯 명이 모여 가위바위보를 외쳤다. 마지막까지 이기는 사람을 가리는 것인지 지는 사람을 가리는 것인지 알 수는 없지만, 누군가 하나를 가리는 것은 분명해 보였다. 한 사람을 정해 뭘 할 것인지 알 수 없더라도 우리는 그들이 하는 일이 궁금해 잠시 그대로 서 있었다. 잠시 후 힘 있게 외치는 마지막 가위바위보 뒤에 비명과 환호가 함께 울렸다. 이어 왜소한 체구의 남자가 돌아서며 한숨 섞인 말을 뱉어냈다. 에이, 괜히 하자고 했네. 라고

그가 일행들 앞으로 두 팔을 쭉 내밀었다. 그러자 벙글거리는 파

란 조끼의 남자들이 제각각 오토바이의 빨간 통으로 달려가 주소가 붙어 있는 봉투나 작은 상자를 하나씩 꺼내와 그 위에 얹는 것이었다.

밥값 내기를 한 게 아닌가 싶었지만, 게임은 우편물을 대신 배달해 주기로 한 것 같았다. 하긴, 그 많은 사람의 점심값을 한 사람이 내기에는 너무 큰 내기일 것이다. 배달원들은 지역마다 담당하는 곳이 정해져 있을 텐데 그들에게서 한 개씩 받아 대신 배달해 줘야 하는 것이라면 그것도 큰 부담일 것이다. 언뜻 보아도 열 개는 넘어 보였는데 제 구역도 아닌 것을 배달하려면 그야말로 동분서주해야 할 것이다. 그는 제법 부담이 될 것 같은 그것들을 말없이 안아 들어 제 통에 수북이 담았다.

한낮의 땡볕 아래에서 구경하는 사람들에게 웃음을 준 젊은이들이 부릉거리며 떠나고 우리는 국밥집으로 들어갔다. 물 한 잔씩 앞에 놓고 잠시 국밥을 기다리는 동안 '에이 괜히 하자고 했네' 했던 말이 떠올라 픽픽 웃음이 났다.

"뭐여. 사람 앞에 놓고 웃는 거 아닌디."

"그냥 옛날 생각이 나서요. 히히."

뭔 일이었냐며 빤히 쳐다보는 바람에 오래전의 이야기를 했다.

조금 전처럼 내기하자고 제안한 사람이 걸린 때가 있었다. 오래전 내가 다니던 회사의 전산실에서는 열 명이 조금 넘는 직원들이 일을 하고 있었다. 사무실에는 키보드 소리와 이따금 종이 넘기는 소리만 들릴 뿐 누구도 잡담하는 사람이 없었다. 바로 그때 가늘고 작은 목소리가 조용한 사무실 공기를 조심조심 흔들었다. 자판기에서 커피 사 오기 사다리 타기를 하자고. 대부분의 사람은 관심이 없었고 아무도 대꾸하지 않았지만, 그녀는 사다리를 다 그려 놨으니, 번호만 하나씩 부르라고 했다. 자기 일에 몰두하던 사람들은 여전히 제자리에 앉아 고개를 돌리지도 않은 채 조용히 숫자 하나씩 불렀고, 잠시 후, 제안했던 직원이 일어나며 한마디 했다. 에이, 괜히 하자고 했네 라고.

곧 지갑을 챙겨 나가며 그가 문을 닫자마자 조용했던 사무실은 갑자기 웃음바다가 되었다. 며칠 못 만났다가 만난 사람들처럼 갑자기 활기가 돌았다. 빵 터지는 웃음에 식곤증, 나른함, 피곤한 것들이 모두 날아가 버린 것 같았다. 몇 분 후 직원은 쟁반 가득 커피를 담아 들어왔고, 나를 포함한 다른 직원들은 그날의 남은 오후를 얼마나 즐겁게 일했는지, 그때를 생각하면 지금도 웃음이 나왔다.

"아까 그 배달원은 이제 발등에 불이 떨어졌네요. 이 불 속에서 헬멧 쓰고 남의 것까지 다 배달하려면 쪄 죽을 텐데."

밥도 나오기 전에 우적우적 깍두기를 씹던 그는 아직 웃음기 가득한 내게 머리를 저어 보였다.

"불 얘기는 하지 말어."

벽돌만 한 깍두기를 자르던 나는 잠깐 그를 바라보았다.

"진짜, 하지 마. 좋은 생각만 해도 짧은 인생인디."

나머지 깍두기와 몇 가닥 배추김치를 마저 자르자, 국밥이 나왔다. 궁금했다.

"불이 왜요?"

궁금했다. 정년을 앞둔 소방관이 그토록 꺼내기 싫어하는 이야기가 뭘까. 종종 세상 돌아가는 이야기를 안주 삼아 막걸리를 먹기도 하고 밥도 함께 먹었지만, 정작 자기 일에 대해서 그는 아예 입을 닫아버렸다.

카톡, 밥을 거의 다 먹었을 즈음 문자가 왔다. 퇴직할 공무원에게 난을 보내달라는 주문이었다. 바쁘지 않으면 기분 전환할 겸 같이 배달을 가자고 했다. 배달 갈 때면 가끔 비상등을 켜고 남의 차를 막은 채 주차하기도 하는데, 누군가가 있어 잠시 차를 이동시켜 줄 수 있다면 많은 도움이 된다.

*

응원한다는 리본 글씨를 쓰고 동양란 분을 포장했다. 차에 싣고 다니는 종이상자 구석에 화분을 놓고, 넘어지지 않도록 빈 곳에 신문지를 구겨 넣었다.

바닥이 울퉁불퉁한 주차장을 막 출발하는데 뒤쪽에서 소리가 났다. 잘 고정했다고 생각한 난 화분이 흔들리는지 잠시 달그락

소리를 내자, 그가 말했다.

"화분 넘어지는 거 아녀유?"

"받침이 닿나 봐요. 소리는 좀 나도 안 넘어져요. 옆에 잘 고여놨어요."

"나도 정년이 얼마 안 남았는디, 퇴직하면 공구 싣고 다니면서 사업 할라고. 차 뒤에 나무로 공구 상자 다 짜 넣을 거여."

"그럼 좋죠. 근데 뭔 사업인데요?"

"청소 대행. 지금 학원에서 배우고 있슈. 실습 나가믄 빈집도 하고, 사무실도 하고, 계단도 하고. 오만 데를 다 한다니께. 실습 잘못 걸리믄 죽은 사람 방도 한다는디. 구더기도 나오고 냄새가 장난 아니라는디."

"그런 건 안 하면 안 돼요?"

"자격증은 누가 그냥 주남. 그건 진짜 안 하고 싶은디. 죽은 사람 냄새는 진짜. 아휴."

"죽은 사람 본 적 있어요? 불 나서 죽은 사람은 불에 타서 죽는 게 아니라 거의 질식사라면서요?"

"사인은 그래도 불이 어디 그것만 피해 간대? 아, 냄새. 진짜 불 얘기 하지 말라니깐."

입을 가로로 길게 늘이며 미간을 잔뜩 모은 그는 나를 한번 쳐다보고는 머리를 세차게 흔들었다. 하필 직장에서 보았던 끔찍한 일은 생각하기도 싫은데, 창업에 필요한 자격증을 따려니 그토록 피하고 싶은 것을 다시 볼지 모르는 그가 조금 안쓰러웠다. 자격증을 따게 되면 특화된 분야만 청소할 계획이라는 그의 사업이 꼭 이루어지기를 바라며, 화제를 돌렸다.

"전에 어머님 모시고 사셨다면서요? 막내라더니. 형님들은 뭐 하고."

"아. 그 얘기 하지 마. 혈압 올라."

언젠가 들었던 것 같았다. 팔 형제 중 막내지만, 그의 어머니는 좁은 자기 집에서 함께 살았고, 어머니의 임종도 자기 혼자 보았다고. 어머니를 그렇게 보내고 정신을 차리보니 오십이 다 되었고 더 이상 혼담도 들어오지 않더라는. 형제들과 연락이 끊긴 지는 이미 오래되었다고.

많은 사연이 있는 것 같아 더 듣고 싶었지만, 생각하기도 싫다는 그는 더 이상 말이 없었다. 덩치 큰 곰이 상처를 입었지만, 큰 체구에 가려 치료 한번 제대로 못 받은 것 같은 느낌이었다. 한동안 전면만 응시하다 물었다.

"아까 해달라는 꽃은 양난으로 하는 게 좋을 것 같아요. 만천홍이라는 게 있는데 진분홍 꽃이 엄청 예뻐요. 꽃도 한번 피면 몇 달씩 가고 해마다 꽃도 피고요."

"그려유. 알아서 하셔."

"그럼 그거로 두 개 준비할게요. 퇴임식이 있어요? 집으로 가는 거면 그쪽으로 배달해 드려도 되는데요. 주소 아세요?"

"퇴직하면 이사를 간다네. 집은 마련했대. 사천인가 통영인가."

"사천이면 삼천포요? 갑자기 웬 삼천포래요?"

난감했다. 퇴직하는 날에 보내는 건지, 이사 후에 삼천포 집으로 보내야 하는 건지, 아니면 이삿짐과 함께 싣고 가야 한다는 건지, 내 손으로 보내는 것과 다른 회원에게 이관해서 배송하게 하는 것은 상품의 질과 종류가 달라질 수 있다.

"아이구 헷갈려요. 확실히 알아야 준비를 하든가 사천 꽃집에 넘기든가 하지요."

"땅끝이라고 한 것 같기도 한데. 근데 땅끝마을은 해남에 있던디. 잘 모르겠어. 하여간 남쪽 바닷가 어디라대. 준비만 해 놓고 기다리고 있어 봐. 연락해 줄 테니까. 그 친구가 직접 찾으러 갈 수도 있고."

뭘 이렇게 복잡하게 꽃을 주문하나 싶었지만 그러라고 했다. 곧이어 배달지인 구청에 도착했다. 받는 사람은 얼마 전 차기 구청장을 뽑는 선거에서 떨어진 현 구청장이었다. 리본에는 축하가 아닌 격려의 문구가 달려 있었다.

시동을 켜 놓은 차에 그를 남겨두고 구청장 사무실이 있는 3층으로 올라갔다. 엘리베이터도 없는 오래된 건물은 일제강점기부터 있던 것이었다. 돌계단은 오르내리는 사람들로 인해 둥글어져 있었고 반들반들 윤이 났다. 난간 쪽은 더 패어 있어서 나무 난간을 잡지 않으면 미끄러질 것 같았다.

대부분 뭔가를 들고 가는 나는 계단 중 아직 직각이 살아 있는 벽 쪽으로 붙어 다녔는데, 그때마다 낙숫물이 바위 뚫는 걸 상상하곤 했다. 기와지붕에서 떨어지는 빗물이 그 아래 바위를 향해 막 떨어져 부서지는 것을 그리며 3층에 오르자마자 그만 자리에 멈춰 서고 말았다. 그곳은 이미 아수라장이었다. 사무실의 흔적은 없었다. 각목과 판자 등 각종 건축자재와 공구가 어지럽게 흩어져 있어 발 디딜 틈조차 보이지 않았다.

먼지 속에서 엎드려 일하는 인부에게 구청장실이 어디냐고 물어보니 여기라고 했다. 그는 어이없어하는 나를 흘끔거리더니 리모델링 중이라고 했다. 찬찬히 둘러보았다. 건축 자재가 가득한 안쪽 구석에 먼지 앉은 책상이 보였는데 그 위에는 난들이 빼곡하게 놓여 있었다. 아직 업무를 하고 있어야 할 현 구청장이 서둘러 자신의 사무실에서 도망친 것인지, 차기 구청장이 밖으로 내몬 것인지 나는 사라진 구청장에게 줄 난을 들고 어정쩡하게 그곳을 서성거렸다.

난을 놓을 만한 곳은 이미 난으로 꽉 찬 책상 위밖에 없었다. 난 분 하나는 비집고 놓으면 어떻게든 놓을 수 있었지만. 그렇다고 그 속에 놓을 만한 것은 아니었다. 생긴 것은 똑같지만 의미는 다른 것이다.

이를 어쩌나. 망설이던 나는 화분마다 붙어있는 리본 문구를 읽어보았다. 라이온스클럽, 로터리클럽, 협회, 등등 대부분의 단체가 보내온 당선 축하 난이었다.

떠나는 사람보다 오는 사람에게 인사하는 것이 세상 살기에 훨씬 유리하다는 기본기는 이미 알고 있지만, 그중 떠나는 사람을 위로하는 것은 하나도 없었다. 어쩔 수 없이 나도 그 옆에 난을 내려놓으며, 떠나는 이를 위해 한 사람라도 응원하고 있다는 메시지가 꼭 전해지기를 바랐다. 누구의 비서든 난이 꼭 제 주인에게 잘 가도록 전해 주기를 바라며 내려온 주차장에는 차에서 내린 그가 두 팔을 든 채 허리를 한껏 뒤로 젖히고 있었다.

"에고 에고, 이렇게 뜨거운데 차에 타고 계시지."

"아이고, 나도 이제 고물이 다 됐슈. 성한 데가 하나도 없네. 그나저나 이제는 여기 구청장도 방 빼야겠네."

"벌써 뺐어요. 사무실도 다 뜯어버리고 완전 폭탄 맞았네요."

"사람이 바뀌는데 사무실을 왜?"

"이전 사람 손 닿은 것은 다 바꿔 버리는 것 같아요. 책상하고 의자 바꾸는 차원이 아니고 문이고 벽이고 싹 뜯어버렸네요."

"지랄, 가는 사람이 똥칠한 것도 아니고 말짱한 걸 왜 뜯어. 대통령이 지랄하니까 피라미도 지랄하는 거여. 썩을."

사랑하던 사람과 헤어지면 주고받았던 선물들을 돌려주고, 원수가 되면 버리거나 부수거나 반지 같은 것을 강물에 던지는 사람은 봤다. 한강 다리 밑 강바닥에는 아마도 값비싼 반지도 많이 있을 것만 같은데, 어쩐지 이번 새 구청장은 사무실 뒤집듯 이전 행정도 모두 뒤집을 것만 같았다.

*

며칠 사이 삐죽이가 한 뼘은 더 자라났다. 뿔처럼 뾰족한 무기를 장착한 이 식물은 여인초로, 뿔이라고 한 것도 내가 붙인 이름일 뿐 여인초의 새순이다. 원산지인 마다가스카르라면 10미터 이상 클 수 있는 이것을 나는 아담한 화분에 심어 키우고 있다. 잎 하나가 사람 얼굴을 덮을 만큼 크고 이국적이어서 거실이나 호텔 로비 같이 큰 공간에 장식용 식물로 많이 쓰인다.

준비한 꽃을 보러 오겠다는 명철을 기다리는 동안 스투키와 금전수를 제외한 다른 식물들에게 고루 물을 주었다. 삐죽이에게는 따로 분무하고 손으로 살살 문질렀다.

이번에 퇴직한다는 동료와 함께 명철이 가게로 들어왔다. 우리는 서로 인사를 했다.

"안녕하세요? 어서 오세요."

"또 왔슈."

"아아 녀엉 하아아세에요오오."

같이 온 명철의 동료가 심하게 말을 더듬었다. 내심 놀랐지만 놀라지 않은 척 웃으며 의자를 권하자, 그는 자리에 앉는 것이 더 불편하다며 왼쪽 무릎을 가리켰다. 내가 놀라는 표정을 지어 보이자,

명철이 다가와 장애가 있다고 알려주었다. 일하다 다쳐서 생긴 거라고. 명철은 자기가 주문한 꽃을 금방 알아보았다.
"이거구만. 이쁘네, 근데 이 꼬챙이는 뭐여?"
그 옆에 있는 삐죽이가 신기한가 보았다.
"뿔이에요."
"와, 뿔 멋지네. 고놈 참 신기하네."
"사람도 그런 거 하나씩 갖고 다니면 좋겠어요. 어어 그거 누르면 안 돼요."
첨 본다며 자꾸 만지려는 그에게 의자를 내밀었다. 무릎을 잘 굽히지 못하는 그의 동료도 어렵게 의자에 앉혔다. 등받이가 없는 작은 의자라 다소 불안했지만, 명철이 있으니 괜찮을 것 같았다. 걱정스러운 표정이 얼굴에 드러났는지 그가 말했다. 말할 때마다 머리와 손이 춤추듯 부연 설명하며 쉼 없이 움직였지만 나는 거의 알아듣지 못했다. 그렇다고 열심히 설명하는 사람의 말을 자를 수도, 외면할 수도 없어서 그와 눈을 맞추며 종종 고개를 주억거렸다.
자음과 모음을 두어 번 모아 만든 음절에 다른 음절을 서너 번 더 불러서, 겨우 한 단어를 만들고 이것을 몇 번 더 반복해야 한 문장이 되었다. 속이 답답해서 터질 것 같았다. 얼마나 더 이러고 있어야 하나 고민하면서도 나는 네에, 에고 하는 추임새를 넣었다. 말하는 사람은 또 얼마나 속이 터질까, 하는 생각이 안 드는 것도 아니지만 어쨌거나 나는 자리를 모면하고만 싶었다.

가게 안의 식물을 살펴보는 명철이 어떤 말이라도 물어본다면 냉큼 일어나 이 꽃나무의 원산지와 특성과 키우는 조건까지 낱낱이 설명해 줄 생각이었다. 하지만 명철은 일어나 나무 사이를 서성이며 이따금 이쪽을 구경할 뿐, 우리가 무슨 얘기를 하는지 전혀 관심이 없는 것 같았다. 얼른 가게에 손님이라도 들기를 바라며 그래도 나는 내내 그의 이야기를 들었다.

가끔 튀는 침도 모른 척 닦으며 들어주는 내게 일형이란 이름을 가진 그는 온 힘을 들여 말하고 있었다. 그의 말을 종합해 보면 대략 이러했다. 스물다섯에 소방직 공무원이 된 일형은 오십이 안 되어 몸이 아팠고 이에 산업재해 인정 신청을 했다. 하지만 여러 번 거절되었다가 정년이 가까운 최근에 드디어 산재 인정을 받았다. 오랫동안 소송까지 불사해 얻어낸 귀한 이 판결은 소방관에게 산재를 인정한 첫 번째 판결로써 앞으로 후배 소방관들에게 유리한 판례로 남을 것이다. 그간 너무 힘든 시간이었지만 후배들에게 뭔가 남겨줄 수 있어서 기분이 너무 좋다. 정년이 조금 남았지만 기나긴 소송에 이겼으니, 인제 그만 퇴직하고 고향에서 농사를 지으며 살 것이다.

명철은 자주 일형의 말이 잘 나오지 않아 헉헉거리면 말머리를 꺼내 주고는 곧 잠잠했다. 아무래도 두 사람이 내게 이 말을 하려고 작정을 한 것이 아닐까, 하는 생각마저 들었다. 도대체 왜. 내가 보기에는 전혀 농사지을 몸이 아닌 듯 보였으나 어눌한 발음에 들어가는 힘만큼은 가히 쌀가마 하나쯤은 거뜬히 짊어지고도 남을 것 같았다.

대화라기보다 일방적 진술에 가까운 긴 이야기를 마친 그들은 할 일을 마친 듯 일어섰고, 며칠 후 이사를 한다는 일형은 그때 다시 꽃을 가지러 오겠다고 했다. 온 김에 가져가지 뭘 또 오나 하는 약간의 부담감을 안고 가게를 나가는 그를 조금 부축해 주었다. 가게 앞에서 일형을 부축해 택시에 태워 보낸 명철은 다시 들어왔다. 자기가 주는 꽃 받을 사람이 전화를 받지 않는다는 것이다.

평생 꽃 살 일이 없다던 명철은 도대체 누구에게 꽃을 주려는 걸까. 좀 전에 들은 궁금하지도 않은 많은 이야기보다는 전에 없던 이상한 명철의 일이 궁금해졌다.

"누구 줄 거예요?"

"저기 그냥."

한참을 이리저리 찔러 보아도 대답하지 않던 명철이 귀찮아 죽겠다며 결국 실토하고 말았다.

"가다가 백화암 보살님 갖다 줄라구."

장소는 대충 설명해도 알 만했다. 시장 근처의 단독주택단지로 전부터 대문에 색색의 깃발을 내건 집이 몇 채 있었는데, 지금은 그 골목이 모두 깃발이 날리는 곳이었다.

"아니, 점도 보러 다녀요?"

꽃은 오늘 꼭 갖다줘야 한다며 좀 더 눌려 있기로 한 명철을, 가만히 두고 볼 수 없던 나는 머릿속에 삼각형을 그리고 꽃과 무당과 노총각을 각 꼭짓점에 하나씩 올려놓았다. 뭔 일일까.

"무당하고 연애해요?"

"아녀유. 연애는 무슨. 그 양반이 몇 살인디."

정색을 한 그가 펄쩍 뛰었다. 한참 동안 질문 공세를 받던 그가 귀찮았는지 드디어 입을 열었다.

명철이 아픈 어머니와 살며 우울했던 적이 있었는데, 동료를 따라 딱 한 번 점집에 갔었고 그때 그 말을 들었단다. 그의 팔자에는 여자도 없고, 돈도 없다. 다른 일을 하면 고생을 많이 할 것이고 그나마 지금 하는 일을 하면 밥은 먹을 수 있다. 팔자가 피려면 육십이 넘어야 한다는.

"근데 왜 굳이 꽃을 갖다줘야 하는데요? 그것도 오늘?"

"지금 딱 육십이거든. 그 여자 땜시 내 팔자가 여적 꼬였잖어."

"그게 왜 그 무당 때문이에요? 그런 걸 믿는 게 바보지. 근데 꼬이게 만든 사람한테 꽃은 왜 갖다주는데요?"

"아니 그냥."

그는 더 이상 말을 하지 않았지만, 얼굴은 이미 앞으로 펼쳐질 자신의 팔자에 어떤 기대를 하는 것 같았다. 순진한 것인지, 속을 삭이는 방법으로 자신만이 터득한 특별한 방법인지 잘 모르겠지만, 내가 보기에는 꼭 무당의 말대로 살아온 그가 우습기도 하고, 한편으로는 딱하기도 하였다. 여러 번 통화를 시도하던 그가 드디어 무당과 연결되었다. 무당은 무릎이 아파서 동네 정형외과에 갔고 환자가 너무 많아 오랫동안 기다렸다고 했다.

"자기 아픈 것은 점괘에 안 나온대요?"

"원래 자기 것은 못 보는 거여."

이미 수년간 무당 말대로 살아온 것 같은 그가 온화한 미소를 지으며 일어섰다. 자전거에 싣기에는 크고, 들고 걸어가기에도 큰 양난 화분을 큰 비닐봉지에 넣어 달라고 했다. 자동차에 태워다 주냐고 하자 그는 괜찮다며 자전거를 탄 채 들고 가려고 했다. 수년간 꽃가게를 하면서 자전거 바구니에 꽃다발이나 작은 화분을 싣고 가는 사람은 봤어도, 바구니도 없는 자전거를 탄 채 큰 화분을 한 손에 들고 가려는 사람은 처음이었다. 자전거 운전을 아무리 잘한다고 해도, 예쁘게 각을 맞춰 지지해 놓은 꽃을 상하게 할 것만 같아, 나는 작은 자전거 위에서 재주 부리는 곰 같은 그의 넓은 등을 걱정스레 바라보았다. 비닐봉지에 넣은 화분을 손에 들고 가야 하나, 자전거 손잡이에 걸어야 하나를 두고 여러 번 시도하다 결국, 비닐봉지를 자전거 손잡이에 걸고 화분 밑을 손으로 받치기로 했다. 그렇게 그는 이상한 모습을 하고서 내 앞을 떠나갔다.

*

검은 무언가가 날아왔다. 양탄자 같기도 하고, 날다람쥐 같기도 했지만, 망토에 더 가까웠다. 그것은 겉감과 안감의 색깔이 완전히 달랐는데, 겉은 검고 안은 빨간 것이었다. 창을 통해 방으로 날아들 때부터 내가 어디 있는지 알고 온 것처럼 곧장 내게로 날아왔다. 놀란 내가 두 팔을 내저으며 쳐내려 했지만, 그러면 그럴수록 그것은 더욱더 강하게 나를 덮치려 했다. 그냥 덮치려는 천이 아닌 강력한 자력이 있는 빨판 같았다. 영화 스파이더맨에서 주인공 친구의 몸에 들러붙은 검은 괴물과 비슷했다. 망토는 내 발에서 시작해 점점 배와 가슴까지 들러붙었고, 이어 버둥거리는 내 팔도 금세 옥죄고 말았다. 내게서 힘이 다 빠져나감을 느끼는 사이 갑자기 망토가 번쩍 눈을 떴다. 망토는 살아 있었다. 이미 목까지 덮어버린 빨판이 얼굴을 막 들러붙으려 할 때, 나는 있는 힘을 다해 도리질하며 소리 질렀다. 억, 저리가 저리가, 윽윽.

"엄마 엄마!"

딸아이가 나를 흔들었다.

"왜 자꾸 그래. 무섭게. 옆으로 자."

옆으로 돌아누우라며 어깨를 흔들던 딸은 다시 이불 속으로 들어갔다. 자다가 가위에 눌릴 때면 딸은 나를 흔들어 깨웠다. 처음 있는 일이 아니었다. 그렇게 잠이 깨면 꿈이었다는 것을 알면서도 나는 전혀 몸을 움직이지 못할 때도 많았다. 알았다는 대답을 잠결에 하고 그대로 잠들었을 때이다. 그 자세 그대로 잠들면 좀전의 악몽을 이어 꾼다. 자세를 바꿔야 같은 꿈을 계속해서 꾸지 않다는 말을 어디선가 들었던 이후 나는 딸에게 부탁했다. 내 옆에서 자던 딸은 그렇게 내가 악몽을 꾸며 앓는 소리를 낼 때면, 건성으로 깨우기만 하는 대신 잠자는 자세를 고치도록 도와주었었다. 간혹, 건성으로 한 두 번 어깨를 밀치다가 자신도 잠이 들면 나도 깰 듯하다 다시 잠이 들어 그 악몽을 이어서 꾸는 것이다.
그렇게 잔 듯 만 듯한 날은 종종 느지막이 깊은 잠이 들었다.

"잘 잤냐, 야들아."
늦잠 자느라 가게 문을 늦게 열었다. 가게를 한 바퀴 둘러보았다. 어제와 변한 것은 없었지만 삐죽이가 더 길어진 것 같았다. 언뜻 봐도 1미터는 되어 보였다.
"농구선수 해라."
날카롭게 긴 송곳처럼 자라는 것이 이상할 정도였다. 같은 화분의 다른 잎은 그 절반 길이에서 잎을 펼쳤지만, 삐죽이는 꼬챙이처럼 잎을 잔뜩 감아쥔 채 허공을 찌르고 있었다.
"야야, 그만 속 풀어라."
물이 묻은 손으로 삐죽이를 한번 매만져 주고 환기를 시켰다. 목마른 애들은 물을 주고 커피를 탔다. 식물과 함께 있는 것은 역시 내가 있을 자리였다. 가장 편안한 시간이다. 핸드폰 알람이 울렸다. 모임이 있는 날이다. 가고 싶은 마음보다 무슨 이유를 대고 탈퇴할까, 고민했다. 그 속에 있다가는 사람들 앞에서 욕이 튀어나올 것 같았다.

혼잣말하게 되면서 수시로 유튜브에 들락거렸다. 어떻게 하면 마음을 가라앉힐까.

코끼리를 생각하지 말자고 생각하면 코끼리만 생각나는 것처럼. 마음은 갈수록 심란해졌고 잠도 제대로 잘 수 없었다. 그러다가 조금씩 방향이 바뀌었다. 뻐죽이처럼 세상을 좀 더 뚫어 보기로. 앞에서 반겨주고 뒤에서 물어뜯기. 나에게 그런 권법이 필요했다. 혼자 배우기로 적당한 것은 유튜브만 한 게 없었다. 늘 웃는 상으로 즉문즉답을 해주는 스님을 비롯해 사람들과 소통하는 온갖 방법을 알려주는 알고리즘이 배추김치로 싸대기 갈기기까지 보여주었다.

그리고 남은 것이 있었다. 남이 나를 함부로 대하지 못하게 하라. 그 제목을 달았던 본문의 내용은 생각나지 않고 오직 이 한 문장만 남았다. 종이에 빈 곳이 보일 때마다 적어 보았다. 손가락의 소근육이 움직이면 뇌도 함께 움직인다는 것은 오래전 원예학회에 제출할 논문을 쓸 때 알았다. 나는 며칠이고 여러 번 머릿속 깊이 그렇게 새겼다.

*

일형이 오늘 꽃을 가지러 갈 거라며 명철에게서 전화가 왔다. 자기는 가지 않을 거라고. 저러다 꽃이 지면 어쩌나. 다시 준비해야 하나 하고 날마다 살피던 것을 드디어 가져간다고 하니 후련했지만, 한편으로 지난번처럼 일형이 오래 앉아 이야기하면 어쩌나 하는 생각이 먼저 들었다. 걱정되었다. 이 넓지도 않은 공간에서 그와 다시 얘기한다는 건 정말 어색한 일일 것이다. 지난번에는 얘기를 거의 듣기만 하던 명철이라 하더라도 그가 있을 때와 없을 때는 정말 다른 것이다.

아침 일찍 전화한 것으로 보아 일형은 오전에 올 것 같았다. 하지만 점심때가 되어도 오지 않았다. 설마 몸이 불편한 일형이 이걸 들고 가겠다고 하지는 않을까 하며 지난번 명철의 이상한 뒷모습을 생각했다. 예전에는 가끔 화분을 사서 택시 타고 가면 될 일을, 화분 배달차에 굳이 함께 타겠다는 손님도 있었다. 택시비를 아껴보자는 그 속을 한참 지나 알았지만. 이번에는 내가 그리하자고 말하리라.

그러기로 마음을 먹으니 오히려 일형이 기다려졌다. 그가 오면 난 화분을 싣고, 그를 태우고 쌩 다녀와야지. 기분 좋게 다녀와야지 하고.

"삐죽아, 왜 안 오지?"

요즘 들어 삐죽이는 짐승의 뿔처럼 더 단단해졌다. 조금씩 눌리던 질감이 이제는 눌러도 눌리지 않았다. 이따금 도로를 가만히 쳐다보다가 택시가 멈춰 서면 일형일까 싶어 살폈지만, 그는 볼 수 없었다. 삐죽이에게 물을 또 발라 주었다. 단단한 것이 갈라질 때 물기가 없으면 찢어지고 만다. 찢어진 채 너덜거리다가는 언제 잘려 나갈지 모른다. 식물의 세계보다는 동물의 세계가 그렇고 인간의 세계는 더욱 그렇다.

오면 전화하겠지 하는 마음으로 옆 가게인 식당으로 갔다. 아직 브레이크타임 전이었지만 손님은 없었다. 속마음과 무관하게 종종 가벼운 수다를 떨어야 할 때가 있다. 옆집, 앞집, 자주 가는 밥집, 등등 속을 다 터놓지 않고도 가벼이 지내는 사이. 아무하고 말하고 싶지 않다가도 어디가냐고 물어오면 가벼운 미소를 보이며 그냥, 저기, 하고 말하는 사이. 밥 먹고 커피를 마시며 식당 주인과 잠시 수다를 떨었다. 요즘 비가 너무 안 오네. 비가 곧 올 거라는데? 상춧값이 금값이야. 거긴 장사 잘돼? 우린 안 되는데. 좋은 날 오겠지. 그런 수다와 커피 한잔을 마시고 가게로 왔다. 가게 문을 열자마자 나는 깜짝 놀랐다. 삐죽이가 잎을 절반쯤 펼치고 있었다. 식물을 키우는 사람이라면 그런 건 사실 별일 아니다. 그래도 가슴이 벅차올랐다.

"잘했어. 수고했어."

옆구리부터 펼친 연둣빛 잎은 전등불에 반짝였고 양수를 뒤집어쓴 아기처럼 촉촉했다. 잎은 흠 하나 없이 매끈했다. 저녁때가 되어서야 일형은 내일 오겠다는 연락을 해왔다. 그래도 괜찮았다. 아무렴 어때. 꽃이 지고 없으면 또 심으면 되지. 돈을 날렸으면 다시 벌면 되는 것이다.

일형은 다음날 찾아왔다. 어제는 앞으로 살 집에 갔었고, 오늘은 그곳으로 이사를 간다고 했다. 지붕이 높고 연예인 차로 유명한 기종의 차를 누군가와 함께 타고 왔는데, 짐작되는 나이로 보아 아들 같아 보였다. 그는 말없이 난을 싣고 일형을 부축해 차에 태웠다.

"잠시만요."

나는 삐죽이를 안고 차로 달려갔다. 허공을 들이받듯 뿔로 있다가 어제부터 몸을 풀기 시작한 삐죽이는 벌써 내 얼굴을 감싸고도 남을 만큼 크고 여린 잎을 활짝 펴고 있었다. 꼬리를 활짝 펼친 공작을 보듯 황홀했던 기분이 아직 남아 있었지만 일형에게 주고 싶었다.

"얘가 따뜻한 곳에서는 아주 잘 커요. 이름은 여인초예요. 남자 여자 할 때 말고, 여관, 여인숙 할 때 그 여인이요. 뿔 같은 것이 길게 자라면 자르지 말고요. 촉촉하게 물을 발라 주세요. 이사 축하해요. 잘 키우세요. 안녕히 가세요."

몸이 어디 한군데 성한 곳 없어 보이는 일형이 새로운 곳에서도 맘껏 뻗어나가기를 바랐다. 나는 이제 악몽을 꾸지 않는다. 단단한 뿔 하나가 내 안에 있는 것 같았다. 출발하려는 그에게 외쳤다.

"천장 높은 곳에서 키우세요."

동굴 밖 동굴

소주 반병을 비울 때까지 그는 미동도 하지 않았다. 쥐색 벙거지를 쓴 머리가 90도쯤 꺾여 얼굴은 아예 보이지 않았지만, 이따금 탁자에 물이 뚝뚝 떨어지는 것으로 보아 울고 있는 게 분명했다. 앞에 있는 깍두기 접시를 내 쪽으로 당겨 놓고 그의 뒤통수를 바라보았다. 무슨 말이라도 해야 하는데 말이 나오지 않았다, 어디서 뭘 하다가 이제 굴러왔느냐고 묻기라도 해야 하는데, 온통 욕으로 가득한 머릿속에서는 뱉을 말의 순서를 정하지 못하고 있었다. 한꺼번에 몰려든 목구멍에서 생각은 쉽게 소리가 되지 못하고 입술만 씰룩이게 했다. 병신 같은 새끼. 입 밖으로 튀어 나가려는 말을 간신히 목으로 넘겼다. 잠시 젓가락 사이에 낀 깍두기만 바들바들 떨다가 어금니에서 오래오래 씹혔다.
"한잔해라."
나는 그 앞으로 소주잔을 밀었다.
그는 냅킨 서너 장을 꺼내 눈과 뺨을 닦더니 몇 장을 더 뽑아 코를 풀었다. 잔을 든 그의 손이 심하게 떨고 있었다. 병과 잔이 따다닥 소리를 내었고 찔끔찔끔 술이 흘렀지만, 나는 아무렇지 않은 듯 잔을 가득 채웠다. 술을 한입에 쏟아부으며 고개를 젖힌 그의 얼굴이 불빛을 받았다. 낯설었다. 가끔 들려오던 소문, 몸으로 빚을 갚고 있더라는 동창의 말이 빈말이 아니었나 보았다.
"한 잔 더해라."
아직 잔을 내려놓지 않은 그의 잔에 다시 술을 따랐다. 바들바들

떨리는 손으로 그는 몇 잔 더 마셨지만, 여전히 말이 없었다. 다만, 떨리던 손은 점점 진정되고 있었다.

"알고 있지?"

말없이 다시 고개를 숙이던 그가 고개를 조금 흔들어 보였지만 모른다는 대답이 아니었다.

"어떻게 할 거냐?"

조용했다. 빨리 대답하라고 한 말도 아니어서 나는 가만히 식어가는 국밥을 한 술 떠먹었다. 말없이 국밥을 다 먹을 때까지 그는 몇 술 뜨지 못하고 숟가락을 내려놨다. 눈물과 콧물을 찍어내며 자기가 적신 냅킨을 야구공만 하게 뭉쳐, 온몸의 에너지를 거기에 주입하려는 듯 잔뜩 움켜쥐었다. 고등학교 야구부에서 투수로 제법 이름을 날리던 그답게 강속구를 구사하던 손놀림이었다. 그게 언젠데 아직도 그 버릇을 몸에 담고 있었다.

"비영신. 일어나. 시간 됐어."

내가 먼저 일어나 밥값을 치르는 동안 그는 제 앞의 술잔을 마저 비우더니 내 뒤를 따라왔다. 우리는 한마디도 하지 않았다. 병원으로 걸어가는 동안 줄곧 내 뒤만 따라오는 그에게 지난 십여 년을 어떻게 지냈는지 물어보고 싶지 않았고, 이 따뜻한 봄날에 굳이 시커먼 벙거지를 쓰고 나타난 사연 또한 알고 싶지 않았다.

중환자실 입구에는 이미 많은 사람이 모여 서성이고 있었다. 간호사는 병실 앞에서 입실 준비를 마친 사람의 이름을 적으며 이런 저런 주의 사항을 알리는 중이었다. 주변을 둘러보자 어느새 연순이 다가왔다.

"이리 와. 여기에 이름 적고 저거 입고 소독한 다음 들어가야 해."

연순은 익숙한 듯 우리를 안내했다. 잠시 후 병실 문이 열리고 늘어선 줄을 따라 안으로 들어갔다. 연순이 한 침대로 다가갔다. 이름 이소연, 나이 20이란 글씨가 침대 발치에 걸려있었다. 가만히 누워있는 소연처럼 그 모습을 바라보는 그도 한동안 움직이지 않았다.

몇 개의 호스가 소연의 몸 이곳저곳에 엉키듯 연결되어 있었다. 그가 침대 옆으로 다가갔다. 스무 살 소연의 피부는 맑고 투명했다. 연결해 놓은 호스만 다 떼어버리면 잠자는 중이라 해도 믿을 것 같았다. 한때 스튜어디스를 꿈꾸던 아이답게 소연의 큰 키는 침대를 거의 다 차지하고 있었고, 창백했지만 예쁘던 얼굴 또한 그대로였다. 쭈뼛쭈뼛 다가간 그는 소연의 머리부터 발끝까지 한눈에 훑고는 머뭇거리며 손을 내밀었다. 물론 이불로 덮인 몸이야 볼 수 없겠지만 한 품에 들어오던 자그마한 아이의 모습이 아니라는 걸 알았을 것이고 어쩌면 다소 낯설었을 것이다. 이불 옆으로 삐져나온 손가락에 줄이 달린 골무 같은 것이 끼워져 있었다. 손을 조금만 만지던 그가 소연의 머리를 쓰다듬었다. 점점 심하게 일그러지는 그의 얼굴에서 학창 시절 소주를 처음 마실 때의 모습이 잠깐 보이는 듯했다.

　그와 나는 내 작은 방에서 처음으로 술을 마셨다. 사실 그곳은 채반이나 소쿠리같이 부엌에서 쓰는 살림살이를 보관하던 창고였다. 아이들이 하나둘 크면서 방의 개수도 늘려야 했으므로, 아버지는 그곳을 손봐서 내 방으로 만든 것이었다. 우리는 그곳은 동굴이라 불렀다.

　창고였을 때부터 천장 아래 숨구멍처럼 나 있던 작은 창은 방이 되어서도 넓어지지 않았다. 낮에도 전등을 켜야 했지만 친구들은 툭하면 찾아왔다. 나중에 안 일이지만 이유는 따로 있었다. 번듯한 제 방을 놔두고 컴컴한 내 방에 모이는 것은 동굴처럼 아늑하기도 했지만, 부엌이 바로 옆에 있다는 것이었다. 돌아서면 먹을 것을 찾던 우리는 밤새워 놀거나 공부하다가도 수시로 부엌을 들락거렸고, 대부분 참으로 먹을만한 무언가를 찾아낼 수 있었다. 고구마나 옥수수 또는 묵처럼 굳어버린 호박죽이 있었고, 그것도 없으면 찬밥에 김치만 넣어 비벼도 불룩한 볼 안으로 연신 숟가락을 밀어 넣곤 했다.

　그는 옆 동네에 살았지만, 중학교 때부터 같은 학교에 다니던 친구였다. 그와 함께 야구부에 들어갔지만, 아버지의 만류로 그만둔 나와 달리 그는 야구를 계속했고, 결국 꽤 이름난 감독들의 재원으로 오르게 되었다. 그 덕분에 동굴에서는 틈틈이 내가 손 놓았던 야구를 종종 음미할 수 있었고, 조금씩 어울리며 간식을 건네주던 연순도 야구 얘기에 쉽게 빠져들었다.

쓴 소주 맛에 미간을 잔뜩 찌푸려도 멋져 보였던 그때와 달리, 가만히 있어도 골진 그의 얼굴은 금방이라도 조각날 듯 여러 갈래로 패어 있었다. 면회 시간이 다 되었는지 손등으로 딸의 볼을 조심조심 쓰다듬던 그에게 간호사는 시간이 다 되었다고 알렸다. 못내 아쉬운지 그는 다시 소연의 손을 만지자, 간호사는 다시 나가야 할 시간이라고 했다.

함께 들어온 사람들은 거의 다 나가고 없었다. 연순과 내 뒤를 이어 마지막으로 그가 병실 문을 나서자, 등 뒤에서 찰칵, 문 잠기는 소리가 들렸다. 복도에 선 사람들은 눈물을 찍어내는가 하면서로 부둥켜안은 채 훌쩍거렸다. 다들 입었던 것을 벗어놓고 하나둘 돌아가고 그와 나, 연순만 남았다. 아무도 울지 않았다. 복도 의자에 나란히 앉은 우리는 맞은편 하얀 벽만 말없이 바라보았다.

"안 가?"

누구한테 묻는 것인지 적막을 깨고 연순이 물었다.

"나는 여기 있을게."

"여기 있어도 할 수 있는 게 없어."

그와 연순은 전부터 연락하고 지낸 모양이었다.

"속이 시원하냐? 스무 살짜리 딸내미가 식물인간이 돼서?"

조용했다. 한숨을 쉬며 일어나 승강기 쪽으로 걸어가자, 연순이 따라왔다.

"그만해 오빠, 자기도 얼마나 속상하겠어. 저 사람이 그래도 여기 있겠다고 하니 나는 집에 가봐야겠네."

"밤새 저러고 있겠대?"

"몰라. 그래야 맘이 편한가 봐."

"야. 너는 애가 저 정도로 될 때까지 뭐 했냐?"

"나야 먹고사느라고 바빴지. 저년이 저렇게 술만 처먹은 줄을 내가 어떻게 알아."

"장하다. 그래. 애비는 놀음에, 기집질에 정신없고, 애미는 그런 놈들 뒤치다꺼리하며 입에 풀칠하기 바쁘고. 하나밖에 없는 오빠는 제 앞가림도 못하니 그 집구석에서 맨정신으로 어떻게 살겠냐. 근데 저 새끼는 어떻게 왔대냐? 니가 불렀냐? 처자식 버리고 갔으면 그만이지. 인제 와서 애비 노릇 하겠다든?"

병원 앞에서 나는 연순을 향해 그동안 참았던 말을 퍼붓느라 길을 가던 사람들이 쳐다보고 있는 것도 몰랐다. 연순은 내 소매를 자꾸 잡아끌었지만 터져 나오는 화를 참을 수가 없었다. 그를 보자마자 멱살을 잡고 한바탕 드잡이하고 싶었지만, 막상 하고 온 꼴을 보니 말문이 막혔다. 이혼 후 두 남매를 키우느라 온갖 억척을 부리며 살아온 연순은 아직도 그를 남편으로 생각하는 것 같아 울화통이 터져버린 것이다.

"다 내 잘못이다. 진즉에 뜯어말렸어야 했는데… 그놈의 동굴."

"그때는 안 그랬잖아."

"아직도 뭐가 남았냐? 불쌍한 소연이. 저 불쌍한 소연이를 어떡하면 좋냐. 속이 다 녹았다는데. 깨어나도 사람으로 살아지겠냐고."

"지 팔자지 뭐. 누가 시켰나."

순간, 머리라도 한 대 쥐어박고 싶은 충동에 연순 얼굴까지 주먹이 올라갔다. 연순을 보고 있으면 종종 그랬다. 그 속은 오죽할까 싶다가도 툭툭 내지르는 말에 가슴이 끓어 올라 다시 불끈 주먹이 쥐어지는 것이다. 애들하고 먹고사느라 힘하게 살다 보니 웬만한 고통은 고통이 아닌 것 같았다. 그러지 않고서야 이럴 수는 없는 것이다. 연순은 지금의 소연이만 한 나이가 될 때까지도 칼에 손을 베여 피 한 방울이라도 나오면, 비명을 지르며 한나절이나 붕대 감은 손가락을 쥔 채 식구들을 종 부리듯 했었다.

"저녁은 먹었냐? 따라와. 맨정신으로 있기 힘드네."

나는 아까 갔던 국밥집으로 향했다. 단골 같은 건 염두에 두지 않는 듯 형편없는 맛이었지만 달리 갈 곳이 없었다. 병원 앞 식당에 단골이 얼마나 될 것이며, 혹시 그렇다 한들 그들이 얼마나 많은 매출을 올릴지 싶었다. 조금 떨어진 곳에 작은 분식집이 있기는 했다. 그렇다고 분식집에서 술잔 기울이는 것은 아닌 것 같아 이미 단골이 된 기분으로 연순과 국밥집에 들어갔다.

분식집을 지날 때 문득, 소연이는 어디서 술을 마셨을까 하는 생각이 들었다. 라면, 떡볶이, 어묵, 김밥 그리고 소주를 먹었을까? 그러다 연순에게 물었다.

"소연이는 어디서 술을 먹었다냐?"

"몰라. 낮에 잠깐 집에 갔다가 밥해 놓고 정신없이 다시 일하러 갔지. 내가 그년이 어디서 뭘 먹고 다녔는지 어떻게 알아. 내가 갈 때마다 자고 있더만."

"지지배가 말이야. 지 오빠 잘 보라고 했더니 어디서 술만 처먹고."

"우석이는 지금 어딨냐? 지 동생이 지금 어떤지는 알아?"

"걔는 집에 잘 있지. 지 동생이 입원했다는 건 알아. 자세히는 모르고. 뭐 하러 말해. 쓸데없이. 걔가 말을 잘 안 해서 그렇지 얼마나 속이 깊은데. 어려서부터 방도 어지럽히지도 않고 하라는 대로 잘했어. 어렸을 때부터 내가 밥해 놓고 일 나가면 학교 갔다 와서도 잘 찾아 먹고. 시키면 시키는 대로 얼마나 잘했는데. 걔는 너무 착해서 내가 걱정할 일은 절대 안 했어. 하지 말라는 일은 진짜 안 한다니까."

"그래서 걱정이라는 거야."

좀 더 말하려다 그만두었다. 내가 보기에 우석은 어려서부터 걱정되던 아이였다. 어른들이 하라는 것을 잘했고, 투정 한 번 부리지 않았다. '착하다 착하다'로 칭찬해 주던 연순에게 어딘가 이상하다며 한번 검사해 보라는 말은 할 수 없었다. 그런 건 남매간이라도 말하기가 껄끄러운 일이다. 느낌상 이상할 뿐이지 명백히 설명하기는 어려웠다. 일찍부터 가난하고 바쁜 엄마를 충분히 이해하는 착한 아들이었을 수도 있는 것이다. 어떤 경계선에 걸쳐 놓여 있었다 해도 어쩌면 연순은 외면했을지 모를 일이다. 전문상담가를 만나고 적절한 교육을 받으며 들어가는 엄청난 대가를 연순으로서는 도저히 감당하기 어려웠을 것이다.

거의 성인이 다 되어서야 우석은 장애 등급을 받았다. 착해서 나쁜 짓을 하지 않으니 걱정 없다는 연순에게 사회는 정글과 같다고 말해주면서 마음을 고쳐먹은 것 같았다. 사회로 나가야 할 우석에게 달리 도움을 주지 못하며 그저 다 잘될 거라고 할 수는 없었다.

"오빠, 나는 금방 죽을 것 같다가도 개 보면 살 것 같아. 내가 집에 들어가면 꼭 안아주면서 사랑한다고 한다니까. 그러면 파김치가 되었다가도 눈 녹듯 피곤한 게 사라져."

연순의 얼굴에 미소가 번졌다. 여자처럼 곱상한 얼굴로 우스갯소리를 잘하던 그를 연순은 나보다 더 잘 따랐다. 그저 재밌는 오빠 친구로 보는 게 아닌 걸 알았을 때 그녀의 복중에는 이미 우석이 자라고 있었다. 엄마는 훤칠한 키에 말도 잘하고 얼굴도 반반해서 얼굴값 좀 하겠다며 걱정했고, 나는 뒤통수 맞은 기분이 들어 얼떨떨하기만 했었다. 내 집처럼 드나들던 친구와 수시로 부엌을 드나들던 여동생과의 역사는 아마도 그 동굴에서 시작된 게 분명했다. 그렇게 결혼한 그들은 다섯 달 만에 우석을 낳았다.

"그동안 뭐 하고 살았대?"

"그 인간?"

"모르지. 전부터 전화했는데 통 안 받더니 며칠 전에 전화 왔더라고. 그래도 반갑더라고. 소연이 그년 땜에 힘들어 죽겠는데, 어디 하소연할 데도 없어서 얘기했지. 지 새낀데 안 오면 사람도 아니지."

"어떻게 해야 할지 잘 모르겠다. 병원비 많이 나올 텐데 나도 여유가 없어서."

"오빠 하는 일이 지금 어렵다며. 병원비는 어느 정도 해결될 거야. 비급여가 문제지. 보험 있어. 몇 달 전에 내 친구가 보험 일을 막 시작하면서 하나만 들어달라고 찾아왔었어. 걔 안 만나려고 피해 다녔는데 찜질방 가서 딱 마주쳤지. 알고 보니 걔도 애들하고 혼자 벌어서 먹고살더라고. 그때 소연이 앞으로 하나 들어놨어. 나이가 어려서 얼마 안 하더라고. 내가 너무 불쌍해서 하늘이 도왔나 봐."

"그건 잘됐네. 천만다행이다."

연순은 술을 잘 마셨다. 밥 먹기 전에 술부터 마시는 것으로 보아 술꾼이 다 된 것 같았다. 술이 몇 잔 들어가자, 목소리가 커지고 말도 많아졌다. 몇 안 되는 손님들에게 미안했지만, 알코올과 수다로 속을 분해하는 연순을 말릴 수는 없었다. 연순이 전쟁터의 병사처럼 치열하게 싸우지 않았다면, 속 끓이고 화병에 걸려 모든 걸

손 놓고 있었더라면 내 삶도 아마 지금과 많이 달라졌을 것이다.

 그런데 소연은 왜 그리 술을 마셨을까. 소연은 알코올로 인해 식물인간처럼 되었다. 의사는 내장이 다 녹았다고 했지만, 나는 잘 믿어지지 않았다. 얼마나 먹으면 그렇게 될까. 스무 살 대학생이 뭔 일로 술을 그렇게나 많이 마셨을까. 도무지 상상이 안 되었지만, 말도 못 하고 누워만 있는 소연에게 영영 이유를 들을 수 있을 것 같지 않았다.

 엷은 화장에 얌전히 차려입고 인사하던 소연이 떠올랐다. 덩치 큰 제 오빠를 따라다니며 이건 이렇게 저건 저렇게 하라고 알려주었고, 나를 볼 때면 외삼촌한테 인사드리라고 제 오빠에게 말하던 소연이었다. 조용조용 오빠를 돌보던 소연이 도대체 왜 그리되었을까.

 "집에서 술병 못 봤어?"

 "몰라. 못 본 거 같은데. 나는 집에서 별로 잠을 안 잤어. 찜질방에서 밤새우고 아침에 집에 들어갔다가 점심때 또 일 나갔지. 집에 있는 반나절도 그냥 쉬는 줄 알아? 반찬이라도 만들어 놔야 애들이 찾아 먹지. 우석이가 얼마나 잘 먹는데. 소연이는 지가 다 알아서 하니까 신경을 안 썼지."

 "쌍놈의 새끼."

 "맞아. 진짜 쌍놈의 새끼야. 집을 나갈 거면 돈이라도 주고 나가든지. 처자식이 굶든지 말든지 지 몸만 빠져나가면 돼?"

신혼 때부터 그는 자주 외박했다. 대입 재수를 하던 연순은 애 엄마가 되었고, 그는 얼마 있다가 경찰이 되었다. 툭하면 그가 외박한다고 연순은 자주 툴툴거렸다. 내가 처음 운동을 시작할 때부터 어른들은 그랬다. 운동해서 최고가 되지 못하면 진로를 빨리 결정해야 한다고. 아버지도 그랬던 말에 가장 충실했던 사람은 나였고 다음은 그였다.

경찰 시험에 합격했다며 동네가 들썩이도록 축하를 받았지만 정작 그는 별일 아닌 듯 담담해 보였다. 열심히 준비했다는 그에게 머리와 몸이 다 되는 천재라고 다들 부러워했지만, 열심히 무엇을 준비한 것인지 연순조차 모르는 것 같았다. 구직하느라 여러 곳에 지원했던 시절, 나는 그가 정말 부러웠다. 정말 머리도 되는 녀석이었던가. 그러면 짧은 영상 하나가 꼬리처럼 떠오르곤 했다.

결혼식 하객으로 온 그의 친척이었다. 아버지 나이뻘 되어 보이는 사람이었는데 빼곡한 인파 속에서 검은 양복 입은 청년들이 앞서 길을 텄고 돌아갈 때도 역시 그랬던 사람. 식이 끝나자마자 문을 열어주는 까만 자동차 속으로 이내 사라졌던 사람. 그의 새 길도 그들이 터준 것은 아닐까, 하는 생각에 은근히 내 발을 얹고 싶기도 했다.

궁금해하는 내게 그는 친척이라고 했다. 잘나가는 공무원이라고. 잘나가는 사업가는 들어봤어도 잘나가는 공무원은 그때 처음

들었다. 공무원이었던 아버지는 행락철이면 휴일도 없이 이산 저산 누비고 다녔고 나와 연순에게도 불조심만 가르쳤다. 어쩌다 나들이를 간다고 해도 보는 사람마다 불조심시키는 바람에 언쟁을 한 적도 있었다. 친구이자 친척이기도 한 나는 이곳저곳 헤매던 취업 전쟁에서 합격이라는 그의 승강기에 오르고 싶었다. 지푸라기라도 잡고 싶은 마음에 기대했지만, 그는 내 손을 잡지 않았다. 지금도 알 수 없지만 그때 그 일은 나만의 생각이었을 수도 있다. 머리 좋고 운동 잘하는 사람은 종종 볼 수 있으니 말이다. 어떻든 동생이 그와 가정을 꾸려가기에는 운동선수보다 경찰공무원이 나은 것 같아 나는 정말 진심으로 축하해 주었다.

또래보다 일찍 결혼한 그들은 아이들처럼 자주 싸웠다. 그러다가 언제 그랬냐는 듯 다정해 보였는데, 내가 보기에는 천생연분인 것도 같고 원수 같아 보이기도 했다.
 이후 점점 자주 만나지 못하게 되었지만 그들의 다툼은 점점 정도를 더해가는 것 같았다. 유흥업소를 단속하던 그는 여러 곳을 다니다가 어느 한 곳을 집중적으로 드나들었고, 그것이 꽤 오래 지속되었는지 촉이 좋은 연순이 물고 늘어졌다. 나와 주변 사람들에게까지 알리며 그의 근무처까지 쳐들어가고 말았다. 쳐들어갔다는 말은 연순이 한 말이었다. 나중에 들으며 근무처까지 가는 건 너무 한 일이라며 나무랐지만, 불같이 변해버린 연순의 성격은 그때부터 만들어진 것 같았다.

소주와 모듬순대가 나왔고 이어 돼지국밥이 나왔다. 연순은 내게 한 잔 따라준 뒤 자기 잔을 채우자마자 단숨에 마셔버렸다. 얇게 저민 간 다섯 개가 반씩 겹친 채 포개져 놓인 접시에서 한 개를 집어 새우젓에 찍어 입에 넣고는 곧이어 하나를 더 집어 새우젓에 찍었다.

"나는 간이 좋더라. 간은 이렇게 새우젓하고 먹어야 맛있어."

지금 그게 입에 들어가냐고 하려다 한숨만 쉬었다.

"오빠, 벌써 한 달 넘었어. 이렇게라도 안 먹으면 소연이 하고 우석이는 누구한테 기대. 아까 그 인간?"

연순은 고개를 절레절레 흔들다가 다시 한잔 마셨다.

"그 인간, 인간 되려면 아직 멀었어. 혹시 모르지. 개고생하다 와서 좀 나아졌나. 개버릇 못 고칠걸?"

혼자 간을 다 먹은 연순은 김이 오르는 순대를 집어 호호 불더니 입에 넣었다. 우적우적 씹으며 나를 보는 표정이 편해 보였다.

"기왕 벌어진 일 울고불고하면 뭐 해? 그냥 엎드려 울어? 오빠, 순대 식어. 얼른 먹어. 순대는 뜨거울 때 먹어야 맛있어."

연순은 씨름 선수 같았다. 온몸이 다부지고 단단해서 웬만한 남자와의 몸싸움은 일도 아닐 것 같았다. 닥치는 대로 누비며 일해서인지 몸과 마음도 예전과 바뀌어 있었다.

"그런 눈으로 보지 마. 오빠도 건강 잘 챙겨. 울 애들 어렸을 때 오빠가 많이 도와줬잖아. 고마웠어. 이젠 내가 애들 돌볼 거야."

"우리 집에서 일 년쯤 살았지? 그때 소연이가 진짜 이쁘고 착했는데… 지 오빠 다 챙겨주고, 제 외숙모한테도 외숙모님 외숙모님 그랬어. 그냥 외숙모라고 부르랬더니 우석이를 쳐다보면서 외숙모님이라고 해야 한다 하더라고. 걔가 우석이 선생이었어."

"고년이 원래 똑똑했어."

"근데 니들은 왜 그렇게 싸웠냐? 서로 죽고 못 살더니."

"그 인간이 글쎄 내가 자기 발목을 잡았대."

그래서였을까. 그는 애 우는 소리와 연순의 잔소리가 일하는 것보다 더 피곤하다며 명절이나 가족이 모이는 날이면 늘 잠에 취해 있었다. 여럿이 모일 때면 맛있는 것도 먹고, 화투라도 같이 치자고 해도 꼭 어딘가의 구석으로 들어가 잠에 빠져들었다. 식사 시간에도 부스스한 머리를 긁적이며 겨우 먹는 둥 마는 둥 하고는, 다시 좀전의 잠자리로 들어가 버렸다. 그렇게 가족의 울타리를 점점 벗어나던 그는 결국, 애들이 초등학교를 졸업하기 전에 남이 되었다.

"우석이는 집에서 뭐 해?"

"집에 잘 있지. 말썽 같은 건 안 부려. 컴퓨터도 얼마나 잘하는데."

"신경 좀 써. 전에는 소연이가 신경을 많이 썼지만 이젠…."

"우석이는 이제 혼자서도 잘한다니까. 도대체 왜 자꾸 그래? 오빠는 우석이가 바본 줄 알아?"

"아냐 아냐. 누가 바보래? 요즘은 너무 착하면 바보로 아니까 걱정되어서 하는 말이야."

"두고 봐 취직도 시킬 거야. 지 밥벌이도 할 수 있게 만들 테니까. 두고 보라고."

연순의 목소리가 높아졌다. 좀 더 우석의 말을 했다가는 수저를 내려놓고 식당을 나갈 기세였다. 벌써 한두 번 있었던 일이 아니었으므로 나는 어서 먹으라는 말로 진짜 하고 싶은 말을 대신했다.

우석이 어느 정도 지적장애가 있다는 건 가족이나 친척은 이미 다 알고 있는 일이었다. 연순만 인정하지 않았을 뿐. 그래도 우석에게 도움이 된다며 내가 어렵게 권한 장애 진단을 받은 건 다행이었다. 어려운 형편에 조금이라도 도움이 될 것이었다. 연순이 지금까지 밤낮으로 억척스레 살 수 있었던 것은 어쩌면 우석이 때문인지도 몰랐다. 화초처럼 늘 신경을 쓰던 우석, 애 같은 애가 애를 낳고 건강하게 키워낸 게 기특하기도 했지만, 그 속을 제대로 아는 사람은 다들 혀를 찼다. 잘 생기고 튼실한 몸집에 온전한 정신까지 있으면 얼마나 좋을까 하고.

연순은 씩씩했다. 밥 한 그릇을 국에 말아 거의 다 먹어가고 있었다. 마치 닌자 거북이 같았다. 방패를 짊어진 거북이 전사 연순. 그 앞의 술잔이 어느새 비었다. 소주를 다시 채워 주었다. 우리는 각자 무표정하게 잔을 들었다. 연순이 곧 마셔버렸지만, 나는 허공에 대고 속으로 건배했다. 힘내자, 연순아, 소연이 벌떡 일어나기를 위하여. 그리고 이런저런 속말을 더 한 뒤 나도 잔을 비웠다.
  그 사이 우리보다 늦게 들어온 남자가 국밥과 소주 한 병을 먹고 나갔고, 식당 주인이 가게를 정리하느라 분주히 실내를 오갔다. 둥근 벽시계가 아홉 시를 훨씬 넘기고 있었다. 연순이 시계를 보며 중얼거렸다.
  "벌써 시간이 이렇게 됐네. 아참, 깜빡했네. 집에 가서 우석이랑 저녁 먹기로 했는데 에고."
  "혼자서 잘 차려 먹는다며."
  "아냐. 오늘은 삼겹살 먹고 싶다고 해서 내가 해주기로 했어. 전부터 고기 타령을 얼마나 하던지 내가 해준다고 해놓고 깜빡했어. 그런 눈으로 보지 마. 소연이가 병원에 있는 것이 하루 이틀도 아니고…."
  연순은 전혀 술 먹은 것 같지 않았다. 살살 취해 가는 줄 알았는데 우석을 생각하는 순간 술이 깬 모양이었다. 식당 앞에서 택시를 잡아 연순을 태워 보내고 길을 따라 걸었다.
  제조회사 영업부 말단 사원부터 시작해 부장까지 지내는 동안 나는 내내 스트레스에 절어 살았다. 납품 기일 맞추는 것과 거래처 사람들 만나는 것도 지긋지긋했다. 포장마차를 해도 내 일이 낫겠다는 생각을 수없이 해 오다가 드디어 나는 작년부터 치킨집 사장이 되었다. 처음에 만류하던 아내도 그동안 내가 했던 일을 듣고 나서야 같이 해보자고 거들었다. 지금까지 들어간 비용을 만회하기에는 턱없이 부족하지만, 다행히 지금은 월세 정도는 감당할 수 있게 되었다. 이대로만 간다면 인건비도 나올 것이고, 몇 년 더 있으면 투자 원금도 건질 수 있을 것이다. 그때까지 조금 남긴 퇴직금으로 생활비를 감당해야 했다. 배달비만 빼먹는 배달앱을 이용하는 대신 게 일과 배달도 할 수 있는 직원이 필요했다. 아직은 내가 직접 배달을 다니지만, 그런 직원 하나라도 둘 형편이 되고 나면 연순의 가족을 어느 정도 도울 수 있을 것이었다.

며칠 후, 무엇을 먹어도 소화 시킬 것 같은 우석에게 치킨을 들고 찾아갔다. 역시 우석이 혼자였다. 아주 작게 안녕하세요, 하는 것 같았지만 잘 들리지 않았다. 고개를 꾸벅 숙여 인사하는 애 앞으로 다가가 손을 만지려 하자 우석은 갑자기 양팔을 벌렸다. 그렇게 나는 아주 어색한 모습으로 잠깐, 우석에게 안겼다. 그러는 사이 사랑해요, 하는 작고 낮은 우석의 목소리가 들렸다. 놀라웠다. 양팔을 풀며 뒤로 물러나는 우석이에게 얼른 다가가 허리를 힘껏 안아주었다.

"우리 우석이가 외삼촌보다 더 크구나. 우석이가 안아주니까 기분이 아주 좋네. 고기 좋아하는 것 같아서 맛있는 치킨 갖고 왔어. 어때. 냄새 좋지?"

건네주는 것을 받아 든 우석은 봉투를 가까이하고 냄새를 맡았다.

"네."

예전처럼 역시 긴 대답을 하지 않았다. 하지만 궁금했다. 예전에 하지 않던 포옹을 다 한다니. 잘 모르는 사람을 보면 소연이나 연순 뒤로 물러서던 모습과 달리 많이 좋아진 것 같았다.

"잘했어. 우석이가 안아주니까 엄마가 아주 좋다고 하더라. 대단해. 엄마가 처음 안아달라고 했어?"

또 말이 없다. 뚫어지게 치킨 봉투만 바라보고 있는 우석 앞에 봉투를 열었다. 닭튀김 냄새가 집안 가득 퍼졌다. 고소한 냄새와 잘 튀겨진 치킨을 앞에 두고 우석은 가만히 앉아 침만 삼켰다. 얼른 먹으라고 하자 우석이 그제야 위에 있던 닭 다리 하나를 집어 들었다.

부스러기 하나도 흘리지 않으려 애쓰는 우석을 보다가 천천히 집안을 둘러보았다. 깔끔했다. 흐트러진 곳 없이 잘 정돈된 살림은 내 집보다 더 깔끔해 보였다. 뼈를 잘 발라내며 차분히 치킨을 먹는 우석을 바라보았다. 학창 시절 수시로 나의 동굴을 찾아오던 그가 앞에 있는 것만 같았다. 참 많이도 닮았다. 쟤는 집안 사정을 알고 있을까. 어떻게 이해하고 있는지 물어보려다 그만두기로 했다. 내 앞에는 정말 잘생긴 청년 하나가 복스럽게도 치킨 한 마리를 다 먹어가는 중이었다.

이만 갈 테니 잘 있으라며 내가 어깨를 토닥이자, 우석이 주춤주춤 다가와 나를 안았다. 아까 들었던 말이 다시 들렸다. 사랑해요,

하는.

"야, 이거 중독되겠는데? 참 좋다, 우석아, 이거 누구 아이디어야? 엄마? 참 좋다."

말없이 팔을 푼 우석이 작은 소리로 말했다.

"아빠요."

돌아가려던 나는 다시 우석과 마주 앉았다. 치킨을 뜯어주며 조금씩 물어보았다. 한동안 집을 나갔던 아버지는 몇 년 전부터 연순이 없을 때마다 수시로 집에 다녀갔다. 그때마다 대부분 소연과 크게 싸웠고, 우석에게는 사랑한다고 말하며 포옹하는 것을 알려줬다는 것이다. 그러면 사랑이 보인다고.

전화기에서 삑삑거리는 소리가 났다. 내가 정신없이 바쁜 것을 본 손님이 전화기 옆에 내려져 있는 수화기를 제자리에 올려놓으려 했다. 내가 그대로 두라고 손짓하자 손님이 의아한 표정을 지었다.

"오늘 축구하잖아요."

무슨 말인지 좀처럼 이해하지 못한 채 멍하니 있던 손님이 이내 고개를 끄덕이며 크게 웃었다. 수화기를 올려놓자마자 전화기는 울어댈 것이고 나는 그때마다 지금 배달은 안 되고 직접 가지러 와야 하며 그것도 한 시간 반은 더 있어야 한다고 말해야 할 것이다. 가게 앞에 줄 선 사람들에게 하나라도 더 들려 보내야 하는데 그럴 시간이 없었다.

우석은 방금 튀김 종료 알람 소리가 울리자, 튀김 망을 들어 올렸고, 그는 테이블 위의 뼈다귀와 쓰레기를 한데 모으고 있었다. 주문하는 사람들에게 일일이 설명하지 않고 수화기를 잘못 내려놔서 통화를 못 했다는데 누가 뭐라 할 것인가.

월드컵 8강인 오늘 꼭 이겨서 4강도 가고 결승전도 가면 좋겠다. 재방송만 보더라도, 이겼다는 소리만 듣는다 해도 나는 그것으로 충분하다.

꽃물 드는 저녁

접시 위에서 입으로 향하던 스테인리스 포크가 언니의 가슴팍에서 잠깐 멈췄다. 춘장으로 범벅이 된 면발이 아래로 미끄러졌다. 좋아하는 음식을 앞에 놓고 어린애처럼 웃고 있었지만, 눈꼬리가 아래로 처진 언니의 눈은 오늘도 슬퍼 보였다. 쏟아지는 것을 접시를 들어 받치기는 했지만, 언니가 입으로 가져간 자장면은 몇 가닥 되지 않았다. 가만두면 입은 물론이고 테이블과 가슴에도 온통 검은 칠투성이가 될 게 뻔했으므로 나는 조용히 다가가 언니 손에서 포크를 빼앗았다. 천천히 면발을 포크에 돌돌 말아 입에 가져가자, 둥지 속에서 노란 잎을 벌리는 제비 새끼처럼 언니는 입을 크게 벌렸다.

"그때 기억나니? 이사 가서 자장면 먹었던 날."

당연히 생각났다. 우리는 평생 딱 한 번 이사했다. 일곱 살 때였다. 장마 끝나고 매미가 한창 울 때였는데, 1톤 트럭에 짐을 다 싣고 가보니 그 집 마당 가엔 봉숭아꽃이 잔뜩 피어 있었다. 내 기억으론 아버지를 산에 남겨두고 돌아온 며칠 후였다. 새집에서 엄마와 언니는 쓸고 닦고 정리하느라 슬픔을 드러낼 겨를이 없었다. 그 조그만 살림에 치우고 말고 할 것이 별로 없어 보였지만 여러 날을 정리했었다. 엄마는 있는 거 없는 거 죄다 끌어안고 뭐든 쉽게 버리는 것이 없는 사람이었다. 이사한 지 삼사일 지나서였던가, 둘이 함께 살림을 말끔하게 정리한 후 엄마는 그제야 아버지 생각이 났는지 마당을 보고 훌쩍거렸다. 마루에 앉아 내 손에 봉숭아 꽃물을 들여 주던 언니도 조금씩 훌쩍이자, 나는 짜증이 났다. 난 절대 안 울 거야. 그러자 엄마가 내 등짝을 한번 후려쳤는데 그게 얼마나 아팠는지 큰 소리를 내며 엉엉 울고 말았다. 한번 시작한 울음이 좀처럼 그치지 않자, 엄마가 자장면을 사주겠다고 달래었다. 이사 온 날도 먹어보지 못한 것이었는데, 20여 년이 지난 지금 언니는 그 생각이 나는 모양이었다.

"자장면 맛있어?"

"그때 먹었던 게 훨씬 맛있지. 그 집은 진짜 맛있었어. 어디서도 그 맛을 못 따라간다니까."

언니의 발음은 좀 어눌했다. 살짝 틀어진 입 옆으로 침이 조금 흘러나왔다. 침을 닦아주며 가슴에 두른 비닐을 벗기고 테이블을 정리했다.

"봉숭아꽃이 피었나?"

창밖을 보며 언니는 혼잣말처럼 중얼거렸다.

"지금 한창이야. 보고 싶지? 집에 가자."

"봉숭아는 거기만 핀대? 그건 아무 데나 피는 거야. 흔하디흔한 거지."

"알았어. 언니, 오늘은 이만 갔다가 담에 또 올게. 몸조리 잘하고 있어."

언니는 내 모습을 가만히 바라보며 손을 조금 들어 보였다. 하얀 침대 위에 앉아 있는 언니가 종이배 위에 앉아 있는 것 같았다.

금방 물에 젖고 바람 불면 옆으로 넘어갈 같은.

복도를 나와 마주친 간호사에게 잘 부탁한다고 말하고 집으로 향했다. 눈 감고 앉아 있는 차 안에서 내내 언니의 어릴 적 모습이 어른거렸다. 봉숭아 꽃물을 들이고 자장면을 먹던 그때가 언니만 그리운 건 아니었다.

*

웃어도 슬퍼 보이던 언니의 눈은 아버지와 많이 닮았다. 내가 어릴 적의 아버지는 오랫동안 병을 앓았다. 병원과 집을 오가며 치료했지만, 아버지는 나날이 말라갔다. 눈은 꺼져 들어갔고 광대뼈는 도드라졌으며 손가락은 마디마다 불거져 바짝 마른 대나무와 같았다. 깊은 눈으로 가만히 나를 바라보면 한없이 슬퍼 보였던 눈. 요리조리 뛰어다니며 곁을 맴도는 나에게 아버지는 슬픈 미소를 지으며 내게서 눈을 거두지 못했었다.

아버지가 누워있는 침대 위로 올라가 링거 줄을 잘못 건드린 적이 있었다. 핏물이 거슬러 올라가는 링거 줄을 본 엄마에게 엉덩이가 소리 나도록 맞았지만, 아버지는 오히려 혼내는 어머니를 나무랐다. 그것이 내가 본 아버지의 마지막 모습이었다. 이후 얼마 되지 않아 아버지가 돌아가셨지만, 밀린 병원비로 우리는 살던 집까지 내줘야 했다. 나중에 들은 이야기지만 그때의 엄마는 딱 한 가지만 생각했다고 했다. 언니와 나를 먹여 살리는 일. 딱 그 생각만 들어서 눈물도 나오지 않더라고.

엄마는 빈손으로도 먹고 살 수 있는 길을 찾은 것인지 아버지의 장례가 끝나자, 우리를 데리고 이사를 했다. 그리고 미리 일자리를 구해 둔 것처럼 일을 하러 다녔다. 언니가 학교에서 돌아온 뒤에는 젊은 여자가 우리 집으로 아이를 데리고 왔다. 이름이 용이인 아기는 아장아장 걸어 다니며 무엇이든 손이 닿는 대로 잡아채고 엎어 놓았고 그 바람에 언니는 상을 펴놓고도 제대로 앉아 숙제를 하지 못했다. 용이는 잠깐 사이에 마당의 봉숭아 꽃나무를 쓰러뜨렸고 잡히는 대로 입에 넣었다. 그래도 언니는 화를 잘 내지 않았다. 그런 아이를 씻기고 놀아주고 등에 업어 재웠다.

엄마의 목소리는 큰 편이었다. 방에서 통화하는 소리가 마루에서도 다 들렸다. 일하는 곳에는 아가씨가 참 많다. 큰 방에서 함께 잠을 자는 여자들은 내가 밥을 다 해놓고 깨워야만 겨우 일어난다. 가끔 방에 들어가 못 일어나는 여자를 깨우러 가보면 참 가관이다. 제가 무슨 심청이라고 원피스 하나 달랑 입고선 그것도 발랑 까뒤집고 자더라. 엄마는 말하는 게 신이 나는지 말하면 기분이 좋아지는지, 혀를 끌끌 차기도 하고 한숨을 쉬었다. 그래도 당장은 먹고 살 수 있지만 애들 교육 때문에 여간 신경 쓰이는 게 아니다. 너 아니었으면 길거리에 나앉을 뻔했다. 역시 친구가 최고야. 통화는 주로 그런 말이었다. 자주는 아니지만 한번 전화를 하면 엄마는 오랫동안 통화를 했다. 그러다가 그럼, 큰애도 마찬가지지. 다 내 딸이야. 괜찮아. 오히려 더 잘 키워야지. 걔도 잘 따라. 그렇게 갑자기 소곤거리듯 웃으며 전화를 끊으면 엄마는 금세 얼굴을 싹 바꿨다. 어두워지면 절대로 동네에 나가서는 안 된다고 귀에 닳은 말을 했고 쿵쾅거리며 언니 방에 가서는 한바탕 잔소리를 쏟아냈다. 그건 뻔한 말이었다. 입버릇처럼 내게 했던 얘기와 나를 잘 돌보라는 얘기, 또 내가 더 크면 들어야 할 만한 것들. 말하자면 교복 치마 속에 속바지는 받쳐 입었는지 확인하는 그런 것이었다.

  엄마는 출근해서 밥을 해준다는 일 말고도 다른 일도 했다. 근처 나이트클럽의 주방일이었다. 수입은 괜찮았는지 시끄럽다고 하면서도 오랫동안 그곳에 다녔다. 아주 가끔 다른 아줌마와 교대근무를 하지 못했다며 새벽에 들어오기도 했다. 그럴 땐 집에서 먹어보지 못했던 과일을 종종 갖고 오기도 했는데 깍두기처럼 네모난 파인애플이 아침 밥상에 올라오기도 했다.

  밤에 일을 나갈 때마다 엄마의 잔소리는 한결같았다. 밖에 나가면 절대 안 된다고. 한번은 잠깐 슈퍼마켓에 간 적이 있었는데 길 옆의 커다란 유리창 안에 공주처럼 예쁜 언니들이 앉아 있었다. 핑크빛 불빛 아래 앉아 있는 언니들이 어찌나 예쁘던지 한참을 넋 놓고 바라본 날이었다. 그런 이후 언니는 엄마에게 야단을 맞았다. 내가 잠깐 나간 것을 엄마는 귀신처럼 안 것이다. 그렇게 내가 뭔가를 잘못하면 엄마는 항상 언니를 혼내 주었다. 그 후로 나는 한

동안 유리창 안에 있던 공주 같은 언니들을 잊을 수가 없었다. 나도 크면 언니들처럼 예쁘게 치장하리라 다짐했었다.

*

마당 가에는 해마다 봉숭아꽃이 피었다. 꽃씨를 따로 뿌리지 않아도 잘 자랐고 특별히 물을 주지 않아도 주먹만 꽃이 달렸다. 우리는 연중행사처럼 서로의 가족애를 확인하듯 손톱마다 붉은 물을 들였다. 꽃잎에 백반과 소금을 빻아서 검붉고 질퍽한 꽃 반죽을 엄마는 조금씩 떼어 우리의 손톱에 올리고 비닐로 감쌌다. 엄마는 새끼와 약지만 물을 들였고, 언니와 나는 손가락 열 개를 다 들였다.

다음날 잠자리에서 일어나면 어떤 것은 손가락을 빠져나가 이불 속에 있기도 했고, 가끔은 내 옷에 붙어 있기도 했다. 진하게 붉은 언니의 손톱에 비해 제대로 물들지 않은 내가 푸념하곤 했는데, 그때마다 엄마는 잠버릇이 나빠서 그렇다며 언니를 좀 닮으라고 핀잔을 주었다. 언니는 가끔 꽃 반죽이 남으면 비닐로 잘 싸 두었다가 다음날 오는 아이 손가락에도 꽃물을 들였다. 아이가 잠깐 잠자는 틈을 이용한 것이지만 그래도 저물녘의 노을빛 정도는 충분히 낼 수 있었다.

애어른 같은 언니 덕에 집엔 먹을 것이 자주 생겼다. 아이를 봐달라며 오는 여자들이 가져온 것이었다. 애도 주고 같이 먹으라는 여자들은 언니에게 정말 살갑게 대했다. 언젠가는 언니의 입술이 예쁘다며 립스틱을 발라주었고 언니가 좋아하자, 그것을 선물로 준 적도 있었다. 그래도 화장품보다 나는 과자가 더 좋았다. 마루에 앉아 담 너머 그리 멀지 않은 곳의 네온사인을 보며 과자를 먹고 아이들과 놀다가 까무룩 잠이 들기도 했다.

초등학교의 처음 일 년은 언니와 함께 학교에 다녔다. 내가 이 학년이 되자 언니는 중학교에 갔다. 열 손가락에 꽃물을 들이던 언니는 엄마처럼 약지와 새끼손가락에만 물을 들였고 나는 여전히 열 손가락에 물을 들였다. 언니는 손톱의 꽃물이 첫눈이 올 때까지 있으면 첫사랑이 이루어지는 거라고 했다. 수줍게 웃는 언니가 단발머리를 귀에 걸치는 모습이 나보다 훨씬 더 예쁘다는 생각이 들었다.

아이를 업은 언니가 평소에도 그랬듯 마당을 서성거리며 노래를 부르고 있던 날이었다. 들릴 듯 말 듯 반복되는 노래에 칭얼거리던 아이가 잠잠해지고 나도 슬슬 잠에 빠지질 때였다. 쾅쾅쾅 누군가 대문을 빠르게 두드렸다. 처음엔 누군지 몰랐다. 아이의 엄마가 사자머리를 하고 찾아온 것이다. 그녀는 들어오자마자 언니에게 달려가 포대기 끈을 마구 풀었다. 겨우 잠든 아이는 잠시 다시 울다가 제 엄마를 알아보았는지 이내 잠잠해졌다. 그녀는 서둘러 아이를 둘러업고 대문을 빠져나갔다. 얼이 빠진 우린 한동안 서로 바라보았다.

그때였다. 벌컥, 누군가 밀쳐대는 바람에 대문 두 짝이 양쪽으로 갈라졌다. 우리가 문 잠그는 걸 깜빡한 거였다. 낯모르는 남자가 마당에 나동그라졌다. 얼른 언니 뒤로 숨었다. 남자는 흙 묻은 옷을 털지도 않고 언니와 나에게 소리를 질렀다. 이년 어딨어. 나오라고 해. 죽여 버릴 테니까. 남자의 입에서 내지르는 소리와 함께 입가에는 보글보글 거품이 조금 생겨났다. 얼굴은 붉었다. 아직 어둠이 채 덮지도 않은 이른 저녁에 저렇게 많이 술에 취한 사람은 이 동네에서도 보기 드문 일이었다.

남자는 이리저리 뛰어다니며 신발을 신은 채 방문을 열어젖혔다. 쿵쿵거릴 때마다 욕이 뚝뚝 떨어졌다. 언니와 나는 서로 꼭 붙잡고 남자와 일정 거리를 유지했다. 우리 쪽으로 가까이 오면 얼른 뒤로 물러났고 뒤꼍으로 가면 종종걸음으로 따라갔다. 한동안 나오라며 소리 지르던 남자는 우리에게 눈을 돌렸다. 이년 어디 갔어. 용이 엄마 어디 갔냐고? 우린 고개를 저었다. 한동안 제자리에서 씩씩거리던 남자는 우릴 노려봤다. 더러운 돼지가 화난 것 같았다. 남자의 다리는 가만히 서 있었지만, 몸이 흔들리는 오뚝이 같았다. 언니는 나를 꽉 끌어안았다. 침묵 속에 남자의 숨소리가 거칠게 들려왔지만, 언니의 가슴에서 울리는 펌프 소리는 내 발끝까지 울렸다. 남자가 휘청거리며 대문을 지나 골목에서 끌고 가는 신발 소리가 들리지 않을 때까지 우린 한참 동안 그렇게 서 있었다.

언니는 얼른 달려가 대문을 잠그고 엄마에게 아무 말 하지 말라고 했다. 엄마는 입버릇처럼 말했었다. 늘 대문을 잠그고 있을 것이며 누가 오더라도 열어주지 말라고. 좀 전의 일을 엄마가 알기라도 한다면 한바탕 난리가 날 것 같았다. 나는 고개를 끄덕이면서 그 아저씨를 생각했다. 돌아가신 아버지에게서 한 번도 보지 못한 모습이었다. 평소 술을 멀리했던 아버지는 엄마와 우리에게 늘 다정했었다. 아버지의 기일이면 엄마는 종종 그랬다. 네 아버지만 한 양반은 세상에 둘도 없을 거라고. 어떻게 해서든 아버지 병을 고쳤어야 했다고.

*

언젠가부터 동네에는 경찰차가 수시로 드나들었다. 텔레비전에도 우리 동네가 나왔다. 거리에는 네온사인이 하나둘 줄어들더니 현수막이 여러 개 걸렸다. '경축 개발 특별지구선정' '환영 뉴타운 거리 특별지역' 같은 것들이. 엄마는 도시를 재정비하느라 근처의 가게들이 문을 닫을 거라고 했다. 어쩌면 우리 집도 헐리고 다른 곳으로 이사 가게 될지 모른다고. 그 말에 나는 잘됐다며 친구들이 사는 아파트로 이사 가자고 했지만, 엄마는 들은 척도 하지 않았다.

얼마 후, 엄마가 밥을 해주러 가는 가게가 문을 닫았다고 했다. 엄마는 새벽에 첫 번째 버스를 타고 먼 곳까지 빌딩 청소를 하러 다녔고 나이트클럽 주방 일도 그만두었다. 대신 근처의 목욕탕에서 청소하는 일을 시작했다. 그리고 일주일에 한 번씩 언니와 나를 목욕탕으로 불렀다.

엄마는 우리가 가면 얼른 언니를 먼저 씻겨 주고 청소하는 동안 한쪽에서 언니에게 나를 씻기게 했다. 처음 얼마간 엄마에게 몸을 보이지 않으려는 언니도 갈퀴 같은 엄마의 손아귀를 벗어나지 못했다. 가슴이 봉긋해진 언니를 목욕 침대에 눕히고 쓱쓱 때를 밀어 주며, 다 컸네 하는 말을 하며 미소를 지어 보였던 엄마는 정말 행복해 보였다.

하지만 엄마의 그런 표정은 오래 볼 수는 없었다. 동네에는 점점 닫는 가게가 많아졌고 집들이 하나둘 이사를 했다. 빈집이 많아지면서 거리는 더욱 어두워졌다. 대학 가기를 한사코 거부한 언니는 여상을 다녔다. 고등학교를 진학하는 문제로 언니와 엄마는 좀 다투었지만 결국 언니가 원하는 대로 되었다. 야간자율학습도 없는 언니는 대부분 일찍 집에 일찍 돌아왔다. 언니가 오면 엄마는 함께 밥을 먹고 일을 나갔다.

그런 일상이 반복되던 어느 날 저녁 나와 마주 앉은 밥상 앞에서 엄마는 걱정을 많이 했다. 언니가 아직 돌아오지 않은 것이었다. 엄마는 일을 나가며 혼자 남은 나에게 꼼짝 말고 집에 있으라고 했다. 나야 물론 어디 갈 데도 없다. 내 친구들은 모두 이 동네에 살지 않는다.

꽃물 드는 저녁

목욕탕 청소를 제대로 한 것인지 아닌지 엄마가 평소보다 일찍 돌아왔다. 그때까지 언니가 오지 않은 것을 알고 엄마는 크게 화를 냈다. 가만히 앉아서 옷도 갈아입지 않고 텔레비전과 시계를 번갈아 보았다. 턱뼈가 실룩거리도록 자주 이를 악무는 게 보였다. 그날따라 시간이 빨리 갔다. 시계가 더 빨리 가기 전에 언니가 오면 좋겠다고 생각하며 오는 잠을 간신히 참으며 버티고 있을 때 살금살금 마루 밟는 소리가 났다. 잔뜩 벼르고 있는 엄마를 알 리 없던 언니가 빼꼼 문을 열었다.

언니는 현관문을 열고 들어오자마자 엄마에게 머리채가 잡혀 방으로 끌려갔다.

"어디서 오는 거야?"

"아까 집에 오는데 용이 엄마를 만났어. 근데 그동안 용이를 봐줘서 고마웠는데 갑자기 그냥 가서 미안했다고. 맛있는 거 사준다고 해서… 배도 고프고 해서 따라갔다 왔어. 안 갈려고 했는데 자꾸만 같이 가자고 해서."

"내가 뭐랬어 그 여자들하고 가까이 지내지 말라고 했지. 억만금을 줘도 같이 다니지 말라고 했어 안 했어. 용이를 봐준 것까지는 괜찮아. 얼마나 사는 게 힘들었으면 그 어린애를 데리고 집을 나왔겠냐고. 그래도 거기까지라고. 얼마나 말해야 알아들어. 이년아, 도대체 엄마 말을 뭐로 아는 거야."

퍽퍽 찰싹찰싹 소리가 났다. 방에 들어가서 말리고 싶었지만 문이 잠겨 있었다. 아야 아야 하는 소리가 들리더니 갑자기 언니의 커다란 목소리가 들려왔다.

"그만해. 친엄마도 아니면서."

눈물 젖은 그 소리에 놀란 건 정작 나였다. 놀랐다. 친엄마가 아니라니. 내 엄마가 언니의 엄마가 아니라고? 나는 꼼짝하지 않았다. 잠시 후, 언니는 방을 나왔다. 헝클어진 머리에 교복을 입은 언니는 내 앞을 지나 신발도 신지 않고 밖으로 나갔다. 잠시 후, 쾅 하는 대문 소리가 났고, 얼마 있다가 엄마가 뛰어나갔다. 다시 '쾅' 하고 닫힌 대문 소리는 그날 내가 들은 마지막 소리였다. 사방이 조용했다. 너무 조용해서 무서웠다. 벌컥 하고 어서 열리기를 기다렸지만 내내 아무 소리도 들리지 않았다.

아침이 되자 엄마가 있었다. 어서 밥 먹고 학교 가라는 엄마는 새벽일을 가지 않은 것 같았다. 전날 입었던 옷 그대로 부스스한 머리를 한 엄마와 밥상을 마주하고 앉았다. 상 위에는 엄마와 내 밥만 있었다.

"언니는?"

"지금부터 네 언니 아니니까 앞으로 언니 얘기하지 마."

밥을 크게 한술 떠 넣은 입으로 엄마는 총각김치를 씹었다. 우적우적 아작아작, 팔이든 다리든 엄마에게 걸리면 다 씹힐 것만 같았다.

엄마는 새벽일을 그만두고 근처 식당에 나갔다. 내가 학교에 가고 없는 낮에 반찬만 해주고 일찍 퇴근하기로 했다는 것이다. 언니가 없는 날이 계속되었다. 허전했다. 엄마나 나나 언니 얘기는 하지 않았다. 가끔 언니가 보고 싶을 때면 내가 챙겨 둔 언니 물건들을 꺼내어 보았다. 정식으로 쓴 일기는 아니지만, 노트 곳곳에 써놓은 언니의 글씨가 있었다. 고마워 엄마. 얼른 취직해서 돈 벌어야지. 아빠 걱정하지 마. 조금만 조금만. 아자아자 파이팅!

※

 동네 사람들은 재건축 조합을 만들어 사무실까지 차려놓았다. 추진위원이라는 사람들은 서류 봉투를 들고 다니며 사람들에게 뭔가를 설명하는가 하면 집마다 도장을 받으러 다녔다. 엄마는 그들이 오면 문도 열어주지 않았다. 동네가 통째로 사라졌다가 엄청 좋은 시설로 되돌아온다는 소리에 많은 사람이 도장을 찍었다고 했다. 하지만 그 동네의 노인들은 재개발을 반대했다. 바로 옆이 버스터미널이 있었고 잔디밭도 있으며 게다가 그 앞엔 맑은 물이 흐르는 개천까지 있으니 사람 살기엔 더할 나위 없다고 했다.
 재건축을 반대하는 반대파 중 가장 젊은 사람은 엄마였다. 노인들과 함께 꿈적도 하지 않는 엄마에게 마을 사람들은 대놓고 욕을 했다. 집창촌에서 애 키우는 정신 나간 년, 경제관념이라고는 찾아볼 수 없는 무식한 년. 그러다가 미친년이라는 소문까지 났다.

엄마는 억새 같았다. 바짝 마른 잎에 불씨라도 떨어지면 금방이라도 화르르 타버릴 것만 같았다. 누군가 홧김에 던지는 말에도 악착같이 달려들었으며, 조그만 마트를 하는 찬성과 아줌마와 동네 한복판에서 머리채를 잡고 뒹굴기도 했다. 어쩌면 불씨를 기다리고 있었던 건 아닐까, 하는 생각마저 들었다. 엄마는 용케도 그런 기회를 놓치지 않았고 온몸을 담금질하는 것만 같았다.

투사 같은 엄마를 언젠가부터 고분고분하게 하는 사람이 있었다. 집에서 그리 멀지 않은 곳의 강원보살이라는 무당이었다. 우리 집에도 가끔 왔던 그 사람은 엄마의 엄마뻘쯤 되어 보였다. 어떤 위엄마저 있어 보이는 무당에게 엄마는 정말 깍듯이 대했다. 언니가 학교 다닐 때 신었던 운동화 속에 부적을 넣고, 현관 위에 부적을 붙여 놓은 것도 그 할머니 무당이 시킨 것이 분명했다.

동네는 하루가 다르게 황폐해졌다. 곧 오를 거라며 다 쓰러져 가는 집도 비싼 값에 팔렸지만 새로 이사 오는 사람은 없었다. 여자들이 많이 있던 가게들도 하나둘 문들 닫더니 얼마 못 가 근처의 식당과 마트마저 문을 닫았다.

버스가 다니는 큰 도로에서 보면 아무 일 없는 것처럼 보였지만 큰길 옆에 있는 건물 뒤부터는 폐허와 비슷했다. 가게와 버스터미널의 중간에 있던 집들도 거의 빈집이었다. 그 가운데에 우리 집이 있었다. 사람이 살지 않는 빈집은 식물들이 차지했다. 담쟁이넝쿨이 담을 넘었고 지붕을 뒤덮었다. 마당에는 잡초가 우거졌고 어느 집 마당엔 아예 가로수만 한 나무가 자라기도 했다. 언젠가부터 그 밑에 들마루가 놓였다. 노인들은 공터만 보면 뭔가를 심었고 동네 주차장도 밭이 되었다. 고추와 고구마, 토마토와 옥수수가 자랐고, 저녁이면 들마루에 모여 앉아 모깃불을 피웠다. 대부분 노인이었지만 그 틈에는 언제나 엄마가 끼어있었다. 엄마는 그런 시골 같은 풍경이 좋은가 보았다. 맘 좋은 시골처럼 언젠가부터 대문도 잠그지 않고 문단속도 제대로 하지 않았다.

 차들이 지나가는 대도로 변. 상가 한 꺼풀 돌아가면 나오는 도심 속 촌 동네에서 내가 대학을 마칠 때까지도 동네는 변하지 않았다. 재개발은 보류된 것인지, 취소된 것인지 알 수 없었다. 도시를 정비한다는 명목으로 뉴타운을 기대했던 찬성파와 그대로 눌러 살겠다는 반대파는 서로의 골을 넘지 않으며 사는 것 같았다. 강 사이로 동네가 나뉜 것처럼 그래도 큰 마찰 없이 시간이 흘러갔다. 시작이 늦어서 그렇지 이렇게 황폐한 곳을 정부에서 가만둘 리가 없다는 사람들은 기다렸다. 몇몇은 집이 낡아 부서져도 고치지 않았고 이사를 하지도 않았다. 그렇게 십 년이 넘도록 재개발이 되지 않자, 추진위원들은 관공서를 찾아다니며 하소연하고 시위를 벌였다. 관할 관청에서는 수년 전 이미 개발허가가 났으니, 이후의 일은 주민들이 알아서 하는 거라고 손을 놓았고, 찬성파들의 분노는 짐승처럼 출구를 찾아다녔다.

*

　대학 졸업 후 나는 선배가 다니던 조그만 출판사에 나가게 되었다. 허드렛일과 교정일을 하던 내가 새내기 신입사원에게 하던 일을 넘겨주고, 새 책의 편집을 맡았던 때였다. 그 많은 아가씨는 어디로 갔을까. 내가 처음부터 눈을 떼지 못한 원고 뭉치의 제목이 나를 잡았다. A4용지에 제목만 있는 하얀 종이. 그건 출판 의뢰가 들어온 것으로 아직 교정도 되지 않은 것이었다. 내가 사는 동네가 떠올랐다. 예상대로 전국의 뉴타운 계획에 관한 것이었고 그 속엔 역시 우리 동네도 있었다.

　원고 속에는 많은 사진과 여러 명의 인터뷰 기사가 있었고 선진국의 사례가 자세히 실려 있었다. 어릴 적 유리 벽 안에서 공주같이 앉아 있던 여자들과 온통 네온사인이 휘황한 거리의 사진도 있었다. 모두 익숙한 모습이었다. 부러워하며 커서 공주처럼 예쁘게 단장하리라 다짐했던 지난날이 생각났다. 앞으로 어떻게 하면 좋을지 몇 가지 대안과 함께 무조건적인 개발을 남발한 정치권에 큰 책임이 있다는 원고였다.

　대안? 언제 헐릴지 모르는 우리 집에 대안이란 게 있을까? 들여다본 원고의 대안은 학연, 지연, 혈연으로 뭉쳐진 우리나라에서는 적어도 수십 년 내에는 이루어질 것 같지 않았다. 원고의 이론대로 될 수 있을지 모르겠지만 적어도 지난 과거의 행보와 현재의 과제가 적혀있었다. 원고에 빠져있던 그날, 나의 퇴근은 많이 늦었다. 원고 속 사진이 생각났다. 집으로 가는 길은 따라오는 내 구두 소리조차 무서운 길이었는데 가는 내내 무서운지도 몰랐다. 집 앞에서 대문을 밀자, 문이 살짝 열렸다. 밤에도 우리 집은 대문을 잠그지 않았다.

 엄마는 내가 들어가자, 잠결에도 잔소리했다.

 "연숙아, 일찍 좀 다녀라. 아버지 보면 혼날라고…"

 몇 마디 더 하는 것 같았지만 잘 들리지 않았다. 나는 얼떨결에 알았다고 대답했다. 언니 이름을 부르는 것으로 보아 잠꼬대를 하는 게 분명했다.

 자리에 누웠다. 원고 속에서 본 사진이 언니와 좀 닮은 것 같았다. 환자복을 입은 여자의 모습에서 어딘지 모르게 언니의 이미지가 그려졌다. 왠지 엄마의 잠꼬대도 그 사진과 함께 겹쳤다. 언니, 나지막이 언니를 불러 보았다. 엄마는 요즘 밭이 된 동네 공터에서 채소를 가꾸고 있었다. 얼마나 고단했는지 코 고는 소리가 내방까지 건너왔다.

 다음날 출근하자마자 어제 봤던 원고를 다시 들여다보았다. 몇 명의 인터뷰 내용이 있었다. 그중 환자복을 입고 입원해 있던 여자의 인터뷰에는 대전에서 술집이 내몰릴 때 아는 언니와 함께 동네를 떠났다고 했다. 고아로 자라 술집 여자들이 유일한 가족이었다는 여자는 지금 있는 술집도 도시 정비계획으로 곧 쫓겨 날 위기라고 했다.

  작가와 통화를 했다. 그는 자신이 넘긴 원고가 빨리 책으로 나오기를 바랐다. 인터뷰가 늦어져 마지막 인터뷰가 끝나자마자 원고를 넘긴 거라고. 그에게서 여자가 입원한 병원과 이름도 알게 되었다. 향란, 처음 듣는 이름이었다. 틈을 내서 그 향란이란 여자를 찾아보기로 했다. 그러던 중 한 통의 전화를 받았다. 병원에서 걸려 오는 전화를 받은 것은 그 책의 편집이 거의 다 끝나갈 무렵이었다.

*

  엄마가 사고를 당했다. 병원 침대에는 엄마가 누워있었다. 함께 온 동네 노인들은 어두워서 뺑소니를 잡지 못했지만, 정신을 차린 걸 보니 크게 다친 것 같지는 않다며 천만다행이라고 했다. 다른 증인이나 카메라도 없던 현장 조사에서는 아무것도 알아내지 못했다. 엄마와 자주 함께 다녔던 할머니가 찬성파인 누구의 승용차와 비슷하게 생겼다며 으스스 몸을 떨었다. 그러자 모두 약속이라도 한 듯 확실하지 않으면서 그런 말을 함부로 한다며 정말로 큰일 날 소리라고 크게 나무랐다.

  입원 첫날부터 엄마는 멀쩡한 집 놔두고 병원에서 잠을 자지 않겠다고 우겼다. 옆에 함께 있을 테니 며칠만 더 있어 보자는 내 말에도 버럭 소리를 질렀다.

"집을 봐야지 집을."
"가져갈 것도 없는 그런 집에 누가 온다고 그래. 도둑이 와봐야 보태주고 갈 판이구먼."
"그래도 집에 누가 오면 어떡하냐?"
"우리한테 올 사람이 누가 있다고."
"그래도…"
결국 처음으로 나는 엄마 말을 따르지 않았다. 엄마는 입원해 있는 동안 진짜 환자가 되어갔다. 긴장이 풀렸는지 여기저기 몸이 쑤시고 늘어진다고 했고, 간단한 검사를 하는 것도 귀찮아하며 잠만 잤다. 저렇게 잠이 많은 엄마가 어떻게 새벽일을 다녔고, 무슨 힘으로 밤늦도록 나이트클럽 주방에서 일했는지 신기하기만 했다. 나는 의사에게 영양제를 충분히 놓아 달라고 부탁했다. 일도 하지 않으면서 자꾸만 늘어진다는 엄마는 낮잠을 자다가도 문득 나에게 연숙아, 하며 언니 이름을 불렀다.
"엄마는 무슨 꿈을 눈뜨고 꿔. 무섭게."
엷은 눈꺼풀이 잠깐 열렸다 닫히며 하는 말이 무섭기도 하고 우습기도 했다. 다시는 꺼내지도 말라던 언니 이름. 엄마가 옥죈 온몸의 스크럼이 슬슬 풀어지면서 제일 먼저 흘러나오는 것은 연숙이였다.
엄마는 고작 삼일을 병원에 있다가 퇴원했다. 병원에 있을 땐 느끼지 못했지만, 뉴스로 보던 살인적인 더위는 가만히 있어도 숨이 막힐 지경이었다. 집안에 들어서자, 퀴퀴한 곰팡내가 나는 것 났다. 앞뒷문을 활짝 열면 시원한 집이라 나는 모든 문을 다 열었다. 한 동안 갇혀 있던 곰팡내가 방을 내주자 금방 상쾌해졌다. 창가에 엄마를 앉혔다. 여전히 기운이 없어 보였고 무엇보다 말수가 줄어들었다.

엄마는 창밖을 물끄러미 바라보다가 일어나려 했다.

"왜. 뭐 줄까 엄마?

"물 물."

"목말라? 물줄까 엄마?"

엄마의 시선을 따라가자, 마당에 봉숭아 꽃나무가 축 늘어져 있었다. 며칠간 빈집에서 무성하게 자라던 봉숭아 꽃나무가 시들고 있었다.

"아, 꽃나무 물."

수도꼭지에 호스를 꽂아 마당이 흥건하도록 물을 주었다. 병원에서 가져온 짐을 정리하고 구석구석 청소를 했다. 어느새 봉숭아 꽃나무는 다시 하늘을 향해 뻣뻣해지고 있었다. 엄마의 얼굴에 살짝 미소가 지나갔다.

다시 기운이 도는 엄마를 두고 나는 수원으로 갔다. 작가에게서 들은 병원을 찾아 향란이란 환자를 찾아보았다. 그녀는 이미 퇴원하고 없었다. 마지막 남은 한 가닥의 동아줄이 끊기는 기분이었다. 작가에게 연락해 보았지만 더는 알 수 없다고 했다. 부초 같은 사람들은 뿌리를 쉽게 내리지 않는다며 찾는 건 어려울 거라고. 나는 작가에게 마지막 부탁을 했다. 책의 뒷면에 딱 한 줄만 넣으면 좋겠다고. 그렇게 허락을 받은 나는 다음날 편집을 마무리하고 원고를 인쇄소로 넘겼다.

*

 며칠간 빈집에 남은 봉숭아꽃은 여전히 붉었고, 주먹만 한 꽃은 캉캉춤 추는 여인처럼 겹겹의 꽃잎처럼 풍성했다. 언니가 집을 나간 후부터 엄마는 봉숭아꽃이 거의 질 무렵에야 손톱에 물을 들였다. 어쩌다 일찌감치 물을 들이자고 하면 엄마는 들은 척도 하지 않았다. 나도 습관이 되어 이젠 뚝뚝 꽃 뭉치가 떨어지는 즈음에야 꽃물을 들였다.
 식곤증과 나른함에 한없이 늘어지던 오후. 지그시 눈을 감고 잠시 쉬려던 나는 사무실에 걸려 온 한 통의 전화에 순간 잠이 확 달아났다.
 "혹시, 이영숙 씨 되시나요?"
 "네, 근데 누구세요?"
 "저. 언니 이름이 연숙이죠? 유천동 살던…"
 "네. 맞아요. 언니예요. 아… 언니?"
 바로 수원으로 갔다. 언니는 큰 병원에 있다가 작은 개인병원으로 옮겨서 재활치료를 하고 있었다. 나를 보자 언니는 대뜸 책부터 내보였다.

"세상에 정말이구나. 너 맞구나. 한눈에 너란 걸 알았어. 나를 인터뷰했던 사람에게 물어보니 너를 알려주더라."

전에 내가 편집했던 책이었다. 용이 언니가 갖다준 거라고 했다. 언니에게 어린 용이를 맡겼던 용이 엄마를 언니는 그렇게 불렀다.

"어떻게 이런 생각을 다 했어?"

언니의 손가락이 닿은 곳은 작가에게 부탁해서 내가 한 줄 더 넣은 글이었다.

"언니가 혹시 볼 수 있을지 모른다고 생각했어. '마당 가 봉숭아는 해마다 흐드러지고 연숙의 손가락은 갈수록 그리워지네.' 언니라면 알 수 있잖아. 긴가민가했어. 향란이란 사람이 언니인지 아닌지. 하지만 알아보고 싶어도 찾을 수가 있어야지."

말없이 다소곳하던 언니의 예전 모습은 보이지 않았다. 말도 좀 많아지고 성격도 활발해 보였다. 줄곧 내 손등을 쓰다듬으며 언니는 그날 일을 천천히 말했다. 집을 나가자마자 근처에서 용이 엄마를 만났고 동네를 함께 떴다고 했다.

*

엄마는 병원에서 돌아온 후에 좀 더 나이가 들어 보였다. 십여 년을 진행하던 도시개발구역의 해제 통보가 왔을 때도 크게 기뻐하는 것 같지 않았다. 좋지 않으냐는 내게 그저 좋다고 할 뿐이었다. 기운이 좀 날 법도 한데 엄마는 좀처럼 기운을 차리지 못했다. 이따금 퇴근하고 돌아오는 나를 보고 연숙아, 하며 달려오기도 했다. 소리를 지르고 머리채를 잡고 동네 한복판에서 드잡이했던 사람 같지 않았다. 정말 몸이 허해 보였다. 봉숭아꽃이 뚝뚝 떨어지기 시작했다.

다시 언니를 보러 갔다. 전에 언니는 젓가락질을 잘하지 못했다. 먹자던 자장면을 혼자 먹을 수 있다고 먹어 보이며 손도 자유롭게 움직였다. 조만간 퇴원할 것 같다고 했다. 언니의 미소를 보며 퇴원하면 어디로 갈 거냐고 물어보려다 말았다. 굳이 돌려 말할 필요가 없다는 생각했다.

"언니 꺼 다 그냥 있어. 교과서고 옷이고 신발이고 그대로 있다고. 엄마가 날마다 청소도 하고."

언니의 표정이 굳어졌다.

"엄마가 요즘 좀 이상해. 사람을 잘 못 알아보는 것 같고. 엄마도 얼마 전에 교통사고를 당했거든. 그때 병원에 입원했었는데 아무래도 그 후로 이상해진 거 같아. 나한텐 말을 안 한데 언니 생각 많이 하는 것 같아."

표정이 어두워진 언니는 여전히 가만히 있었다.

"생각해 봐. 엄마가 언니를 미워했으면 그렇게 키웠겠냐고. 먹을 거나 입을 거나 나랑 다른 게 뭐 있었어? 오히려 언니한테 더 잘했지. 엄마가 그동안 언니를 얼마나 찾았는지 알아? 용하다는 점쟁이는 다 쫓아다녔다니까."

창밖만 바라보는 언니를 두고 밖으로 나갔다. 의사는 조심만 하면 지금 퇴원해도 괜찮다고 했다. 병실로 들어가자, 언니는 여전히 창밖을 보고 있었다. 나는 집에서 가져간 큰 가방에 주섬주섬 언니의 짐을 챙겼다. 침대 옆 협탁을 열고 칫솔과 속옷까지 모두. 환자복을 벗기고 가져간 원피스를 입힐 동안 언니는 아기처럼 가만히 있었다.

"이럴 줄 알았어. 원래 언니는 원피스가 잘 어울린다니까."
"엄마한테 혼날 거야."
"아냐 절대로 안 그래. 나만 믿어."

버스를 타고 오는 동안 줄곧 언니 손을 잡고 있었다. 궁금한 것이 없는 듯 달리 말이 없지만, 언니는 대전이 가까워지자, 주변 풍경을 세세히 뜯어보고 있었다. 집 근처 버스정류장에 도착하고 언니는 내 손을 잡은 채 천천히 차에서 내렸다. 버스에 내려 걷는 걸음도 아주 느렸다. 폐가에서 폐가로 눈을 옮겨가는 언니는 주변을 두리번거리며, 완전히 내 손에 의지한 채 길이 아닌 주변 풍경만을 바라보며 걸었다. 아직 남은 오후의 해가 삭막한 풍경을 더욱 삭막하게 보여주고 있었다.

가방을 메고 둘이 나란히 걷기 힘든 골목도 가고, 허물어진 담에서 자란 풀이 허리 높이까지 자란 집도 지났다. 아직 남은 어느 집 담벼락에는 뛰어노는 아이들 그림이 희미하게 그려져 있었다. 그림의 내용을 보면 그 동네를 읽을 수 있다. 러닝셔츠 차림으로 아이들이 원두막에서 노는 모습이 그려 있다는 건, 이곳에 아이가 있으면 좋겠다는 뜻일 것이다. 여기 그림 속 아이들을 모두 데려다 키운다 해도 다른 동네에 사는 아이 숫자에 비하면 턱없이 적을 것이다. 사다리를 오르는 개구쟁이 그림을 보고 언니는 웃었다. 슬프게만 보였던 언니의 얼굴로 밀레의 만종처럼 주황빛 노을이 부드럽게 내려앉았다.

대문 앞에 다가오자, 언니가 내 뒤로 몸을 숨겼다. 역시 대문은 잠겨 있지 않았다. 마당의 봉숭아꽃은 많이 떨어져 있었고 달린 건 몇 송이 안 되었다. 주춤거리는 언니의 손을 잡고 마당을 지나 현관문을 들어섰다.

문 여는 소리에 이어 쿵 하고 가방 내려놓는 소리를 들었는지 방에서 엄마 목소리가 들려왔다.

"연숙이냐?"

힐끗 언니를 돌아보았다.

"언니 오는 거 말 안 했는데?"

그 말을 듣고 뒤에 섰던 언니가 방으로 뛰어 들어갔다. 내가 따라 들어가자, 몸을 반쯤 일으키던 엄마가 천천히 자세를 고쳐 앉고 있었다. 엄마는 아무 말이 없이 나와 언니를 번갈아 보았다. 그렇게 한참을 바라보던 엄마가 입을 딱 벌렸다. 언니가 무릎을 꿇고 울음을 터트리자, 엄마도 크게 소리를 내 울었다. 밑바닥에 차곡차곡 개어놓은 울음을 모두 다 꺼내기로 작정한 듯 둘은 서로를 끌어안고 그렇게 오래오래 울었다.

울음소리를 들으며 마루에 걸터앉았다. 봉숭아꽃이 보였다. 달콤한 울음소리, 기쁨이 넘치는 울음소리를 들으며 나는 하나둘 봉숭아꽃을 따기 시작했다. 이제 더 이상 기다리지 않아도 좋을 꽃이었다.

볼 수 있지만 생각하기 어려운 일

류이경 지음

발행처	도서출판 **청어**
발행인	이영철
영업	이동호
홍보	천성래
기획	육재섭
편집	이설빈
디자인	이수빈 l 구유림
제작이사	공병한
인쇄	두리터

등록 1999년 5월 3일
(제321-3210000251001999000063호)

1판 1쇄 발행 2025년 10월 20일

주소 서울특별시 서초구 남부순환로 364길 8-15 동일빌딩 2층
대표전화 02-586-0477
팩시밀리 0303-0942-0478
홈페이지 www.chungeobook.com
E-mail ppi20@hanmail.net

ISBN 979-11-6855-388-0(03810)

이 책의 저작권은 저자와 도서출판 청어에 있습니다.
무단 전재 및 복제를 금합니다.

이 사업은 (재)대전문화재단, 대전광역시로부터 사업비 일부를 지원받았습니다.